낙연쌤의
파란펜

* 모든 파란 펜은 파란펜으로 붙여주었다.

세계 문호들의 문장론 & 이낙연의 글쓰기

낙연쌤의
파란펜

박상주 지음

예미

• CONTENTS •

2부_ 글의 뼈대

3부_ 글의 꾸밈

〰〰〰〰〰〰〰〰〰〰〰〰〰〰〰〰〰〰〰〰〰〰〰

4부_ 글과 삶

글을 시작하며

총리 시절 이낙연은 소통메시지비서관실(연설비서관실) 직원들 사이에서 '교장쌤'으로 통했다. 교장 선생님처럼 비서관실 연설팀을 상대로 '훈화' 시간을 자주 가졌기 때문이다. 한 주에 서너 번 정도 있었던 연설문 보고 시간은 총리의 글쓰기 특강 자리였다. 그는 열정적이고 꼼꼼하고 엄한 글쓰기 선생님이었다. 내가 이 책에서 그를 '낙연쌤'이라고 부르기로 한 이유다.

낙연쌤이 글쓰기에서 가장 강조한 것은 '사실'과 '진심'이었다. 입버릇처럼 "공허한 소리 하지 마세요. 내가 할 수 있는 최상의 진심을 담으세요."라고 말하고는 했다. 쌤은 연설팀이 초안을 잡은 연설문의 내용과 구성, 방향을 바로잡아 주는 것에서부터 맞춤법과 어휘, 문장의 잘못을 지적하는 것에 이르기까지 세세한 가르침을 주었다. 자신이 즐겨 쓰는 파란펜으로 연설팀의 초고를 수정해서 건네주기도 했다. 연설팀은 '사이다 총리' 낙연쌤으로부터 강도 높은 글쓰기 교육을 받은 셈이었다.

나 역시 평생 글 밥을 먹고 살았다. 20여 년은 기자로 글을 썼고, 10여 년은 자유인으로 세상을 주유하면서 몇 권의 책을 냈다. 여러 학기 동안 대학강단에서 글쓰기를 가르쳤다. 이런저런 기관과 단체의 요청으로 강연을 다니기도 했다. 글을 좀 쓴다는 소리를 들으며 살았던 셈이다.

그러나 낙연쌤의 글을 접하면서 그만 꼬리를 내리지 않을 수 없었다. 그의 글은 하얀 뼈로만 이루어져 있다. 군더더기 살점이라고는 찾아볼 수 없다. 핵심을 파고 들며 직진하는 글이다. 쌤이 머리카락이 들어 있는 청국장은 아무렇지 않게 먹어도 군더더기가 있는 글은 결코 용납하지 못했다는 동아일보 후배의 말은 과장이 아니었다.

연설문 보고 시간마다 쌤의 글쓰기 강론을 열심히 듣고 또 적었다. 그가 몇 차례 "그걸 무엇 하러 받아 적습니까."라면서 핀잔을 주었지만 꿋꿋이 받아 적었다. 동아일보 기자생활 21년과 정치 입문 이후 다섯 차례의 당 대변인을 하면서 다져진 쌤의 알찬 문장론을 기록하고 싶었기 때문이었다.

혼자 듣기에는 아까운 내용이었다. 그의 '글쓰기 훈화'를 책으로 엮어 내어 세상에 전하고 싶었다. 책을 쓰려면 먼저 책을 읽어야 한다. 동서양 문호들의 문장론을 읽기 시작했다. 수사학의 태두인 아리스토텔레스를 비롯해 괴테, 쇼펜하우어, 헤세, 카프카, 헤밍웨이, 조지 오웰, 서머싯 몸, 롤랑 바르트, 스티븐 킹, 유협, 연암 박지원, 형암 이덕무, 상허 이태준, 이오덕, 조정래, 이외수 등 동서고금의 문호와 작가의 문장론을 읽었다.

문호와 작가 40여 명의 문장론을 읽으면서 곳곳에서 낙연쌤의 '훈화'를 발견할 수 있었다. 아리스토텔레스의 에토스·파토스·로고스는 쌤이 연설팀에게 자주 묻던 '누가 말하나, 누가 듣나, 무슨 말을 할 것인가'를 떠올리게 했다. 프랑스 계몽주의 사상가인 볼테르는 "형용사는 명사의 적"이라고 했고, 쌤은 입버릇처럼 "멋 부리지 마세요."라고 했다. 중국 육조시대 양나라의 문예 평론가였던 유협(劉勰)은 글이란 '마음의 그림'이라고 했고, 쌤은 글이란 자신의 진심을 쏟아내는 것이어야 한다고 했다. 연암과 형암과 이오덕은 "어린아이의 마음으로 글을 쓰라."고 했고, 이는 쌤의 단골 주문이었다. 바르트의 '백색의 글쓰기'와 '영도(零度)의 글쓰기'는 쌤이 동아일보 시절 김중배 편집국장으로부터 배웠다는 '술이부작(述而不作)'을 생각나게 했다.

어떻게 하면 문호들의 문장론과 낙연쌤의 파란펜 강론을 효율적으로 엮을 수 있을까. 궁리 끝에 각 챕터를 이원 구조로 꾸몄다. 각 챕터의 전반부에서는 문호들의 문장론을 설명하고, 후반부에서는 문호들의 문장론에 대응하는 쌤의 글쓰기 강론을 소개했다. 문호들의 문장론이 어떻게 적용되는지 쌤의 연설문을 견본으로 들어 설명하는 형식을 취한 것이다. 문호들의 문장론을 먼저 익힌 뒤 낙연쌤의 연설문으로 실습을 하는 구조라고 할 수 있다.

책은 총 4부 17챕터로 꾸몄다. 실제 글을 쓸 때의 흐름에 따른 구성이다. 1부 '글의 마음'은 ▲글은 왜 쓰는가, ▲마음에 글씨를 심어라, ▲아이의 마음으로 써라, ▲마음의 탁본을 떠라 등 4개의 챕터로 만들었다. 글을 쓰는 이유는 자신을 드러내고 싶은 욕구 때문이며, 글을 쓰고 싶으면 먼저 마음에 글씨를 심어 가꾸어야 하고, 좋은 글이란 자신의 마음을 탁본 뜨듯 문자로 옮기는 것임을 설명했다.

2부 '글의 뼈대'는 ▲기승전결이 답이다, ▲에토스 파토스 로고스, ▲칙칙폭폭 열차처럼, ▲모듈러 공법으로 쓰기 등 4개의 챕터로 만들었다. 글쓰기란 기승전결로 뼈대를 구성하고, 에토스 파토스 로고스로 살을 붙이고, 열차의 객차나 화차처럼 정돈된 모습으로 문단을 꾸미는 과정임을 설명했다. '모듈러 공법으로 쓰기'에서는 개별 문단을 작성한 후 레고 블럭처럼 짜맞추는 글쓰기 방법을 소개했다.

3부 '글의 꾸밈'은 ▲백색의 글쓰기, ▲화장하지 않은 글이 더 예쁘다, ▲서사를 담아라, ▲유머를 활용하라 등 4개의 챕터로 만들었다. 글이란 충실하게 사실을 전달하는 데서 시작해야 하고, 꾸미지 않은 듯 꾸며야 아름답고, 스토리텔링으로 독자의 마음을 붙들어야 하고, 타이밍 있는 유머로 지루함을 쫓으라는 조언을 담았다.

4부 '글과 삶'은 ▲삶이 곧 글이다, ▲틀을 깨되 틀을 지켜라, ▲모든 초고는 허접쓰레기다, ▲많이 읽고, 많이 쓰고, 많이 생각하라, ▲SNS 소통은 선택이 아닌 필수 등 5개의 챕터로 꾸몄다. 좋은 글이란 삶을 고스란히 담아내는 것이며, 고정된 틀을 넘어서되 기본을 무너트려서는 안 되며, 한 번 쓴 글은 여러 차례 퇴고를 하면서 다듬어야 하고, 다독과 다작과 다상량이 최고의 글쓰기 비결임을 밝혔다. 'SNS 소통은 선택이 아닌 필수' 챕터에서는 SNS 글쓰기에서 중점을 두고 살펴야 할 사항들을 정리했다.

바르트는 저자란 남의 글을 인용하고 베끼는 필사자일 뿐이라고 했다. 자크 데리다는 작가란 그저 문지기일 뿐이고, 텍스트는 모든 방문객에게 열려 있는 게스트하우스라고 했다.

이 책은 필사자와 문지기의 입장에서 문호들의 문장론을 인용하고 소개했다. 쌤의 글쓰기 지론을 여러 사람이 함께 접할 수 있도록 마련한 게스트하우스라고 할 수 있다. 글쓰기 초보들은 물론 글쓰기를 업으로 삼는 이들에게도 도움이 될 만한 내용을 담고자 노력했다. 모쪼록 어느 누군가의 글공부에 책의 한 구절이라도 도움이 될 수 있기를 바란다.

이순(耳順)을 바라보는 연설비서관을 앉혀놓고 엄한 글쓰기 지도를 해 주신 낙연쌤에게 감사를 드린다. 낙연쌤 밑에서 동문수학하고 동고동락했던 이영옥 팀장과 이제이 팀장을 비롯한 모든 연설비서관 식구들에게 고마움을 전한다. 연설팀이 최적의 환경에서 글을 쓸 수 있도록 안팎의 바람을 차단해 주신 김성재 공보실장에게 고마움을 전한다. 연설문을 꼼꼼하게 점검해 주시고 자주 밥과 술로 위로를 해주신 정운현 비서실장에게 감사드린다.

그동안 마음껏 책 읽고, 글 쓰고, 산에 다니도록 배려해 준 아내 이
영화 안젤라에게 이 책을 바친다.

2021년 5월

김포 장기동 서재에서

박상주

1부

글의 마음

글은 왜 쓰는가

글을 쓰면 기분이 정제되는 것을 느낀다.
마치 머리를 빗을 때처럼.

나를 발견하고, 너와 소통하고

—

　구석기 시대 사람들은 동굴 벽에 그림을 그렸다. 고대 이집트인들은 석판에 상형문자로 글을 썼다. 메소포타미아인들은 점토판에 쐐기문자로 적었다. 중국 은나라 사람들은 거북 껍질이나 소 뼈에 갑골문자를 썼다. 인류는 끊임없이 문자를 발전시켰고, 종이를 만들었고, 책을 만들고 도서관을 세웠다. 이젠 디지털 공간에 글을 쓴다. 인류는 쉬지 않고 글을 썼고, 지금도 쓰고 있고, 앞으로도 쓸 것이다.

　21세기 지구에는 3천여 개 민족이 7천여 가지 말과 28개 문자를 쓰고 있다. 디지털 시대로 진입하면서 사회관계망(SNS)은 갑남을녀와 남녀노소의 글로 넘친다. 글은 더 이상 작가나 학자나 기자 등 특별한 직업이나 재주나 학력을 지닌 사람들의 전유물이 아니다. 이제는 농민도

어민도 노동자도 할머니도 아이도 글을 쓴다. 시시콜콜한 일상의 이야기는 물론 꼼꼼한 사건의 기록, 격정 가득한 정치적 주장, 예술성 넘치는 문학적인 글에 이르기까지 다양한 내용들이 SNS를 메운다.

사람들은 왜 글을 쓸까? 유협(劉勰)은 천지만물의 정화인 사람은 감수성과 창조성을 타고났으며, 이로 인해 글을 쓰게 된다고 말했다. 마음에 느낌이 생기면 언어로 확립되고, 언어가 확립되면 문장으로 표현되는 것은 자연스러운 이치라는 것이다. 유협은 "언어에 나타난 아름다운 수식은 천지의 핵심인 사람 마음의 표현인 것"[1] 이라고 말했다.

장 폴 사르트르는 사람들이 글을 쓰는 이유는 스스로 존재의 의미를 느끼기 위해서라고 말했다. 글쓰기를 통해 살아있음을 깨닫고, 자신을 발견할 수 있다는 것이다.

예술적 창조의 주된 동기의 하나는, 확실히 세계에 대해서 우리가 본질적인 존재라고 느끼고 싶다는 욕망이다. 내가 드러낸 들이나 바다의 이 모습, 또 이 얼굴 표정 등을 캔버스 위에 혹은 글에 고정시키고, 관계를 포착하고 거기에 없던 질서를 도입해서, 사물의 다양성에 정신의 통일성을 집어넣는다면 나는 그런 것을 만들어낸다는 의식을 가질 수 있을 것이다. 다시 말하면 나 자신을, 내 창조와의 관련에 있어, 본질적인 것으로 느낄 수도 있다는 것이다.[2]

사르트르는 창조적 충동이 가슴 깊은 곳에서 솟아오르는 그 순간에 자신의 작품 속에서 발견할 수 있는 것은 오직 자신뿐이라고 말했다. 그는 "작품을 판단하는 기준을 만들어낸 것은 우리 자신이며, 우리가 그 작품에서 볼 수 있는 것은 우리 자신의 이야기이며, 우리 자신의 사랑이며 기쁨"[3] 이라고 말했다.

사르트르는 언어는 우리의 껍질이며 촉각이라고 말했다. 그는 "언어는 남으로부터 나를 보호해주고, 남에 관한 것을 나에게 가르쳐준다. 그것은 감각의 영역이다. 우리들은 신체 속에 있듯이 언어 속에 있다."[4] 고 말했다.

조지 오웰은 열여섯 즈음에 불현듯 낱말의 소리와 그로 인한 연상이 주는 기쁨을 발견하면서 글을 쓰고 싶은 욕구를 느꼈다고 회상했다. 낱말이 만들어내는 섬세한 묘사와 빼어난 비유와 독특한 소리 등이 글을 쓰고 싶은 충동을 일으켰다는 것이다.[5] 오웰은 작가가 글을 쓰게 된 동기는 성장 과정에 따라 차이가 있지만 크게 네 가지로 정리할 수 있다고 했다.

〈순전한 이기심〉 똑똑해 보이고 싶은, 사람들의 이야깃거리가 되고 싶은, 사후에 기억되고 싶은, 어린 시절 자신을 푸대접한 어른들에게 앙갚음을 하고 싶은 등등의 욕구를 말한다. 이게 동기가 아닌 척, 그것도 강력한 동기가 아닌 척하는 건 허위다.

〈미학적 열정〉 외부 세계의 아름다움에 대한, 또는 낱말과 그것의 적절한 배열이 갖는 묘미에 대한 인식을 말한다. 어떤 소리가 다른 소리에 끼치는 영향, 훌륭한 산문의 견고함, 훌륭한 이야기의 리듬에서 찾는 기쁨이기도 하다.

〈역사적 충동〉 사물을 있는 그대로 보고, 진실을 알아내고, 그것을 후세를 위해 보존해 두려는 욕구를 말한다.

〈정치적 목적〉 세상을 특정 방향으로 밀고 가려는, 어떤 사회를 지향하며 분투해야 하는지에 대한 남들의 생각을 바꾸려는 욕구를 말한다.[6]

글의 목적은 세상의 이목을 끄는 것이다. 아름다운 경치를 보고 감탄을 하는 글이나, 세상의 비리를 보고 분노를 터트리는 글이나, 후세에 기록으로 남기기 위해 쓰는 글이나 모두 남들이 읽어주기를 바라고 쓰는 것이다. 남몰래 쓰는 일기조차 누군가 언젠가는 봐주기를 바라는 심정으로 쓴다고 하지 않는가. 사람들의 이목을 끌기 위해서 외모를 꾸며야 하는 것처럼 글도 예술로 다듬어야 한다.

오웰은 정치적인 글쓰기조차도 예술로 만들어내려고 했다. 그는 "『동물농장』은 정치적 목적과 예술적 목적을 하나로 융합해보려고 한 최초의 책이었다."라고 말했다. 그는 "내 작업들을 돌이켜보건대 내가 맥없는 책들을 쓰고, 현란한 구절이나 의미 없는 문장이나 장식적인 형용사나 허튼 소리에 현혹되었을 때는 어김없이 '정치적' 목적이 결여되어 있던 때였다."라고 털어놓았다.[7] 오웰의 대표작인『동물농장』이나『1984』,『위건부두로 가는 길』,『카탈로니아 찬가』등은 모두 정치적 글쓰기와 예술적 글쓰기가 결합된 작품들이라고 할 수 있다.

글을 쓰는 동기는 사람마다 다르다. 한 가지 분명한 것은 글쓰기가 이제 만인의 만인에 대한 소통의 수단으로 자리를 잡았다는 사실이다. 스마트폰과 컴퓨터 등 디지털 기기의 도움 덕이다.

사람들은 과거처럼 글쓰기를 두려워하지 않는다. 설혹 한두 줄짜리 짧막한 문장이라고 하더라도 주저없이 자신의 생각을 표현한다. 작가와 학자, 법률가, 기자 등 전문직종 종사자들의 책상 위에 묶여 있던 글이 세상 속으로 풀려난 것이다.

말을 잘하는 사람이나 못하는 사람이나 말을 하지 않고는 살 수 없는 것처럼, 이제 글을 잘 쓰는 사람이나 못쓰는 사람이나 글을 쓰지 않고는 살 수 없는 세상이 되었다. 사르트르의 말대로 글은 우리의 껍질이며 촉각이다.

글쓰기는 삶의 소명

—

낙연쌤은 언론인과 정치인과 행정가로 살았다. 말과 글과는 떼려야 뗄 수 없는 삶이었다. 그는 언론인으로 진실을 전하고, 정치인으로 진심을 전하고, 행정가로 소통하고 설명을 하기 위해 말을 하고 글을 썼다. 말과 글은 그의 껍질이나 촉각을 넘어서는 본질이었다고도 할 수 있다.

낙연쌤은 기자로 살았다. 21년 동안 동아일보에서 기자로, 특파원으로, 논설위원으로 글을 썼다. 그는 스물여덟부터 마흔아홉까지 인생의 한복판을 동아일보 기자로 살았다. 그는 "내가 동아일보 기자가 된 것은 우연이었다. 그러나 그것은 행운이었다."[8]고 말했다.

동아일보 시절 그의 글은 어떠했을까. 임채청 전 동아일보 논설위원은 그의 글이 무엇보다도 정직하고 정확했다고 평가했다. 임 전 위원은 "뒤집지도 비틀지도 않은 채 있는 그대로의 현상을 깊이 있고 알기 쉽게 독자들에게 전달하는 것을 하늘이 두 쪽 나도 바꿀 수 없는 기자의 소명으로 여긴 그였습니다."고 회고했다. 임 전 위원은 "조사 하

나 접속사 하나의 적합성까지도 음미하고 또 음미하는 모습은 경이롭기까지 했습니다."라고 전했다.[9]

낙연쌤은 정치인으로 살았다. 국회의원 선거 16~19대와 21대에서 승리하면서 5선 의원이 됐다. 2020년 더불어민주당 대표에 출마해 당선됐다. 그는 민주당 대변인과 새천년민주당 대변인, 노무현 대통령 당선자 대변인, 더불어민주당 대표로 많은 글을 썼다. 초선의원 시절에 낸 글 모음집 『이낙연의 낮은 목소리』의 서문에는 그에게 글쓰기란 무엇인지를 짐작하게 하는 대목이 나온다.

"글쓰기는 괴롭습니다. 그러나 글쓰기를 통해 생각이 정리되는 의외의 수입이 생깁니다. 뿐만이 아닙니다. 기분도 정제되는 것을 느낍니다. 여성들이 머리를 빗을 때 그런 느낌이 들까요. 저는 글쓰기가 싫기도 하고, 좋기도 합니다. 그래도, 아니 그래서, 저는 죽는 날까지 글을 쓰게 될 것이라고 예감합니다."[10]

이만섭 전 국회의장은 낙연쌤의 글을 "그저 한두 마디 촌철살인의 단답으로 국민들에게 오직 진실만을 호소했다."고 평가했다. 이 전 의장은 "그는 손기정 옹이 별세하셨을 때 '42.195킬로미터를 세계에서 가장 빨리 달린 사나이가 이제 저희에게 한 걸음도 오시지 못합니다'라고 논평하며 온 국민의 슬픔을 대신했다."고 전했다. 이 전 의장은 "대선 전, 날마다 국회의원들이 민주당을 탈당했을 때는 '지름길을 모르거든

큰길을 가라'며 의연히 대하기도 했다."라고 밝혔다.[11]

낙연쌤은 행정가로 살았다. 그는 제37대 전라남도 도지사와 제45대 대한민국 국무총리를 지냈다. 행정가 시절의 이낙연은 '소통'과 '설명'을 중시했다. 물론 소통과 설명의 가장 큰 통로는 말과 글이었다. 그는 전남도지사 자리에 오르면서 전남 도정 운영 방침의 첫번째 항목으로 소통을 꼽았다.

> "도청은 도민과 최대한 소통해야 합니다. 시민사회, 농어민단체, 노동
> 자단체, 경영자단체, 학계, 문화계, 종교계, 체육계, 언론, 정당 그리고
> 당연히 도의회 등과 부단히 대화해야 합니다. 특히 중요정책을 결정할
> 때는 소통의 과정을 반드시 거쳐야 옳습니다. 소통의 강화는 도청 직
> 제개편에도 반영될 것입니다. 저도 노력하겠습니다."[12]

낙연쌤이 국무총리 자리에 오를 때는 '내각다운 내각'을 천명하면서 유능한 내각, 소통의 내각, 통합의 내각을 만들자고 당부했다. 그는 취임사에서 "더 낮은 자리에서 국민과 소통하는 '가장 낮은 총리'가 되고 싶습니다."라면서 다음과 같이 말했다.

> "정부가 정부 속에, 내각이 내각 속에 갇혀서는 안 됩니다. 정부도, 내
> 각도 국민 속에 있어야 합니다. 국민과 함께 숨 쉬며, 국민과 함께 울고
> 웃는 내각이어야 합니다. 정부 각 부처는 소관 업무에 대해 국민께 항

상 최적의 설명을 해드리고, 소관 업무와 관련해 고통이나 불편을 겪으시는 국민과 함께해 주기 바랍니다."[13]

쌤은 국민께 국정을 설명해 드리는 것은 공직자의 의무라고 강조했다. 그는 차관급 공직자들에게 임명장을 주는 자리에서 "국민은 4대 의무가 있습니다. 그런데 공직자에게는 5대 의무가 있습니다. 국방·근로·교육·납세의 의무 외에 '설명의 의무'가 있습니다. 그걸 충실히 못하면 의무를 다하지 못하는 것이 됩니다."라고 말했다.

쌤은 아침 일찍 출근해서 국무회의와 국정현안점검조정회의를 비롯한 각종 회의의 발언 내용을 정리했다. 빡빡하게 잡혀 있는 일정 틈틈이 연설문 수정 시간을 넣었고, 퇴근 후에도 밤 늦도록 책상에 앉아 글을 만졌다. 국민과 소통하고 국민에게 설명하기 위해서였다. 그의 말과 글은 국민들의 가슴을 시원하게 뚫어주었고, 그는 '사이다 총리'라는 별명을 얻었다.

마음에 글씨를 심어라

메모한다, 고로 나는 존재한다.

글농사를 짓는 법

세상의 모든 생명은 작은 씨앗에서 비롯된다. 씨앗은 작지만 무성한 풀과 우람한 나무로 자란다. 세상의 모든 글은 작은 글씨에서 비롯된다. 글씨는 비록 작지만, 자라면서 좋은 글과 두툼한 책으로 만들어진다.

씨앗은 생명을 품고, 글씨는 생각을 품는다. 씨앗은 땅속에 묻혀 싹을 틔우고, 줄기를 내고, 가지를 뻗는다. 글씨는 사람의 마음에 묻혀 문장을 틔우고, 시와 소설과 시나리오를 만들어낸다.

씨앗이 어떤 밭에 뿌려지는지에 따라 결실이 달라지듯, 글씨도 어떤 마음에 뿌려지는지에 따라 그 수확이 달라진다. 어떤 글씨는 돌밭처럼 척박한 마음의 밭에 떨어져 성장을 하지 못하고, 어떤 글씨는 옥

토처럼 비옥한 마음에 떨어져 결실을 맺는다. 서머싯 몸은 설혹 씨앗이 비옥한 땅에 떨어지더라도 계속 비료를 주며 가꿔야 한다고 말했다.

> 어디선가 느닷없이 하나의 아이디어가 생겨난다. 그러나 돌 많은 땅에 뿌려진 옥수수 씨앗처럼 그것은 곧 시든다. 그 아이디어를 아주 조심스럽게 보살펴야 한다. 예술가는 그 아이디어에 혼신의 힘을 기울여야 한다.[14]

땅이 씨앗을 키우는 과정은 신비하다. 농부가 잠을 자는 시간에도 땅은 스스로 씨앗을 키운다. 마음이 글씨를 키우는 과정도 비슷하다. 글 쓰는 이가 잠을 자거나 다른 일을 하는 시간에도 잠재의식은 신비한 작업을 수행한다. 글씨를 심어 글 농사를 짓는 과정을 살펴보자.

첫째, 글씨를 심는다. 자신이 원하는 글의 주제어나 소재, 제목 등 글씨를 마음에 간직한다. 원고지나 수첩에 큼지막하게 제목을 적어 놓고 시작하면 더욱 좋다. 그 순간부터 마음은 글씨를 품고 글을 키우기 시작한다. 농부가 물과 거름을 주면서 씨앗을 가꾸는 것처럼 작가는 사색을 하고, 책을 읽고, 자료를 조사하면서 글씨를 가꿔야 한다.

당신이 설혹 글쓰기 작업을 중단하고 다른 일을 하더라도 당신의 마음은 의식, 무의식으로 글씨를 키우는 작업을 이어간다. 길을 걷다가도, 누군가와 대화를 하는 중에도, 잠자리에 들었을 때도, 당신의 마

낙연쌤의 파란펜

음속에서 글씨는 자라고 있다.

어니스트 헤밍웨이는 글을 쓸 때 잠재의식의 도움을 받으라고 말했다. 그는 "내가 해 줄 수 있는 가장 귀한 충고"라면서 다음과 같이 말했다.

"항상 글이 잘 풀릴 때 멈추게. 그리고 다음 날 다시 글쓰기를 시작하기 전까지는 글에 대해 걱정하거나 생각하지 말아야 해. 그렇게 하면 잠재의식 안에서 쉬지 않고 작업을 할 걸세. 글에 대해 생각하거나 걱정하기 시작하면 글을 죽여버리게 된다네. 글을 시작하기 전에 이미 두뇌가 지쳐버리거든."[15]

주변의 동료나 친구나 가족에게 자신이 쓰려고 하는 글의 소재를 놓고 이야기를 하면서 의견을 듣는 것도 좋다. 약식으로 생각 쏟아내기(브레인 스토밍) 작업을 하는 것이다. 이런저런 의견을 듣다 보면 글의 가닥이 잡히기 시작한다.

둘째, 메모장에 적는다. 마음에 글씨를 품는 순간부터 여러 생각이 불쑥불쑥 고개를 내밀기 시작한다. 글씨가 싹을 틔우기 시작하는 것이다. 그 싹을 잘 포착해서 메모장에 기록한다. 메모를 하면서 생각이 더해지고 다듬어진다. 글을 쓰는 사람은 늘 수첩을 들고 다녀야 하는 이유다. 요즘은 몸의 일부처럼 지니고 다니는 스마트폰을 이용해도 된다. 쌓이는 메모들은 본격적인 글쓰기를 할 때 유용한 소재로 활용된다. 메모장은 '글씨의 육묘판'이다.

　빼어난 문인이었던 김대중 전 대통령은 꼼꼼한 메모 습관을 지니고 있었다. 청와대공보비서관으로 일했던 최경환 전 국회의원은 김 대통령의 리더십을 '말과 글의 리더십'이었다고 평가했다. 최 전 의원은 김 대통령의 '말과 글의 리더십'의 특징으로 쉬운 말을 쓰는 것, 책을 정독하는 것, 사색을 통해 지식을 자기 것으로 하는 것과 함께 메모하는 습관을 꼽았다.

　"김 대통령은 메모광이었다. 대화 중에도, 회의 중에도 끊임없이 수첩에 무언가를 적었다. 작은 손 수첩을 많이 활용했다. 김 대통령은 자신의 기억의 한계를 잘 알고 있었다. 리더는 자신의 기억력을 과신해선 안 된다. 김 대통령은 수첩에 신문이나 읽은 책의 주요 내용, 정세와 대책, 각종 수치와 통계, 해야 할 일 등을 1, 2, 3 숫자를 붙여가며 일목요연하게 정리했다."[16]

　수첩에 빽빽하게 기록된 메모들은 김 대통령의 글 속으로 녹아 들어갔을 것이다. '행동하는 양심', '햇볕정책', '서생의 문제의식과 상인의 현실감각', '망원경같이 멀리 넓게 보고, 현미경처럼 좁고 깊게 보라' 등 김 대통령이 만들어낸 숱한 명언들은 그의 메모장에서 탄생했을지도 모른다.

　셋째, 글의 싹에 거름을 준다. 글의 거름은 자료다. 관련된 자료를 넓고 깊게 조사하는 게 좋다. 글쓰기 자료 조사는 대개 네이버나 구글, 위키피디아 등 인터넷을 뒤지는 것으로 시작된다. 인터넷 자료를 너무 믿지 않는 게 좋다. 출처 불명의 자료와 가짜 정보마저 둥둥 떠돈다. 인터넷 자료만을 내려 받아서 글을 쓸 경우 불량 자료를 확산시키는 데 일조를 할 우려가 있다.

글을 쓸 때는 직접 취재를 한 자료를 사용하는 것이 가장 좋다. 현실적으로 직접 취재가 어렵다면 1차 자료를 찾아야 한다. 글쓰기 노하우 책으로 베스트셀러 작가가 된 일본 작가 다나카 히로노부는 다음과 같이 조언한다.

일단 1차 자료를 찾아야 한다. 1차 자료란 사실을 바탕으로 한 증거 자료로, 정보의 근원이 된다. 이야기의 출처이자 끝 지점이 되는 자료인 셈이다. 1차 자료는 의외일 정도로 간단히 찾을 수 있다.[17]

다나카의 조언대로 1차 자료는 국회나 대학의 도서관을 이용하면 쉽게 접할 수 있다. 시·군·구 등 지자체 도서관도 다양한 데이터 베이스를 구축해 놓고 있다. 다나카는 "글은 나뭇잎과 같다. 나뭇잎이 무성하려면 나무의 뿌리가 충분히 뻗어야 하듯이, 좋아하는 글을 원하는 대로 쓰려면 1차 자료가 밑바탕이 되어야 한다."고 말한다.

넷째, 솎아낸다. 배추, 무 등 채소는 떡잎 단계를 지나 본잎이 나오기 시작하면 솎아내기 작업을 한다. 너무 촘촘하게 붙어 있으면 발육

이 더뎌진다. 아깝더라도 멀쩡한 것들까지 일부 솎아내야 실한 채소를 수확할 수 있다. 글을 쓸 때도 마찬가지다. 그동안 궁리하고, 메모하고, 자료 조사한 것을 바탕으로 글을 엮기 시작할 때 불필요한 메모와 자료는 솎아내고 버려야 한다. 모든 것을 다 담으려고 해서는 안 된다. 인터넷을 뒤지고 도서관 발품을 팔면서 힘들게 모은 좋은 자료들도 쓰고자 하는 글과 딱 떨어지는 내용이 아니면 미련 없이 버려라.

쇼펜하우어는 볼테르의 말을 인용해 "독자가 권태를 느끼게 하는 비결은 모든 것을 다 말하는 데 있다."라고 말했다. 그는 될 수 있는 한 문제의 핵심과 중요한 부분만 언급하고, 독자가 생각할 수 있는 여유를 남겨둬야 한다며 다음과 같이 조언했다.

차라리 좋은 문장이라도 문맥상 거슬린다면 과감히 잘라내는 편이 훨씬 낫다. "절반은 전체보다 낫다"는 헤시오도스[18]의 격언은 바로 이런 경우를 두고 한 말이다.[19]

글쓰기는 나무를 심어 숲을 가꾸는 일과 비슷하다. 나무 한 그루 한 그루를 정성껏 가꾸는 것처럼 문장 하나 하나를 공들여 다듬어야 한다. 나무들이 모여 아름다운 숲을 이루는 것처럼 문장들이 모여 짜임새 있는 한 편의 글을 만든다. 가지치기를 하고 간벌을 해야 숲이 건강해지는 것처럼, 불필요한 수식어를 잘라내고 중언부언의 문장을 제거해야 한다. 글 농사를 잘 짓는 이는 글을 치고 버릴 줄 안다.

낙연쌤의 파란펜

현재에서 의미를,
현장에서 새로움을

—

낙연쌤의 하루 일정은 분 단위로 짜여진다. 총리 시절 그의 하루 일정을 들여다보자. 오전 7시 50분 삼청동 공관을 나선다. 정부서울청사에 도착 직후인 8시 25분 외교부 1차관 등 외교부 관리들과의 회의를 시작한다. 9시에 국무조정실장과 1차장·2차장, 비서실장, 1급 이상 간부들이 참석하는 간부회의를 갖는다. 10시엔 반기문 국가기후환경회의 위원장 면담을 하고, 10시 30분에 사이버 테러와 관련해 국방부·과기부·경찰청·국정원 등의 합동 보고를 받는다. 이어 규제조정실장의 중소기업·소상공인 규제혁신방안 보고와 대테러센터장의 테러위험 인물 보고 등이 이어진다. 오전에만 6건의 일정을 소화한 것이다.

점심도 쉬는 시간이 아니다. 이날은 청와대 주례 회동이 있는 날이다. 12시부터 오후 1시 25분까지 문재인 대통령과 오찬을 하면서 국정을 논의했다.

오후엔 일정이 더 빡빡하다. 오후 2시부터 과기부와 여성가족부,

국토부 등의 보고 일정이 줄줄이 잡혀 있다. 차관들의 보고가 끝난 뒤엔 외부 인사 접견을 잠깐 한 뒤 연설문 2건의 초안 보고를 받는다. 이어 루이스 알베르토 모레노 미주개발은행(IDB) 총재를 면담하고, 외부 행사 인사말 영상녹화를 진행하고, 국무회의 안건을 보고받는다.

오후 6시 청사에서 일을 마친 총리는 서둘러 삼청동 공관으로 향한다. 이날 전직 국회의원 등 정계 원로 17명과의 만찬이 잡혀 있기 때문이었다. 막걸리 잔을 기울이면서 원로들의 조언을 듣는 것으로 하루 일정을 마무리했다. 낙연쌤은 이날 이른 아침부터 밤 늦게까지 총 19건의 일정을 소화했다. 이날은 유난히 바쁜 날이었지만 총리의 하루는 10건 안팎의 일정으로 채워진다.

그의 하루를 더 바쁘게 만드는 일정 중 하나는 연설문이다. 쌤이 연설을 해야 하는 행사는 한 달 16~17건 정도였다. 한주에 4건 안팎의 연설문을 준비해야 했다. 그는 주말에 공관이나 청사에서 연설문을 작성했다. 연설팀의 도움을 받는다는 점을 감안하더라도 수월한 일은 아니었다. 그는 언제, 어떻게 연설문을 썼을까.

쌤은 삼일절이나 개천절, 한국전쟁 등 큰 행사의 경우, 연설팀에게 미리 연설문 준비 상황을 물었다. 지난해와는 어떻게 차별화를 할 것인지, 어떤 내용으로 준비를 할 것인지 등을 묻고는 했다. 아마도 그 순간부터 마음속에 연설문 주제를 품고 다녔을 것이다.

쌤은 어떤 행사의 연설문이라도 연설팀 초안이 나오기 전까지는 그 방향을 제시한다거나 의견을 주는 법이 없었다. 그저 기존의 틀을 깨고 새롭게 써 보라고 할 뿐이었다. 그는 연설팀 초안 보고를 받고 난 뒤 비로소 꼼꼼하게 글의 방향을 제시했다. 이런저런 자료나 책을 찾아보라고 조언을 해 주기도 했다. 이미 자신의 머릿속에 글의 틀을 잡아가고 있음을 보여주는 신호들이었다.

그는 뒷주머니에 늘 수첩을 꽂고 다녔다. 동아일보 기자 시절 이래 습관이라고 했다. 그는 "이 모든 것들은 신문기자 경험이 제게 남긴 귀중한 선물"[20]이라고 말했다.

"또 한 권의 수첩을 다 썼습니다. 두 달에 한 권 꼴로 사용합니다. 제가 바지 뒷주머니에 수첩을 꽂고 다니며 메모하는 것은 스물아홉 살부터 올해로 36년째입니다. 그중 30년 가까이 오른쪽 뒷주머니에 넣었습니다. 언제부턴가 허리가 아프더군요. X레이를 찍어보니 오른편 골반 뼈가 위로 올라가 있는 겁니다. 수첩의 영향이었습니다. 그후로는 왼쪽 뒷주머니에 수첩을 넣어 골반 뼈를 조정하고 있습니다. 왼쪽이건 오른쪽이건, 어쩌다 아침에 수첩을 잊고 방을 나서면 금방 알아차립니다. 엉덩이 균형이 무너지기 때문이죠. 요즘 제가 쓰는 것은 농민신문사 취재수첩. 2008년 국회 농림수산식품위원장으로 일하면서부터 이걸 애용합니다. 커버가 얇고 연해 뒷주머니에 넣고 다니기 좋고, 스프링으로 묶여 필요시 뜯어 쓰기 편합니다. 농협 제품 가운데 성공작에 속합니다. 저는 감히 말합니다. '메모한다. 고로 나는 존재한다.'"[21]

쌤의 메모장에 적힌 문장들 중 일부는 그의 말과 글로 유용하게 쓰였다. 여러 해 동안 그의 연설문을 작성했고, 지금도 이낙연 의원실에서 연설문을 쓰고 있는 이제이 보좌관은 낙연쌤이 수첩의 메모를 유용하게 사용했다고 말했다. 완벽한 연설문을 준비하지 못하거나 즉석연설을 해야 할 때 중요한 핵심 단어와 줄거리를 적어두고 '이렇게 말해야겠다' 머릿속에 정리하는 식이다. 그는 대변인 시절부터 주로 이 방법으로 즉석 논평을 내거나 연설을 해왔다고 했다.[22]

쌤의 머릿속이나 수첩 속 '글씨'는 끊임없이 기름진 자양분을 공급받았다. 그는 국정 운영과 관련된 방대한 자료들을 보고받고, 쉴 새 없이 현장을 돌아다니면서 여러 가지 것들을 보고 듣고, 각 분야 전문가들의 의견도 접했다. 이렇게 수집된 자료들이 거름이 되어 글의 싹을 키운다.

쌤은 연설팀에게 많이 읽고, 두루 연구하고, 부지런히 현장을 봐야 한다는 걸 강조했다. 그는 틀에 박힌 글을 몹시 싫어했다. 현장을 보지 않을 때 그런 글이 나온다고 진단했다. 조금이라도 새로운 사실이 포함돼 있지 않은 연설문을 보고하면 "어디선가 본 듯한 글을 이리저리 주워 모은 것"이라는 핀잔을 들어야 했다.

"매번 똑같은 이야기 늘어놓는 것이 지겹지도 않습니까. 제발 새롭게 써 보려고 몸부림을 쳐보세요."

삼일절이나 개천절, 한국전쟁 등 수십 년째 되풀이되는 행사에서 새로운 이야기를 담는다는 것은 쉬운 일이 아니었다. 낙연쌤은 진부함을 피하는 방법으로 현재에서 의미를 찾고, 현장에서 새로움을 찾으라고 조언을 해 주었다. 연설팀은 전문가에게 자문을 구하고, 관련 신간 서적을 뒤지면서 매년 되풀이되는 행사에 오늘의 의미를 부여하기 위해 애를 썼다. 의전실 비서나 수행비서를 통해 낙연쌤이 읽고 있는 책이 무엇인지 알아낼 수 있었다. 연설팀이 낙연쌤의 독서 리스트에 올라있는 책을 전부 읽은 것은 아니었다. 그러나 서점을 들락거리며 책을 사들이면서 열심히 따라 읽는 것도 연설팀의 일과 중 하나였다.

연설팀은 시간이 허락할 때마다 현장을 방문했다. 책상머리에 앉아 얻어내는 생각이나 인터넷을 뒤져서 찾아내는 정보에 비할 수 없는, 살아 있는 이야기들을 현장에서 얻을 수 있었다.

현장은 어김없이 말을 걸어왔다. '순국선열의 날' 기념사를 준비하기 위해 서대문 형무소에 갔을 때는 사형장 앞의 '통곡의 미류나무'는 죽음을 불사하셨던 순국선열들의 독립 염원을 말해주었고, 노무현 전 대통령 추모사를 쓰기 위해 영화 〈노무현과 바보들〉을 관람할 때는 노무현 대통령이 육성으로 당신이 "봉화산 같은 존재"라는 말씀을 들려주었고, 제주 4·3희생자 추념사를 쓰기 위해 제주를 찾았을 때는 제주의 봄을 여는 동백꽃이 이념의 광기와 폭력에 짓밟힌 3만 제주도민의 핏물 위에서 피어나는 것임을 말해 주었다.

군사정권 시절 민주화 운동가들을 가두고 고문하던 옛 남영동 대공분실을 방문했을 때는 국가폭력에 짓밟힌 운동가들의 절규와 신음을 들을 수 있었다. 당시 연설팀이 미리 현장을 방문한 덕에 총리의 '구 남영동 대공분실 이관 행사 축하말씀'에 다음 구절을 담을 수 있었다.

고 박종철 열사님, 고 김근태 의원님, 고 리영희 교수님, 그리고 이 자리에 계시는 지선 스님과 이선근 위원장님 등 민주화 운동가들은 저 육중한 철 대문을 넘어 나선형 철 계단으로 5층까지 끌려 올라가 컴컴한 조사실에 갇혔습니다.

담장 너머로는 기차가 달리고 도심의 일상이 분주하게 돌아갔건만, 이곳에 갇히신 운동가들은 두터운 방음벽과 한 뼘 남짓의 좁은 창문 때문에 바깥세상을 들을 수도, 볼 수도 없었습니다. 이곳의 고문기술자들은 민주인사들에게 "죽지 않을 만큼 기술적으로" 고통을 주는 것이 그들의 일이었다고 피해자들은 증언하십니다.

글을 쓸 땐 먼저 글씨를 품어라. 불쑥불쑥 불거져 나오는 생각들을 메모장에 적어라. 책과 자료를 읽어라. 현장을 찾아라. 그러면 글은 뿌리를 내리고, 튼실한 대를 올리고, 가지를 뻗고, 꽃을 피우고, 마침내 탐스런 열매를 맺을 것이다.

낙연쌤의 파란펜

아이의 마음으로 써라

어린 아이처럼 써야 한다.
자기가 아는 만큼만, 꾸미지 않고.

보고 듣고 생각한 대로

―

옛날에 새 옷을 좋아하는 임금님이 있었다. 어느 날 재단사 두 사람이 임금님을 찾아왔다. 그들은 임금님께 어리석은 사람의 눈에는 보이지 않는 특별한 옷을 만들어 주겠다고 말했다. 여러 날 만에 옷이 만들어졌다. 임금님 눈에는 옷이 보이지 않았다. 임금님은 자신의 어리석음이 드러날까 두려운 나머지 아주 훌륭한 옷이라고 칭찬했다. 신하들도 덩달아 칭찬했다. 임금님이 새 옷을 입고 거리행진을 했다. 한 아이가 "임금님은 벌거숭이"라고 소리쳤다.

안데르센 동화 『벌거벗은 임금님』은 아이의 눈과 입이 얼마나 정직한지를 이야기한다. 아이는 본 대로 말한다. 아이의 눈과 입은 세상의 가식과 위선을 폭로한다.

　　　　　　　　　　　　　　　　　　　　　　　낙연쌤의 파란펜

아이의 미덕은 글쓰기에서도 고스란히 나타난다. 아이는 세상을 천진하게 보고, 본 대로 쓴다. 아이는 글을 쉽게 쓴다. 멋을 부리지 않는다. 글은 어린아이의 미덕으로 써야 한다. 아이의 미덕은 어디에서 나오는가.

첫째, 맑은 눈이다. 어린아이의 눈은 가식으로 흐려 있지 않다. 크기도 어른 눈에 뒤지지 않는다. 조선 후기 문장가인 형암 이덕무는 "어린아이의 모공과 뼈마디는 모두 어른만 못하다. 그러나 유독 눈동자만은 더하거나 덜하지 않다. 어린아이의 눈동자를 보라. 바로 크게 기이한 조짐이다."[23] 라고 말했다.

천진한 아이의 눈은 때묻은 어른의 눈으로는 볼 수 없는 세상을 본다. 아이가 무심결에 하는 말을 받아 적으면 그대로 한 편의 시가 되기도 한다. 형암은 어린아이는 무의식 중에 천성의 지혜와 식견을 표현한다고 말했다.

예전에 한 어린아이는 별을 보고 달 가루라고 말했다. 이와 같은 말은 예쁘고 참신하다. 때 묻은 세속의 기운을 훌쩍 벗어났다. 속되고 썩은 무리가 가히 할 수 있는 말이 아니다.[24]

달 주변에 반짝이는 별무리를 달가루로 보는 아이의 눈이야말로 시인의 눈이 아니던가. 사람은 모두 시인으로 태어나지만 아이가 어른이 되면서 그 눈이 탁해지고, 탁해진 눈이 태초의 감성을 가리는지도 모른다.

둘째, 바른 입이다. 어린아이는 말을 할 때 이 궁리 저 궁리를 하지 않는다. 그저 눈에 보이고 마음에 떠오르는 대로 말할 뿐이다. 벌거벗은 임금님의 행차를 본 아이가 "임금님은 벌거숭이"라고 외치는 것처럼 거침없이 말한다.

사람은 누구나 우렁찬 외침과 함께 세상으로 나온다. 연암 박지원은 어머니의 뱃속에서 막 나와 새로운 세상을 맞은 갓난아기의 울음소리야말로 꾸밈없는 천연의 감정이자 최초의 본심이라고 말했다.

갓난아이가 어머니 태중에 있을 때 캄캄하고 막히고 좁은 곳에서 웅크리고 부대끼다가 갑자기 넓은 곳으로 빠져나와 손과 발을 펴서 기지개를 켜고 마음과 생각이 확 트이게 되니, 어찌 참소리를 질러 억눌렀던 정을 다 크게 씻어내지 않을 수 있겠는가![25]

어린아이의 입과 눈은 따로 놀지 않는다. 아이는 눈을 통해 들어오는 세상의 모습과 그 느낌 그대로를 입으로 표현할 뿐이다. 가장 좋은 글쓰기는 어린아이처럼 보이는 대로 꾸밈없이 쓰는 것이다.

셋째, 넘치는 호기심과 뛰어난 관찰력이다. 어린아이에게 세상은 온통 궁금증 덩어리이다. 그래서 끊임없이 묻고, 들여다보고, 만져본다. 어린아이의 호기심은 시들 줄을 모르고 관찰력은 집요하기만 하다.

낙연쌤의 파란펜

이오덕은 아이들의 글은 현실에서 직접 보고 듣고 일하고 생각한 것을 쓰기 때문에 감동을 준다고 말했다. 억지로 꾸며낸 이야기를 쓰는 것이 아니라 자신의 체험과 느낌을 고스란히 담아내는 글이라는 것이다.

> 어느 일요일 날 밖에 나가 놀다가 밭둑에서 풀잎을 보았습니다. 한 자리에 노란 풀잎들이 소히 올라옵니다. 노란 풀잎들은 이제 봄이라고 올라옵니다. 노란 풀잎은 아기처럼 부드럽고 작았습니다. 나는 풀잎을 만져 주었습니다. 풀잎은 좋다고 웃는 것 같습니다. 그래 나는 그것을 보고 참 기뻤습니다. ('풀잎' 경북 상주 공검국민학교 2년 임도순)[26]

아이를 키워본 사람들은 안다. 아이들은 부지불식간에 어른들을 깜짝 놀라게 하는 표현을 하고는 한다. 말하는 기술을 한 번도 배우지 않은 아이들이 가장 살아있는 말을 한다. 부모라면 누구나 '우리 아이가 혹시 천재가 아닐까'라는 생각을 몇 번 쯤은 하게 된다. 누구나 알아들을 수 있는 아이의 쉬운 말은 책상머리에서 쓴 어른의 글과는 비교할 수 없는 생동감을 준다. 이오덕은 그래서 수사법 무용론을 편다.

> 아이들은 어른들이 아주 어렵게 설명하는 수사법이란 것을 전혀 모르면서도 어른들이 말하는 그 모든 방법을 마음대로 쓰고 있다. 아이들이 이런데, 어른들이 글쓰기를 재주로 익히려고 한다면 얼마나 어리석

은 노릇인가. 삶과 말을 가지고 있으면 누구나 훌륭한 글을 쓸 수 있는 것이다.[27]

아이들이 학교에 들어가면 글쓰기를 배운다. 아이들은 유명한 문장가들의 글이 실린 국어 책을 읽고 어려운 문법을 공부한다. 문장가들의 글은 현란한 수식과 어려운 지식으로 가득하다. 문법은 머리를 지끈거리게 할 정도로 복잡하기만 하다. 아이들은 점점 글쓰기를 어렵게 생각해 멀리하기 시작한다. 글쓰기는 특별한 사람들의 특별한 재능이라고 여긴다.

이오덕은 동화작가나 소설가 등 문인들조차 "괴상한 문학적인 문장 쓰기를 즐기고 있는 흐름"[28]이 되어 있음을 걱정했다.

글을 언제나 그렇게 꾸며 만들다 보면 그것이 버릇으로 굳어져 괴상한 악취미를 즐기게도 된다. 이 '비인간화'된 문학의 시대에는 참 희한한 글 장난을 취미로 즐기는 사람도 나오게 되는데, 그런 사람은 여간 큰 해독을 사회에 끼치는 것이 아니다. 문학작품이란 것이 이렇게 되고 보니 생활 글을 쓰는 이들도 덩달아 사치한 말장난을 하고 싶어 한다.[29]

훌륭한 글은 미사여구로 만들어지는 것이 아니다. 자신의 눈으로 들어오는 세상을 보이는 그대로 설명하고, 자신의 마음에 떠오르는 생

낙연쌤의 파란펜

각을 고스란히 담을 때 훌륭한 글이 나온다. 좋은 글을 만드는 소재는 진실과 진심이다. 진실과 진심을 담아내는 좋은 글쓰기는 아이들을 통해 배울 일이다.

아이들은 자신의 언어에 얕은 계산이나 복잡한 수식이나 어려운 지식을 담을 줄 모른다. 아이들의 언어는 단순하고, 쉽고, 직선적이다. 좋은 글쓰기의 비결은 아이들의 언어에 숨어있다. 글이 잘 나가지 않을 때는 아이의 마음으로 돌아갈 일이다.

에두르지 말고 직진하라

—

언론사들은 해마다 각종 포럼이나 컨퍼런스를 연다. 지식과 리더십, 정보통신기술(ICT), 금융, 비즈니스, 부동산 등 그 분야와 주제는 실로 다양하다. 주최 측은 국내외 석학들과 전문가들을 초대해 해당 분야의 이슈를 점검하고 미래를 전망한다.

낙연쌤은 포럼과 컨퍼런스의 단골 초대손님이다. 그러나 쌤의 입장에서는 하루가 멀다고 날아드는 포럼과 컨퍼런스 초대장은 부담스러운 것이었다. 분 단위로 빡빡하게 이어지는 총리의 일정을 쪼개어 시간을 내는 일이 간단치 않았다. 김성재 공보실장은 한 언론사당 한 해 한 행사만 참석한다는 '1년 1사 1건' 원칙을 세웠지만 지키기 어려웠다.

언론사의 포럼과 컨퍼런스에는 국내외 석학들과 전문가들이 참석한다. 쌤은 그런 자리에서 대한민국 총리로서 무슨 말을 해야 할지를 고민했다. 해당 축사를 작성해야 하는 연설팀은 쌤에 앞서 그런 고민을 해야 했다. 포럼과 컨퍼런스의 축사는 가장 쓰기 어려운 글이었다.

글 속에 과거 성찰과 현실 진단, 미래 전망, 정부 정책 등을 두루 담아내야 했다.

이데일리가 주최하는 '세계전략포럼'도 연설팀에게 고민을 안겨준 행사 중 하나였다. 존 켈리 전 미 백악관 비서실장과 맥스 보커스 전 주중 미국대사, 문정인 통일외교안보특보, 전광우 세계경제연구원 이사장 등 국내외 전문가들이 참석하는 자리였다.

연설팀은 2차 세계대전 이후의 질서를 규정했던 브레튼우즈 체제의 종식과 미중 무역전쟁으로 대변되는 신냉전의 흐름에 주목해야 한다는 요지의 연설문 초안을 준비했다. 한국은 탈냉전과 신냉전의 한복판에서 평화와 경제를 일궈내야 하는 과제를 안고 있으며, 이데일리의 세계전략포럼에서 그 지혜를 제시해 주기를 바란다는 내용이었다.

쌤은 연설팀 초안을 훑어보고 나더니 대뜸 "총리가 '신냉전'이라는 말을 써도 되나요?"라고 물었다. 총리의 입장에서 미중 갈등을 기정사실화 하는 '신냉전'이라는 표현을 공식적인 자리에서 써서는 안 되는 것 아니냐는 물음이었다. 그는 또 "미중 패권 전쟁이 벌어지고 있는 상황에서 '평화가 경제이고, 경제가 평화'라는 틀은 안 어울립니다."고 말했다.

"멋있다고 다 가져다 붙이지 말고 감당할 수 있는 것만 끌어들이세요. 공연히 아는 체하다가 망신당할 수 있습니다. 자칫 전문가 앞에서 잘 알지도 못하는 이야기를 늘어놓는 꼴이 될 수 있어요. 일반인들에겐 무슨 소린지 이해할 수 없는 이야기를 하는 꼴이 됩니다. 모르면 어린아이 말하듯 하세요."

어린아이는 아는 것만 이야기한다. 어린아이는 모르는 것이 있으면 묻는다. 총리는 연설문을 쓸 때 석학과 전문가들 앞에서 어설프게 아는 체하는 것보다는 차라리 어린이처럼 "모르겠으니 가르쳐 주십시오."하고 청하는 것이 좋다고 말했다. 어린아이의 마음으로 글을 써라. 쌤의 지론이었다.

쌤이 수정한 연설문을 초안과 비교해 보면 몇 가지 차이가 있다. 쌤은 북한의 핵실험과 장거리 미사일 발사, 이후 남북정상회담과 북미정상회담, 북미회담 결렬, 북한의 단거리 미사일 발사 등 지난 2년 동안의 한반도 정세를 설명한다.

그러고는 전문가들 앞에서 자신의 의견을 제시하기보다는 어린아이처럼 묻고 있다. 한반도의 비핵화와 평화정착을 위해 "어떤 출구를 찾아야 할지, 그것을 언제쯤 찾을 수 있을지, 한국은 어떤 역할을 해야 할지" 궁금하다고 말한다. 강연과 토론에 나서는 참가자들의 통찰이 궁금하고, 포럼의 예리한 분석과 조언을 기대한다고 말하고 있다.

연설팀 초안을 검토할 때 쌤이 '신냉전'이라는 말을 써도 되냐고 물었지만 그의 수정본에서도 '신냉전'이라는 표현을 한 차례 사용하고 있다. 다만 "신냉전으로 불리는 질서 재편으로까지 치달을 것인지"라는 정도로 표현하고 있다. 신냉전을 기정사실화 하지 않은 것이다.

낙연쌤의 파란펜

제10회 이데일리 세계전략포럼 축사

_연설팀 초안(일부 발췌)

대한민국은 지금 20세기 냉전과 21세기 신냉전이라 불리는 역사의 한복판에 서 있습니다. 냉전의 산물인 분단의 현실 속에서 70년을 살아왔습니다. 지금 치열하게 전개되는 미중 무역전쟁의 바람을 맞고 있습니다. 어느 때보다 우리에게 지혜와 용기가 절실합니다.

그동안 대한민국 정부는 20세기 냉전의 극복과 대응에 애써왔습니다. 1970년대엔 남북이 자주, 평화, 민족단결의 통일원칙에 합의했고, 그로부터 20여 년 뒤 남북한이 유엔에 동시가입했습니다. 2000년엔 남북정상이 처음 만나 한반도 평화 정착과 남북 공동번영의 기초를 마련하고 길을 열었습니다. 그 원칙과 의지를 이어받아 문재인 정부는 평화시대로 향하는 여정을 이어갔습니다. 그 결과 지금 한반도의 땅과 바다, 하늘에서 총성이 멈췄습니다. 대결의 상징이던 비무장지대와 서해는 평화와 협력의 공간으로 바뀌고 있습니다.

정부는 미중 무역전쟁으로 대변되는 신냉전의 흐름에 예의주시하고 있습니다. 2차 세계대전 이후의 질서를 규정했던 브레튼우

즈 체제의 종식과 새로운 질서 재편은 우리에게 보다 면밀한 응전을 요구합니다. 가깝게는 미중 무역전쟁이 가져올 피해를 줄이는 것부터 더 멀리 보고 장기적이고도 근본적인 전략 마련에 집중해야 합니다.

탈냉전과 신냉전의 흐름 속에서 우리는 평화와 경제라는 두 개의 과제를 확인합니다. 평화와 경제, 이 둘은 따로 있지 않습니다. 평화가 경제고, 경제가 평화입니다. 정부는 한국 경제발전을 위한 중요한 전제조건 중 하나가 바로 한반도 평화라는 믿음을 가지고 있습니다. 국제사회의 협력과 연대를 이끌며 정부는 평화경제시대의 실현을 앞당겨갈 것입니다. 더 큰 협력과 연대 위에 미중 무역전쟁의 파고에 흔들리지 않는 지속성장의 길을 실현해갈 것입니다.

제10회 이데일리 세계전략포럼 축사
_낙연쌤 수정본(일부 발췌)

한반도는 지난 2년 사이에 정세의 반전과 조정을 겪어 왔습니다. 2017년 9월까지도 북한은 핵실험을 감행했고, 11월에는 장거리 미사일을 쏘았습니다. 2018년에는 남북 정상회담과 북미 정상회담이 잇따라 열리면서 군사적 긴장이 완화됐습니다. 올해는 2월 하노이 북미 정상회담 결렬로 대화가 교착됐고, 북한이 단거리 미사일을 발사했습니다.

※ 전문가들 앞에서 '신냉전' 등 거대담론을 펼치기보다는 오늘날 한반도 정세를 객관적으로 설명함.

다행히 남북한과 미국은 대화의 틀을 유지하고 있습니다. 남북한과 미국의 최고지도자들은 북한 비핵화와 한반도 평화 정착을 위해 의미 있는 진전을 올해 안에 이루기를 희망하고 있습니다. 마침 미국 도널드 트럼프 대통령은 북한 김정은 위원장으로부터 '아름다운 편지'를 받았다고 공개했습니다. 향후의 진전을 위해 한국도 응분의 역할을 다할 것입니다.

※ 한반도 평화 정착의 가능성이 여전히 열려 있다는 긍정적 입장을 밝힘.

비핵화와 평화 정착을 위해 당사국들은 어떤 출구를 찾아야 할지, 그것을 언제쯤 찾을 수 있을지, 한국은 어떤 역할을 해야 할지, 오늘 강연과 토론에 나서실 참가자들의 통찰이 궁금합니다.

※ 불확실한 미래에 대한 궁금증을 전문가들 앞에서 토로.

지금 세계는 미중 경제 충돌이라는 새로운 불확실성에 직면했습니다. 많은 국가들이 그렇듯이, 한국도 경제적·외교적으로 어려운 고민을 요구받고 있습니다. 한국 기업들은 지혜롭게 대처하고 있습니다. 한국 정부도 마찬가지입니다. 미중 양국이 세계 경제의 불확실성을 줄이도록 조속히 결단해주기를 요청합니다.

※ 미중 경제 충돌에 대한 대한민국 총리로서의 입장을 밝힘.

이달 말 G20 정상회담의 기회에 미중 정상회담이 열리면 양국의 경제 충돌은 얼마간 완화될 것인지, 아니면 신냉전으로 불리는 질서 재편으로까지 치달을 것인지, 한국은 어떻게 대처해야 할지, 포럼의 예리한 분석과 유용한 조언을 기대합니다.

※ 어린아이가 어른에게 묻는 것처럼 겸손하게 전문가들의 의견을 구함.

경향신문 포럼도 연설팀을 잔뜩 긴장하게 만든 행사였다. '동북아 협력의 새 시대 - 한반도 2.0, 상생의 길'을 주제로 한 행사에 리처드 하스 미국외교협회 회장과 마커스 놀런드 미국 피터슨국제경영연구소 부소장, 진징이 중국 베이징대학 교수, 게오르기 톨로라야 러시아 과학 아카데미 아시아전략센터장, 소에야 요시히데 일본 게이오대학 교수, 정세현 한반도평화포럼 이사장 등 기라성 같은 국내외 전문가들이 강연과 토론에 참석하는 행사였기 때문이다.

포럼과 컨퍼런스 관련 글을 쓰기 위해서는 기본적으로 발제자와 토론자의 저작을 공부해야 한다. 연설팀은 기조강연자인 하스 회장의 저서『혼돈의 세계』를 읽은 뒤 그 내용을 중심으로 초안을 작성했다.

낙연쌤의 파란펜

연설팀 초안을 읽고 난 쌤은 "멋을 부리려고 하다가 중도에 포기한 글"이라고 말했다. 무슨 메시지를 전하려고 하는지 분명치 않은 글이라고 했다.

"병아리 모이 뿌리듯 이런저런 이야기를 죽 늘어놓기만 했을 뿐 그 의미를 받쳐주지 못했어요. 그저 아는 체하려고 한 정도입니다."

쌤은 또 하스의 저서 『혼돈의 세계』를 다룬 부분이 너무 길다고 지적했다. 기조강연자의 저술 내용을 인용한 것은 좋지만, 그 비중이 너무 크고 그나마 포럼의 주제와도 제대로 연결시키지 못했다고 말했다. 상황에 딱 맞는 말이 아니라면 함부로 인용해서는 안 된다는 지적도 덧붙였다.

2019 경향포럼 축사
_연설팀 초안(일부 발췌)

하스 회장님께서는 역저 『혼돈의 세계』를 통해 냉전시대에 작동했던 세계질서 1.0이 더 이상 작동하지 않고 있음을 직시하시면서, 핵무기 확산과 테러리즘과 기후변화를 비롯한 글로벌 도전들에 대처하는 세계질서 2.0이 필요하다고 역설하셨습니다.

세계질서 2.0을 형성하는 동북아 질서의 축이 한반도 2.0입니다. 저는 한반도 2.0이란 대립과 갈등을 끝낸 평화협력공동체, 함께 번영하는 경제협력공동체를 지향하는 문재인 정부의 신한반도 체제와 같은 개념으로 이해합니다. 하스 회장님을 비롯한 여러 석학들께서 그 답을 찾아주실 것으로 기대합니다.

문재인 정부는 지구상 마지막 냉전지대인 한반도를 평화의 발신지로 바꾸는 노력을 계속하고 있습니다. 문재인 대통령은 지난해 김정은 국무위원장을 세 차례나 만나셨고, 사상 첫 북미정상회담을 주선하셨습니다. 남북한 화해를 넘어 동북아 6개국과 미국이 함께 하는 동아시아철도공동체를 제안하셨습니다. 동아시아철도공동체를 시작으로 동아시아에너지공동체와 경제공동체를 만들고, 이를 토대로 동북아 다자평화안보체제를 완성하자는 구상입니다.

아쉽게도 지금 한반도 평화 협상은 교착의 국면입니다. 그러나 한국 정부는 지혜와 용기와 인내로 북한이 변화와 개방의 길로 큰 걸음을 뗄 수 있도록 최선의 노력을 다하고 있습니다.

이달 말 방한하시는 트럼프 미국 대통령과도 한반도 평화협상의 재개 방안을 논의하게 될 것입니다.

시진핑 중국 국가주석과 푸틴 러시아 대통령은 최근 정상회담에서 비핵화와 한반도 평화체제 구축을 동시에 추진해야 한다는 입장을 재확인하셨습니다. 아베 신조 일본 총리도 조건 없는 북미 정상회담 의사를 밝히고 계십니다.

2019 경향포럼 축사
_ 낙연쌤 수정본(일부 발췌)

오늘 포럼의 주제는 '동북아 협력의 새 시대-한반도 2.0, 상생의 길'입니다. 기조 강연자 하스 회장께서 일찍이 탈냉전의 세계질서 2.0을 제창하셨습니다. 마찬가지로 한반도도 냉전체제를 넘어 상생의 새로운 길을 가도록 모색하자는 취지가 주제에 반영됐다고 생각합니다.

※ 기조 강연자를 소개하면서 그의 '탈냉전의 세계질서 2.0'의 개념을 함축적으로 설명.

아시다시피, 1990년을 전후해서 유럽에서 세계 냉전체제가 무너졌습니다. 그 시기에 한반도에서도 데탕트가 싹텄습니다. 남북한이 '화해와 불가침 및 교류·협력에 관한 합의서'를 채택했고, 유엔에 동시 가입했습니다. 한국은 러시아 및 중국과 잇따라 수교했습니다.

※ '탈냉전의 세계질서 2.0'의 흐름과 한반도의 변화 정리.

그러나 한반도의 냉전 해체는 완성되지 못했습니다. 남북한은 교류협력의 시도를 간헐적으로 이어갔으나, 뿌리 깊은 불신과 대립에 압도됐습니다. 북한은 미국, 일본과 수교하지 못했습니다. 만약 그 시기에 남북한과 주변 4강의 교차수교가 완성됐더라면, 지금의 한반도는 어떠한 상태일까를 생각하곤 합니다.

남북한은 2000년과 2007년에 정상회담을 열었습니다. 그러나 북한의 군사적 도발이나 한국의 정권교체 등으로 정상회담 결과의 이행이 중단됐습니다. 더욱이 북한은 2017년 9월 6차 핵실험과 11월 장거리 미사일 발사로 사태를 더 악화시켰습니다.

※ '탈냉전의 세계질서 2.0'과 유리된 한반도 정세의 불안정.

그런 상황이 지난해 반전됐습니다. 남북한 정상이 한 해에 세 차례 회담했습니다. 북한과 미국의 정상이 역사상 처음으로 만났습니다. 그러다 올해 2월 두 번째 북미 정상회담이 합의 없이 끝났고, 대화는 교착됐습니다.

이달 들어 변화가 나타났습니다. 북한 김정일 위원장이 미국 트럼프 대통령에게 친서를 보냈습니다. 김정은 위원장은 최초의 남북 정상회담을 열었던 김대중 전 대통령의 부인 장례식에 조의문과 조화를 보냈습니다. 김정은 위원장은 그 조의문에서 현재의 남북관계가 "자주통일과 평화번영의 길로 나아가고 있다."고 평가했

낙연쌤의 파란펜

습니다.

　내일모레에는 평양에서 북중 정상회담이 열립니다. 2월 북미 정상회담 이후 교착된 비핵화 대화의 재개와 획기적 진전을 위한 김정은 위원장의 결단과 시진핑 주석의 역할을 기대합니다.

　내주 말에는 오사카에서 G20 정상회의와 함께 한중, 한일, 미중 등의 정상회담이 잇따라 열릴 것입니다. 그 직후 서울에서 한미 정상회담이 이어집니다.

　관련 당사국들은 비핵화 대화의 새로운 출구를 찾고 있다고 저는 판단합니다. 그런 당사국들의 정상 대화가 연쇄적으로 열리는 것입니다. 따라서 저는 앞으로 수개월 안에 이 문제와 관련해 모종의 변화가 일어날 수 있다고 판단합니다.

　쌤의 수정본은 무엇이 달라졌을까. 연설팀 초안과의 가장 큰 차이는 글의 속도와 압축이다. 연설팀 초안은 하스 회장의 저서『혼돈의 세계』에 나오는 세계질서 2.0을 소개하고, 세계질서 2.0과 한반도 2.0 간 관계를 설명하고, 문재인 정부의 한반도 평화정착 노력을 소개하고 있다. 쌤의 표현대로 병아리 모이 뿌리듯 이런저런 이야기를 죽 늘어놓느라 글이 주춤거리고 있다. 글이 속도감 있게 전개되지 못하고 있는 것이다.

그러나 쌤의 수정본은 기조 강연자 하스 회장이 탈냉전의 세계질서 2.0을 제창했고, 그런 취지가 포럼 주제인 '한반도 2.0, 상생의 길'에 반영됐다고 생각한다는 정도로 글을 압축한다. 초안에서 두 단락에 걸쳐 장황하게 다룬 하스 회장의 세계질서 2.0 관련 내용은 단 두 줄로 줄였다.

쌤은 또 세계 냉전체제 붕괴와 한반도 냉전 해체의 미완성을 짚은 뒤 남북한과 미국 간 한반도 평화정착을 위한 노력들을 속도감과 압축감 있게 정리하고 있다. 이어 앞으로 G20 정상회의와 한중, 한일, 미중 등의 정상회담이 줄줄이 열릴 것이라는 사실을 환기시키면서 비핵화 대화의 재개에 대한 기대감을 나타내고 있다.

쌤은 직진하는 글을 좋아한다. 주춤주춤 앞으로 나아가지 못하는 글을 보면 밭 갈러 가는 소가 길가의 풀을 뜯느라 어슬렁어슬렁 해찰하는 꼴이라면서 나무랐다.

어린아이의 말은 에두르지 않는 직선이다. 구구하게 설명할 줄을 모른다. 자신이 하고 싶은 말을 진솔하게 던진다. 장황하게 이유나 배경을 설명하지 않는다. 누구를 가르치려 들지도 않는다. 그래서 아이들의 말은 속도감과 압축감을 지닌다. 글을 쓸 때 아이의 마음으로 써야 하는 이유다.

'마음의 탁본'을 떠라

부풀리거나 줄이거나 뒤집거나 비틀거나 하지 말고
있는 그대로.

어린이가 나비를 잡는 순간처럼

―

　사람들은 글쓰기를 어려워한다. 글쓰기를 어렵게 여기는 가장 큰 이유는 자신의 생각과 감정을 있는 그대로 표현하기보다는 뭔가를 억지로 만들고, 꾸미고, 늘이려고 하기 때문이다. 글이란 뭔가 대단한 생각이나 귀한 정보나 아름다운 문장을 품고 있어야 한다고 생각하는 것이다.

　글이란 자신의 마음속에 있는 생각과 감정을 문자로 표현하는 행위일 뿐이다. 글이란 '마음의 탁본'이다. 그저 마음속에 있는 그대로 진솔하게 문자로 표현한 글이 가장 훌륭한 글이다. 장독대에 떨어지는 감잎을 보면서 "오매 단풍 들것네"[30]하고 외친 감탄이 그대로 최고의 시어가 될 수 있는 것이다.

사람은 시각·청각·후각·미각·촉각 등 오감으로 세상을 접한다. 눈과 귀, 코, 입, 피부 등 오감은 사물과 사건을 대하면서 마음에 칠정(七情)을 낳는다. 유교에서는 칠정을 희노애락애오욕(喜怒哀樂愛惡欲)으로 설명한다. 기뻐하고, 성내고, 슬퍼하고, 즐거워하고, 사랑하고, 미워하고, 욕심내는 마음이다. 불교에서는 희노우구애증욕(喜怒憂懼愛憎欲)으로 칠정을 구분한다. 기뻐하고, 성내고, 걱정하고, 무서워하고, 사랑하고, 미워하고, 욕심 내는 마음이다.

유협은 『문심조룡』에서 "사람은 본래 일곱 가지 감정을 지니고 있어서 외계의 사물에 감응이 발생하게 되는데 감응이 있게 되면 그 마음의 뜻을 읊조리게 되는 것이 자연스러운 현상"[31]이라고 적었다.

『문심조룡』은 중국 근대문학의 거장인 노신이 일찍이 동양에는 『문심조룡』이 있고, 서양에는 아리스토텔레스의 『시학』이 있다고 말할 만큼 높이 평가를 받는 중국 고대의 문학 이론서이다.

유협은 글이란 시각에 호소하는 부호이므로 '마음의 그림'이며, 말은 청각에 호소하는 소리이므로 '마음의 소리'라고 정리했다. 유협은 사람이 오감을 통해 외부 사물을 접함으로써 마음에 형성되는 그림 혹은 소리를 '의상(意象)'이라고 말했다. 사람의 정신이 눈과 귀 등 감각기관을 통해 감지되는 외부 사물과 노니는 과정에서 '의미의 상'이 만들어진다는 것이다. 유협은 그런 '의상'을 문자로 옮기는 행위가 바로 문예 창작 활동이라고 말했다.

문예구상의 이치는 오묘하여 정신과 외적인 사물이 서로 만나 노닐게 한다. 정신이 살고 있는 마음의 관건을 쥐고 있는 것이 바로 의지와 기질이며 외적인 사물이 눈과 귀를 통해 정신과 접촉될 때 언어는 그것을 표현하는 기구가 되는 것이다. 표현 기구가 잘 소통되면 사물의 모습은 숨김없이 나타날 것이며 의지와 기질의 관건이 막히면 정신은 마음속에 숨게 된다.[32]

조선 후기 실학자이자 문장가였던 연암 박지원은 "글이란 뜻을 그려내는 데 그칠 따름(文以寫意則止而已矣)"이라고 했다. 글이란 억지를 부리거나, 근엄한 척하거나, 장중하게 꾸미지 않고, 그저 자신의 뜻을 고스란히 그려내는 데 그쳐야 한다고 조언한 것이다.

글이란 뜻을 그려내는 데 그칠 따름이다. 글제를 앞에 놓고 붓을 쥐고서 갑자기 옛말을 생각하거나, 억지로 경서의 뜻을 찾아내어 일부러 근엄한 척하고 글자마다 장중하게 하는 사람은, 비유하자면 화공을 불러서 초상을 그리게 할 적에 용모를 가다듬고 그 앞에 나서는 사람과 같다. 시선을 움직이지 않고 옷은 주름살 하나 없이 펴서 평상시 태도를 잃어버린다면, 아무리 훌륭한 화공이라도 그 참모습을 그려내기 어려울 것이다. 글을 짓는 사람도 어찌 이와 다를 것이 있겠는가.[33]

연암이 글쓰기 방식으로 제시한 '사의(寫意)'는 유협이 말한 '의상(意

象)'을 떠올리게 한다. 연암의 '사의'란 마음에 맺히는 뜻, 즉 '의상'을 그려내는 것이기 때문이다.

'사의'란 겉모습이 아닌 마음을 그리는 것이다. 사물을 본대로만 그리는 것이 아니라 사물을 보면서 느낀 생각과 감정까지 그리는 것이다. 연암의 '사의'란 유협이 이야기한 '마음의 그림'과 '마음의 소리' 즉 '의상'을 문장에 담아내는 것이라고 할 수 있다.

끊임없이 흔들리는 마음을 어찌 그릴 것인가. 마음의 그림과 마음의 소리를 문장으로 담아내는 방법은 무엇인가. 그건 비문(碑文)을 탁본하는 방법과 다르지 않다. 비문을 탁본할 때는 우선 비석의 표면을 깨끗하게 닦는다. 표면에 골고루 먹을 칠한다. 그 위에 하얀 종이를 덮어 구석구석 문지른다. 가만가만 떼어낸다.

마음의 탁본도 비슷하다. 우선 마음을 깨끗하게 한다. 글제를 마음에 담는다. 고요히 사색을 한다. 우후죽순처럼 여러 생각들이 돋아나기 시작한다. 그렇게 돋아나는 생각들을 하나씩 종이에 옮겨 적는다. 작은 자투리라도 버리지 말고 일단 옮겨 담아라. 구슬을 꿰어 목걸이를 만들 듯 이젠 옮겨 놓은 여러 생각의 조각들을 엮기만 하면 된다.

그러나 사람의 마음은 매 순간 칠정(七情)으로 요동친다. 온갖 잡념들로 마음이 뿌옇게 흐려진다.

유협은 영감이 모아지는 때를 기다려 글을 풀어내는 게 좋다고 조언했다.

조용히 생각을 모으면 천 년의 세월도 접할 수 있고 천천히 얼굴을 움직이면 만 리를 내다볼 수도 있다. 글을 읊조리는 가운데 주옥같은 소리가 나오며 생각을 모으는 가운데 눈앞에는 바람과 구름의 변화 많은 모습이 펼쳐진다. 이는 모두 상상과 사유의 이치가 극에 달한 것이 아니겠는가?[34]

연암은 중국 최고의 역사가인 태사공 사마천이 『사기』를 쓸 당시의 마음을 그려보면서 글쓰기 자세를 조언한다. 연암은 친구 경지(京之)에게 보낸 서신에서 사마천이 『사기』를 쓸 때의 마음은 어린아이들이 나비를 잡는 순간과 같다고 적고 있다.

어린아이들이 나비 잡는 것을 보면 사마천의 마음을 간파해 낼 수 있습니다. 앞다리를 반쯤 꿇고, 뒷다리는 비스듬히 발꿈치를 들고서 두 손가락을 집게 모양으로 만들어 다가가는데, 잡을까 말까 망설이는 사이에 나비가 그만 날아가 버립니다. 사방을 둘러보아도 사람이 없기에 어이없이 웃다가 얼굴을 붉히기도 하고 성을 내기도 하지요. 이것이 바로 사마천이 사기를 저술할 때의 마음입니다.[35]

어린아이가 나비를 잡는 일이 쉽지 않듯이 글로 마음을 잡아내는 일도 쉽지 않다. 숨소리까지 죽인 채 조심스럽게 다가가도 나비가 훌쩍 날아가 버리듯 마음에 맺힌 그림과 소리도 어느 순간 바뀌거나 사라

낙연쌤의 파란펜

져버린다. 나비처럼 움직이는 마음을 탁본으로 떠내려면 고요히 생각을 모으고 지극히 정성을 다해야 한다. 부지런히 마음을 닦아야 한다. 독서로 마음을 채우고, 사색으로 마음을 비우고, 가끔은 여행으로 마음을 달래줄 일이다. 마음이 맑고 고요해야 깨끗한 탁본을 뜰 수 있다.

최고의 수사법은 진심

—

　내가 총리실 소통메시지비서관으로 갓 일을 시작한 무렵이었다. 낙연쌤의 언어를 제대로 파악하지 못했던 나는 한 연설문에 "진심으로 감사를 드립니다."라는 표현을 썼다. 쌤이 대뜸 물었다.

　"진심 없이 드리는 감사도 있습니까?"

　감사를 드릴 때는 당연히 진심으로 드리는 것이므로 굳이 "진심으로"라는 표현을 쓸 필요가 없다는 말이었다.

　쌤은 빈말을 할 줄 모른다. 모자란 말도 싫어했지만 넘치는 말도 경계한다. 마음에 없으면 말이나 글에 담아서는 안 된다고 했다. 어눌하더라도 자신의 마음을 진솔하게 담은 말과 글이 사람을 움직일 수 있다는 것이었다.

　소록도에 들어선 마리안느·마가렛 나눔연수원 개관식 축사를 준비할 때였다. 소록도병원에서 한센인을 돌보는 데 한평생을 헌신한 마리안느 스퇴거와 마가렛 피사렉의 삶을 몇 줄 글로 표현하는 일은 어려운 작업이었다. 까다로운 행사의 글을 쓸 일이 있으면 가장 먼저 자청을 하고 나서는 이영옥 팀장이 이번에도 "제가 할게요."라면서 씩씩하게 손을 들었다. 이 팀장이 만든 초안을 함께 검토하고 보완하여 낙연 쌤께 보고했다.

연설팀 초안을 읽고 난 후 쌤은 "글 속에 치열함이 보이지 않습니다. 한센인들을 위해 평생을 바친 두 분께 드리는 헌사로는 너무 안이합니다."라고 말했다. "날카로운 면도칼로 살을 베어내는 듯한 표현이 필요할 때가 있습니다. 피가 뚝뚝 떨어지고, 눈물이 줄줄 나올 정도로 치열한 헌사를 바쳐야 할 때가 있습니다. 두 분의 삶은, 글쟁이라면 욕심을 한껏 부릴 만한 것 아닌가요?"

그는 또 "두 분이 어떻게 오셨고 어떻게 일을 하셨고 어떻게 떠나셨는지, 어떠한 실천을 하셨는지를 구체적으로 드러내야 합니다. 추상적인 용어로 표현하기에는 마리안느와 마가렛의 희생과 용기가 너무 큽니다."라고 말했다.

마리안느·마가렛 나눔연수원 개관식 축사
_연설팀 초안(일부 발췌)

간호사님들께서는 1962년과 66년에 국립 소록도병원에 부임하신 뒤로 2005년까지 40여 년 동안 한센인들을 보살피셨습니다. 일제강점기와 권위주의 독재 시절에 참혹한 고통을 겪은 한센인들의 피눈물을 닦아 주셨습니다. 세상의 무지와 편견으로 질병보다 더 큰 상처를 입으신 분들을 치유해 주셨습니다. 간호사님들의 고귀한 희생으로 소록도는 절망의 땅에서 구원의 땅으로 거듭났습니다.

이름 대신 '큰 할매', '작은 할매'로 불린 간호사님들께서는 소록도의 성인이셨습니다. 작은 할매 마가렛 피사렉 간호사님께서 머무셨던 방에는 '하심(下心)' 두 글자가 지금도 걸려 있습니다. 자신을 한없이 낮추고 다른 이들을 한없이 높이신 두 분의 기도가 들리는 듯합니다.

간호사님들께서 이땅에 오실 때와 똑같이 해진 가방 하나 들고 오스트리아로 돌아가신 지 14년이 됐습니다. 아쉽게도 우리는 간호사님들께서 이곳에 계신 동안 이 분들의 고귀한 마음과 헌신하신 삶을 제대로 알지 못했습니다. 그러나 마리안느·마가렛 나눔연수원이 열리면서 간호사님들의 숭고한 삶에 조금이나마 보답할 수 있게 됐습니다.

마리안느·마가렛 나눔연수원 개관식
_낙연쌤 수정본(일부 발췌)

두 분 간호사님의 소록도 생활은 사랑의 기적, 그것이었습니다. 두 분은 한센인들의 상처 입은 맨몸에 맨손으로 약을 발라 주셨습니다. 한센인들과 같은 밥상에 앉아 국물을 같이 떠서 드셨습니다.

두 분은 일제가 자행한 단종 조치와 강제노역으로 몸과 마음이 부서진 한센인들을 온 마음으로 위로하셨습니다. 가족에게조차 버림받고 "차라리 죽여달라."며 울부짖는 한센인들을 밤새 안아 주셨습니다. 의약품과 담요를 고국에서 해마다 얻어다 한센인들에게 드리곤 하셨습니다.

그러기를 40년 안팎, 노년에 접어드신 두 분은 이제 소록도에 도움이 되기보다 짐이 되겠다고 생각해 2005년 홀연히 떠나셨습니다. 소록도에 들고 오셨던 해진 가방 하나씩만을 다시 들고 두 분은 가셨습니다. 소록도에 보내는 편지 한 장을 김포공항에서 부치고 두 분은 고국으로 가셨습니다. 한센인들은 두 분이 떠나신 것을 뒤늦게 알았습니다. 한센인들은 어머니를 잃은 슬픔과 허망함에 어쩔 줄을 몰랐습니다. 그러나 두 분 간호사님은 돌아오지 않으셨습니다.

두 분이 떠나신 소록도에는 두 분의 놀라운 사랑이 남았습니다. 두 분이 남기신 기적의 사랑과, 그 사랑을 기억하는 사람들의 감사가 마리안느·마가렛 나눔연수원으로 영글어 오늘 문을 열었습니다.

쌤의 수정본은 "글이란 마음의 그림"이라는 유협의 가르침을 떠올리게 한다. 요란한 수식어 한 마디 없이 건조하게 사실만 전달하는 글이지만 두 간호사가 처음 소록도병원으로 올 때와 일할 때와 떠날 때의 모습을 영상이나 그림처럼 묘사하고 하고 있다.

특히 "두 분은 한센인들의 상처 입은 맨몸에 맨손으로 약을 발라 주셨습니다. 한센인들과 같은 밥상에 앉아 국물을 같이 떠서 드셨습니다."라는 대목은 시각과 촉각과 후각을 흔들어 깨우지 않는가. "가족에게조차 버림받고 '차라리 죽여달라.'며 울부짖는 한센인들을 밤새 안아 주셨습니다."라는 구절은 청각과 촉각을 일깨운다.

두 분이 떠나는 장면의 묘사는 또 어떤가.

"소록도에 들고 오셨던 해진 가방 하나씩만을 다시 들고 두 분은 가셨습니다. 소록도에 보내는 편지 한 장을 김포공항에서 부치고 두 분은 고국으로 가셨습니다."

두 분 수녀님이 떠나는 모습을 영화의 한 장면처럼 생생하게 표현

낙연쌤의 파란펜

하고 있다. '김포공항에서 부치는 편지 한 장'은 슬픈 이별을 소설처럼 그려내고 있다.

형용사나 부사나 관념어를 절제하면서 건조하게 쓴 글이다. 그런데도 가슴이 뭉클해지는 이유는 진심을 담았기 때문이다. 쌤이 말하는 '피가 뚝뚝 떨어지고, 눈물이 줄줄 나올 정도로 치열한' 헌사란 요란하게 수식을 한 글이 아니라 '마음의 그림', '마음의 소리'를 고스란히 담아낸 글이 아닐까. 진심은 감동을 부른다.

기승전결이 답이다

장을 보러 갈 때도 머릿속에 동선을 그리듯
글을 쓸 때 미리 설계를 준비해야 한다.

군사전략처럼 일사불란하게

—

집을 지을 때는 먼저 설계도를 그린다. 전투를 벌일 때는 먼저 전략을 짠다. 글을 쓸 때는 먼저 얼거리를 짠다. 막상 쓰다 보면 당초 얼거리 그대로 진행되지 않는 경우가 허다하지만 수정하면서 쓰면 된다.

글의 얼거리는 기본적으로 서론-본론-결론과 기-승-전-결, 발단-전개-위기-절정-결말 등의 틀을 이용한다. 애당초 각각 논문과 시와 소설의 얼거리를 설명하는 방식들로 서로 구분을 했지만, 요즈음은 장르의 구분없이 글을 몇 단계로 전개하는지를 설명하는 정도로 사용되고 있다.

기승전결은 당나라 시절 한시를 지을 때부터 다듬어진 글쓰기 전개 방식이다. 천년 세월이 흐른 지금까지 글의 기본 틀로 꼽히고 있다.

이오덕은 얼거리 짜기는 마치 집을 지을 때 공사를 시작하기 전에 미리 그 집을 그림으로 그려보는 것과 같다고 말했다. 그는 "어떤 집도 설계그림 없이 지을 수 없는 것과 같이 글도 얼거리를 짜지 않고 쓸 수 없다." 라면서 다음과 같이 적었다.

> 얼거리를 충분히 짜서 쓴 글과 짜지 않고 쓴 글은 읽어보면 대번에 알 수 있다. 얼거리를 짜지 않고 쓴 글은 흔히 단락을 짓지 않고 처음부터 끝까지 흔히 연달아 써 놓았다. 글쓰기 공부를 하지 않은 학생들의 글이 거의 모두 이렇다. 그리고 어쩌다가 단락을 지어 놓았다고 하더라도 아주 엉뚱하게 제멋대로 되어 있다. 또 이야기의 중심이 어디 있는지 분명하지 않고, 글이 뒤숭숭하기 예사다. [36]

일본 아마존 1위 베스트셀러 『글 잘 쓰는 법, 그딴 건 없지만』의 저자 다나카 히로노부는 "어떻게 쓰고 뭐고, 일단 글의 형식은 기승전결이 있으면 된다. 형식대로 쓰면 안 된다는 책도 있다. 기승전결이 아니어도 좋다는 책이다. 내가 보기엔 말도 안 되는 이야기"라고 주장한다.

> 기승전결을 만들지 못하는 사람이 많은데, 거기서부터 훈련하지 않으면 아무것도 할 수 없다. 예컨대 140자로 제한된 트위터에서도 나는 늘 기승전결을 의식한다. 글쓰기 훈련이 되기 때문이다. [37]

사람들은 일상의 대화를 나눌 때도 조리를 세운다. 말머리를 먼저 열고, 본론을 이야기하고, 제기될 수 있는 반론이나 허점을 짚어주고, 마지막으로 전체를 아우르는 결론을 맺는다. 글의 기승전결도 이와 다르지 않다.

기: 글의 실마리를 던진다.

승: 본격적으로 실마리를 푼다.

전: 이야기의 반전을 꾀한다.

결: 전체를 아우르며 정리한다.

글쓰기 선생님들은 기승전결을 쉽게 설명하기 위해 「토끼와 거북이의 경주」를 예시로 들고는 한다. 짧은 우화이지만 기승전결의 전형을 보여주고 있기 때문이다.

기: 토끼와 거북이가 달리기 경주를 시작한다.

승: 토끼는 뛰어가고 거북이는 기어서 간다.

전: 거북이를 한참 앞선 토끼는 그늘에서 잠을 잔다.

결: 거북이는 쉬지 않고 기어서 결승점에 먼저 도착한다.

글의 기승전결은 군사작전을 펼치는 것처럼 일사불란해야 한다. '기'와 '승'으로 내달리다가 '전'에서 변화를 주고, '결'에서 결단을 내는 것이다. 연암 박지원은 글을 잘 쓰는 자는 병법을 아는 자라고 했다. 연암은 "비유하자면 글자는 군사이고, 글의 뜻은 장수다. 제목은 적국이고, 고사(故事)를 끌어들이는 것은 싸움터의 보루다. 글자를 묶어 구절을 만들고 구절을 모아 문장을 이루는 일은 대오를 이루어 진을 치는 것과 같다."고 말했다. 글쓰기를 병법에 비유한 연암의 말이 흥미롭다.

> 운(韻)에 맞춰 소리를 내고 문채(文彩)로 빛을 내는 것은 징과 북을 울리고 깃발을 날리는 것과 같다. 조응(照應)은 봉화고, 비유는 유격병이다. 억양반복(抑揚反覆)은 맞붙어 싸워 모조리 죽이는 것이고, 글의 첫머리에 제목의 의미를 밝히는 파제(破題)를 하고 마무리를 하는 것은 성벽에 먼저 올라 적을 사로잡는 것이다.[38]

연암의 말을 응용해 기승전결을 풀어보자. 기승전결은 독자의 마음을 공략하는 4단계의 포진에 비유할 수 있다. 글을 시작하는 '기'는 선봉군이고, '기'를 받치는 '승'은 중군, '기'와 '승'의 논지를 뒤집어 보는 '전'은 매복군, 글을 마무리하는 '결'은 후군이다.

선봉군 '기'는 글을 일으킨다. '기'는 글의 주제를 던지는 역할을 한다. 놀랍거나 아름답거나, 새롭거나 한 무엇으로 글을 시작하면서 독자의 마음을 솔깃하게 만든다. 드라마나 영화의 도입부가 드라마틱하게 꾸며지는 것처럼 글도 '기'에서 독자의 호기심을 불러 일으킨다. 재미나 의미, 혹은 정보를 얻을 수 있을 것이라는 기대감을 독자들에게 갖도록 한다.

낙연쌤의 파란펜

중군 '승'은 글을 풀어간다. 글의 핵심적인 논지와 주장을 논리정연하고 속도감 있게 풀어나간다. 이야기를 흥미진진하게 전개하면서 절정으로 몰아간다. 탄탄한 논리와 이를 뒷받침하는 자료, 감동적인 사례 등으로 독자의 마음을 사로잡는다. 글의 성공과 실패는 '승'을 얼마나 탄탄하게 꾸리는지에 달려있다고 할 수 있다.

매복군 '전'은 글을 뒤집는다. 화제와 분위기를 바꾸어 독자의 지루함과 의구심을 쫓아낸다. 그동안 펼쳐온 논지에 대해 제기될 수 있는 비판적인 이론과 견해를 들어가면서 조목조목 해명하고 제압한다. '전'의 단계를 두지 않는 서론-본론-결론 혹은 기-서-결 구조의 글도 있다. 그런 글은 속도감은 있지만 자칫 단조로울 수 있다.

후군 '결'은 글을 매조지한다. 글의 대오를 정비하면서 자신이 전하고 싶었던 사실 혹은 입증하고자 했던 주장이 옳았음을 함축적으로 정리한다. 그러나 기-승-전에서 언급했던 말들을 단순히 되풀이하면 중언부언의 느낌을 줄 수 있다. 상허 이태준은 모름지기 글의 끝맺음은 화룡점정(畫龍點睛)의 맛이 있어야 한다고 강조했다.

아무튼 모든 글의 끝맺음은 다소의 점정(點睛) 작용이 있어야 할 것이다. 한 편의 글을 형식으로만 맺을 뿐 아니라 내용으로도 완성하는 최후의 일선이 되는 동시에 번쩍! 하고 그 글 전체에 생기를 끼얹는 색다른 빛깔, 신비로운 여운을 지녔어야 묘(妙)를 얻은 끝맺음이라고 할 것이다.[39]

전쟁에서 이기려면 선봉군과 중군, 매복군, 후군이 각각의 본분에 충실하되 전체의 통일성을 흐트러뜨려서는 안 된다. 한 편의 글 역시 기승전결 각 부분이 맡은 역할을 다 하면서 전체는 하나로 조화롭게 묶여야 한다.

중국 육조시대 문예평론가인 유협은 "화가가 인물의 머리카락에 신경을 쓰느라 얼굴 전체적인 모습을 바꿔 버린다거나, 사수가 작은 부분만을 겨냥하다가 벽마저도 못 쏘게 되는 것처럼, 지엽적인 부분을 정교하게 다듬다 보면 전체적인 통일성을 상실하게 된다."[40]라고 말했다.

글의 전체적인 통일성을 잃지 않는 방법은 기승전결의 구조를 생각하면서 글을 쓰는 것이다. 기승전결은 글의 균형을 지키고, 글의 흐름을 매끄럽게 잇는 기본 틀이다. 글의 얼거리는 기승전결이 답이다.

낙연쌤의 파란펜

글의 동선을 먼저 그려라

—

낙연쌤 연설팀에 가장 먼저 합류한 이제이 팀장은 자신의 책상 앞에 큼지막한 총리 사진을 붙여 놓고 있었다. 쌤의 마음속으로 들어가 보려는 노력 중 하나라고 했다. 그러나 쌤의 마음은 안갯속에 움직이는 과녁이었다. 연설팀은 안갯속에 움직이는 과녁을 향해 활을 쏘는 심정으로 또 한 편의 글을 써 낼 수밖에 없었다.

제89주년 학생독립운동 기념식 기념사를 준비할 때도 자욱한 안갯속 과녁 앞에 선 기분이었다. 학생독립운동은 워낙 항일운동사에 우뚝한 사건이었다. 게다가 쌤은 그 발원지인 광주일고 출신이었다. 학생독립운동의 정신은 오늘날 어떤 모습으로 계승되고 있는가. 항일운동의 불을 지폈던 모교 선배들에 대한 쌤의 자부심은 얼마나 클 것인가. 연설팀의 고민은 깊어질 수밖에 없었다.

총리 집무실에는 세 개의 테이블이 있다. 방 한가운데에 커다란 원형 응접 테이블이 자리를 하고 있다. 남쪽 창가 쪽에는 직사각형의 긴 테이블이 놓여있다. 쌤이 매일 아침 9시 실장급 이상 간부회의를 주재

81

하는 곳이다. 북쪽 벽을 등지고 총리 집무용 책상이 놓여있고, 서쪽 벽 부근에 작은 원형 테이블이 놓여있다.

쌤은 이 작은 테이블에서 한 주 서너 번 정도 연설문 보고를 받았다. 연설팀을 상대로 한 '파란펜' 지도가 이루어지는 곳이기도 했다. 학생독립운동 기념식 기념사 초안을 보고하는 자리에서도 쌤은 파란펜을 집어 들었다. 글쓰기 지도가 시작된 것이다.

제89주년 학생독립운동 기념식 기념사
_연설팀 초안

존경하는 국민 여러분, 독립유공자와 유가족 여러분, 광주전남 시·도민 여러분, 오늘은 여든아홉 번째 학생독립운동기념일입니다. 역사의 현장, 광주에서 올해 첫 정부 주관의 기념식을 열게 되었습니다.

먼저 조국의 자주독립을 위해 목숨을 걸고 싸우셨던 선열들의 영전에 머리 숙여 명복을 빕니다. 선열들의 뜻과 정신을 받들고 계승해 오시는 학생독립운동 동지회, 후손회, 기념사업회 관계자 여러분께 깊은 경의를 표합니다. 학생독립운동에 참여했던 학교를 대표해 이 자리에 참석해주신 학생들과 지도교사 여러분, 내외 귀빈 여러분께 감사드립니다.

　1929년 오늘, 교복을 입은 남녀 학생들이 광주의 거리로 쏟아져 나왔습니다. 독립만세를 부르며 가두시위와 동맹휴학으로 일제에 맞섰습니다. 국권을 빼앗긴 지 20여 년, 날로 깊어지는 일제의 차별과 폭압 속에서 비밀결사를 조직했던 학생들은 세상에 일제의 만행을 고발했습니다.

　광주에서 폭발한 항일의 불꽃은 전국에 들불처럼 번졌습니다. 5만 4천여 명, 당시 학생의 5분의 1이 항일 투쟁에 동참했습니다. 총칼도 감옥도 학생들의 의기를 꺾지 못했습니다.

　독립운동은 그해 겨울을 지나 봄까지 다섯 달간 계속됐습니다. 국경을 넘어 만주, 일본, 연해주, 바다 건너 미주까지 퍼져나갔습니다. 3·1운동 이후 최대 항일운동으로 발전했습니다.

　우리 역사가 위기에 처할 때마다 학생들은 외쳤고, 세상은 조금씩 앞으로 나아갔습니다. 불의한 권력을 몰아낸 3·15 마산의거와 4·19혁명, 부마항쟁의 선두에 모두 학생들이 있었습니다. 1980년 5·18광주민주화운동에도, 1987년 6월 민주항쟁에도 학생들은 시민들과 깃발을 들었습니다.

　2016년 촛불혁명도 역사 속에 면면히 흘러온 저항정신의 부활입니다. 그 정신의 발원지는 광주학생독립운동입니다. 1929년 광주학생독립운동의 역사와 그 정신은 대한민국 역사에서 영원히 빛날 것입니다.

사랑하는 학생 여러분!

지금 우리가 누리는 독립된 조국의 평안은 여러분의 선배와 선조들의 희생 위에 있습니다. 미래로 향하는 가운데 정의의 길을 향했던 분들이 있었음을 기억하기를 바랍니다.

정부는 선대가 남겨주신 역사의 교훈을 교육을 통해 이어가겠습니다. 여러분이 주역으로 활약할 새로운 무대를 만드는 데 최선을 다하겠습니다.

국민 여러분, 재외 동포 여러분,

역사적인 날을 정성껏 기념하고, 조국을 위해 헌신하신 분들을 기억하고 잘 모시는 일은 후세의 가장 기본된 의무입니다. 문재인 정부는 그 기본을 더 충실히 해나갈 것입니다.

광주학생독립운동의 역사와 정신을 널리 알리고 확산시키겠습니다. 독립운동의 역사를 더 찾고 올바르게 정리하겠습니다. 역사의 그늘에 가려있던 분들을 찾아서 역사에 기록하겠습니다. 나라를 위해 희생한 분들을 세상에 더 알리겠습니다.

저의 모교인 광주일고 교정에는 광주학생독립운동을 기념하는 탑이 서 있습니다. 탑에는 당시 학생들의 함성이 새겨 있습니다.

낙연쌤의 파란펜

"우리는 피끓는 학생이다. 오직 바른 길이 우리의 생명이다."

바른 길을 향해 거침없이 향하던 그 분들은 독립된 조국을 간절히 원했습니다. 피끓는 학생들이 꿈꾸셨던 조국은 남과 북이 따로 있지 않았습니다. 그분들이 꿈꾸셨던 대로 민족이 함께 평화롭고 번영하는 시대를 열어나가십시다. 그것이 지금 선열들이 우리에게 알려주시는 바른 길이라고 저는 확신합니다. 그 길로 함께 가십시다. 감사합니다.

"밋밋해요. 남의 이야기 하듯 건성으로 쓴 글입니다."

쌤은 그러면서 글의 구성에 관한 문제를 지적했다. 기승전결이 뚜렷하지 않고, 반전도 없는 글이라고 말했다. 엉터리 비빔밥 같은 구성이라고 했다. 글의 짜임새가 없다 보니 중언부언이 많고 속도감이 떨어진다는 지적이었다.

"누군가 장을 보러 갈 때도 머릿속에 동선을 그리고 움직입니다. 일단 사야 할 물건들을 정한 뒤 어느 가게를 들렀다가 어느 가게로 갈 것인지 순서를 생각합니다. 하물며 글을 쓸 때 미리 설계를 준비하지 않으면 어떻게 되겠습니까. 한가한 사람들이 모여서 수다 떠는 것처럼 글이 무질서하게 전개되고 맙니다. 글을 어떻게 입체화할 것인가를 고민해 보세요."

글의 형식뿐 아니라 내용에 대한 지적도 빠트리지 않았다. 연설팀의 초안에는 마치 1929년에 학생독립운동의 모든 것이 시작되는 것처럼 묘사돼 있지만, 그 몇 해 전부터 조직적인 준비가 있었다는 사실이 충분히 담기지 않았다고 말했다.

"학생들 사이에 독서회 등을 중심으로 조직적인 준비가 있었어요. 이미 마그마처럼 끓고 있었습니다."

연설팀의 글이 기승전결 구조는 물론 내용마저 충실하지 못하다는 지적이었다. 낙연쌤은 결국 자신의 손으로 이런 문제점을 개선한 수정본을 내놓았다.

제89주년 학생독립운동 기념식 기념사
_낙연쌤 수정본

〈인사말〉

　　존경하는 국민 여러분, 학생독립운동 유공자와 후손 여러분, 광주 전남 시도민 여러분! 오늘은 학생독립운동 90주년입니다. 먼저 목숨 바쳐 일본 식민지배에 항거하신 학생독립운동가 여러분의 명복을 빌며 그 헌신에 감사드립니다. 함께해주신 생존 애국지사 이석규 님, 광복회 부회장 허현 님, 학생독립운동 동지회 최승호 회장님을 비롯한 회원과 후손 여러분, 학생독립운동 참여 학교의 학생과 지도교사 여러분, 고맙습니다.

올해 처음으로 함께 참석하신 전국의 학생대표와 지도교사 여러분, 학생독립운동의 전국화에 뜻을 모아주신 장휘국 광주 교육감님, 장석웅 전남 교육감님, 최교진 세종 교육감님을 비롯한 전국의 시도 교육감님께 각별한 감사를 드립니다.

기념행사를 준비하시거나 자리를 뜻깊게 해주신 학생독립운동기념사업회 김성 이사장님, 유은혜 부총리 겸 교육부장관님, 박삼득 국가보훈처장님, 이용섭 광주시장님, 김영록 전남지사님, 천정배·장병완·최경환 의원님께도 감사드립니다.

〈기 : 광주의 학생들이 항일독립운동의 역사를 만들게 된 경위 및 과정〉

90년 전 오늘, 광주의 학생들은 역사를 만들었습니다. 그날 광주 학생들이 시작한 가두시위는 일제강점기는 물론 해방 이후의 역사에까지 길고 굵은 영향을 남겼습니다.

시위는 나흘 전 나주역에서 일본인 남학생들이 조선인 여학생을 희롱한 데서 촉발됐습니다. 그러나 시위는 항일독립운동이었습니다. 시위를 주도한 장재성 학생은 "우리의 적은 일본 중학생이 아니라 일본제국주의"라고 외치며 민족교육과 독립을 요구했습니다. 그 전부터 광주 학생들이 '성진회', '독서회', '소녀회' 같은 활동을 통해 축적한 항일운동의 역량이 그렇게 폭발했습니다.

광주학생들의 독립투쟁은 삼남지방과 서울을 거쳐 전국으로 들불처럼 번졌습니다. 이듬해 3월까지 5개월에 걸쳐 전국에서 5만 4천 명 이상의 학생이 시위에 동참했습니다. 당시 조선인 학생의 10%가 넘는 규모였습니다.

국내뿐만이 아니었습니다. 중국, 일본, 러시아, 미국 등의 한인 사회도 집회와 시위를 벌였습니다. 중남미 사탕수수농장에서 일하던 한인들은 '광주학생운동 후원공동회'를 조직해 지금의 2억5천만 원에 해당하는 큰돈을 고국에 보내주셨습니다. 미국과 유럽의 주요언론들도 광주학생운동 소식을 전했습니다.

그 위대한 항일독립운동을 전개해주신 90년 전의 선조들께 뜨거운 감사를 드립니다. 여러분 함께 감사의 박수를 보내주시기 바랍니다.

<承 : 학생운동을 바라보는 시선을 항일독립운동에서 민주화 투쟁으로 확장>

학생독립운동은 학생들이 역사의 전면에 나선 최초의 사건이었습니다. 불의를 용납하지 않으려는 학생들의 기상은 국가가 위기에 처할 때마다 장엄하게 불타오르며 오늘에 이르렀습니다.

1960년 2월 28일 대구민주운동으로 시작해 대전, 광주, 마산을 거쳐 서울에서 꽃피운 4·19혁명은 이승만 정부의 12년 독재를 끝

낙연쌤의 파란펜

냈습니다. 유신독재를 무너뜨린 부마항쟁, 대통령직선제를 쟁취한 6·10항쟁도 학생들이 앞장섰습니다. 학생들의 의로운 저항은 시민들의 가슴에 불을 지피며 시민 주도의 5·18광주민주화운동과 최근의 촛불혁명으로 이어졌습니다.

그 자랑스러운 역사의 출발이 바로 광주학생독립운동이었습니다. 광주를 영원한 '민주의 성지'로 불리게 만든 첫 번째 의거가 바로 학생독립운동이었습니다.

〈전 : 학생독립운동을 정당하게 평가하려는 문재인 정부의 노력〉

그러나 학생독립운동은 오랫동안 정당한 평가를 받지 못했습니다. '학생의 날'로 낮춰 부르거나, 국가기념일을 폐지한 적도 있습니다.

그러다 작년에야 학생독립운동이 제 자리를 찾았습니다. 문재인 정부는 기념행사를 중앙정부가 주관하도록 했습니다. 학생독립운동 유공자를 새로 찾아 예우하기 시작했습니다. 무엇보다도 정부는 국가를 바로 세우려는 학생들의 정신을 구현하며 자랑스러운 대한민국, 평화롭고 번영하는 대한민국을 만들고자 최선을 다하고 있습니다.

민주주의를 법과 제도에서뿐만 아니라 생활의 모든 영역에서 향상시키려 노력하고 있습니다. 정의와 공정으로 사회가 움직이도록 더 세심하면서도 더 강력하게 추진하려 합니다.

<결 : 탑의 글을 인용하면서 과거의 역사를 현재의 정신으로 되살림>

학생독립운동의 진원지이자 저의 모교인 광주제일고등학교 교정의 광주학생독립운동기념탑에는 이런 글이 새겨져 있습니다.

"우리는 피끓는 학생이다. 오직 바른 길만이 우리의 생명이다."

그 글은 지금도 제 가슴에 고동칩니다.

이 자리의 여러분도, 학생독립운동을 기리시는 모든 분도 마찬가지일 것이라고 저는 믿습니다. 함께하십시다. 감사합니다.

우선 쌤의 수정본에는 연설팀 초안에서 부족했던 기승전결 구조가 뚜렷하게 드러남을 확인할 수 있다. 수정본은 "광주의 학생들은 역사를 만들었습니다."라면서 글을 일으킨 뒤, "학생독립운동은 학생들이 역사의 전면에 나선 최초의 사건이었습니다."로 글을 잇고, "그러나 학생독립운동은 오랫동안 정당한 평가를 받지 못했습니다."로 분위기를 바꾼 뒤, 광주학생독립운동기념탑 이야기로 글을 정리한다.

기 수정본에서 인사말 부분을 제외하고 실질적으로 '기'에 해당하는 부분은 "90년 전 오늘, 광주의 학생들은 역사를 만들었습니다. 그날 광주 학생들이 시작한 가두시위는 일제강점기는 물론 해방 이후의 역사에까지 길고 굵은 영향을 남겼습니다."이다. 연설팀 초안에 비해 글의 압축과 속도를 느끼지 않을 수 없다. 1929년 이전부터 광주학생들 사이에서 마그마처럼 끓고 있던 반일 감정도 구체적으로 표현돼 있다.

승 수정본은 '기'에서 학생독립운동이 국내뿐 아니라 해외로까지 확산된 거족적인 독립 투쟁이었음을 설명한 뒤 '승'에서는 시선을 민주화 투쟁으로 확장한다. 글은 "학생독립운동은 학생들이 역사의 전면에 나선 최초의 사건이었습니다."로 '승'에 진입한다. '기'에서 학생독립운동의 수평적 파급을 다룬 뒤 '승'에서는 수직적 영향을 설명하고 있는 것이다. 글은 단숨에 부마항쟁과 6·10항쟁과 5·18광주민주화운동을 거쳐 촛불혁명으로 치닫고 있다.

전 수정본에서 가장 돋보이는 부분은 '전'이다. 초안은 기승전결이 아닌 기서결 구조를 하고 있다. '전'으로 구분할 만큼 이야기가 새롭게 전개되는 대목을 찾기가 어렵다. 반면 수정본은 "그러나 학생독립운동은 오랫동안 정당한 평가를 받지 못했습니다. '학생의 날'로 낮춰 부르거나, 국가기념일을 폐지한 적도 있습니다."라면서 뚜렷하게 '전'을 살리고 있다.

결 초안은 광주일고 교정에 서있는 광주학생독립운동기념탑에 새겨진 글귀 "우리는 피끓는 학생이다. 오직 바른 길만이 우리의 생명이다."를 인용하면서 결론을 맺고 있다. 낙연쌤은 이 대목에 글 한 줄을 더함으로써 큰 변화를 주고 있다. "그 글은 지금도 제 가슴에 고동칩니다."라는 한마디는 90년 전 광주학생독립운동 이야기를 순식간에 오늘날 나의 이야기로 소환시키고 있다. 죽어있는 기념탑의 글귀를 생생하게 살려내는 화룡점정 역할을 하고 있는 것이다.

기승전결은 글의 지루한 흐름에 활기를 불어넣어 준다. 스토리텔링의 효율을 높여준다. 기승전결은 닫힌 구조가 아니라 열린 구조다. 선봉장과 중군장, 매복장, 후군장은 언제라도 자리를 바꿀 수 있다. 어떤 장군을 어느 자리에 배치하느냐에 따라 전투의 승패가 갈리는 것처럼 글쓰기에서도 기승전결을 어떻게 꾸미는지에 따라 잘 쓴 글과 못 쓴 글이 가려질 수 있다.

에토스 파토스 로고스

누가 말하나, 누가 듣나,
무슨 말을 어떻게 할 것인가를 잘 살펴야 한다.
청중이 저절로 머리를 끄덕이고, 박수치고, 몰입할 수 있도록.

진실과 감성과 논리를 엮어라

—

　말과 글은 어떻게 꾸미는지에 따라 천변만화(千變萬化)한다. 한 마디 말로 천냥 빚을 갚을 수 있고, 한 줄 글로 세상을 움직일 수 있다. 언어의 연금술인 수사학이 주목을 받는 이유다.

　동서고금을 통틀어 수사학의 최고 전문가는 단연 그리스 철학자인 아리스토텔레스다. 기원전 4세기에 아리스토텔레스가 정리한 『수사학』은 2000여 년 세월이 흐른 지금도 말과 글을 꾸미는 최고의 지혜로 꼽힌다.

　아리스토텔레스는 수사학을 '설득의 기술'이라고 정의하면서 그 방법으로 세 가지를 꼽았다. 그는 "어떤 것은 화자의 성품과 관련이 있고, 어떤 것은 청중의 심리상태와, 어떤 것은 뭔가를 증명하거나 증명하는 것처럼 보이는 말 자체에 관한 것"[41]이라고 썼다. 오늘날까지 수사학의 정석인 에토스(ethos)와 파토스(pathos), 로고스(logos)가 바로 그것이다.

에토스는 성품이다. 에토스란 화자의 인성과 평판과 매력을 뜻한다. 화자의 사회적 배경이나 정치적 성향, 문화적 취향 등도 에토스를 결정하는 요인이다. 누군가 연설을 하기 전에 그의 인품과 이력이 먼저 소개되는 것은 화자의 에토스로 청중의 신뢰를 얻기 위함이다. 아리스토텔레스는 청중은 화자의 에토스를 먼저 살펴본 뒤 그의 말을 얼마나 신뢰할 것인지를 가늠한다고 말했다.

> 화자의 성품으로 인한 신뢰는, 청중이 그를 신뢰할 만하다고 생각하도록 화자가 말할 때 생긴다. 우리는 일반적으로 모든 일에서 합리적이고 공정한 사람을 더 크게 더 신속하게 신뢰하고, 어느 쪽이 옳은지를 똑 부러지게 말할 수 없는 일에서는 더더욱 그러하기 때문이다.[42]

파토스는 감성이다. 파토스란 청중의 정념과 충동과 정열을 뜻한다. 청중의 분노와 두려움, 수치심, 연민, 시기, 질투 등이 파토스를 형성한다. 슬기로운 화자는 연설을 할 때 파토스를 잘 짚는다. 파토스를 잘 짚어야 청중의 마음을 얻을 수 있다. 아리스토텔레스는 청중이 괴로우냐 기쁘냐에 따라, 또는 좋아하느냐 미워하느냐에 따라 화자에 대한 판단을 달리하게 된다고 말했다.

우리는 어떤 식으로든 우리를 진지하게 대하는 자를 좋아한다. 예컨대 칭찬을 해주거나 우리 선의를 믿어주고, 함께하는 것을 기뻐하는 그런 것 말이다. [43]

로고스는 이성이다. 로고스란 논리와 법칙과 관계를 뜻한다. 귀납법이나 연역법으로 진리에 접근하는 로고스는 청중을 설득하는 기본 요소이다. 아리스토텔레스는 "말 자체로 인한 신뢰는 화자가 각각의 사안과 관련해 진정으로 설득력 있는 요소들, 또는 그렇게 보이는 것을 드러낼 때 생긴다."[44]고 말했다. 아리스토텔레스는 그러나 지나치게 로고스에 경도되는 것을 경계했다.

훌륭한 사람이 연설하는 경우에는 정확하고 치밀한 논증보다는 자신이 훌륭하고 괜찮은 사람임을 보여주는 것이 더 적절하다. [45]

『이솝우화』「양치기 소년」은 에토스와 파토스, 로고스를 배울 수 있는 좋은 교재다. 양치기 소년이 무료한 나머지 거짓말로 "늑대가 나타났다."고 소리쳤다. 마을사람들이 몽둥이를 들고 뛰쳐나왔다가 허탕을 쳤다. 소년은 자신의 거짓말에 사람들이 달려오는 것이 재미있었다. 소년은 늑대가 나타났다고 또 거짓말을 했다. 사람들은 또 속았다. 이번엔 진짜로 늑대가 나타났다. 사람들은 또 거짓말이겠지 하고는 아무도 도우러 가지 않았다. 소년의 양들은 늑대에 잡아먹히고 말았다. 소년의 문제는 무엇이었을까.

소년은 거짓말을 밥 먹듯 하면서 신뢰와 평판을 잃었다. 화자의 품성과 인격을 바탕으로 하는 에토스가 말과 글의 신뢰를 좌우하는 결정적인 요소임을 보여준다.

소년은 사람들의 마음을 읽지 못했다. 소년의 잦은 거짓말로 화가 난 사람들의 귀에 그의 말이 들어올 리 없었다. 청중의 파토스를 먼저 파악하는 것이 얼마나 중요한지를 알 수 있다.

소년에겐 사람들을 설득할 논리가 궁했다. 평소의 거짓말 때문에 진짜 늑대가 나타났을 때 도움을 청할 명분이나 근거를 세우기 어려웠다. 로고스의 기반은 진실임을 알 수 있다.

글 쓰는 사람은 양치기 소년을 반면교사로 삼아야 한다. 첫째, 꾸준히 자신의 이름에 신뢰를 입혀가야 한다. 독자들은 글을 접할 때 누구의 글인가를 먼저 살핀다. 출판계의 불황에도 신뢰받는 작가들의 책은 잘 팔린다. 신문 칼럼도 필자가 누구인지를 확인한 후 읽는다. 신뢰를 기반으로 형성된 에토스가 그만큼 중요하다.

양심을 속이는 글이나, 없는 것을 지어내는 글이나, 교묘하게 세상을 현혹하는 글을 써서는 안 된다. 한 줄 한 줄의 기록은 필자의 에토스를 형성하는 한 장 한 장의 벽돌이다.

둘째, 세상과의 소통을 늘려야 한다. 글 쓰는 이는 세상의 변화와 독자들의 생각을 읽어야 한다. 요즘 독자들은 필자의 생각과 주장만을 늘어놓는 글을 외면한다. 적극적인 독자들은 인터넷 공간의 댓글이나 사회관계망서비스(SNS)를 통해 글에 대한 의견을 제시하거나 잘못을 지적하기도 한다. 디지털 공간은 대중의 파토스를 읽을 수 있는 훌륭한 공간이다.

그렇다고 자신의 신념을 저버리는 글이나, 인기에 영합하는 글이나, 호기심만을 자극하는 글을 쓰라는 이야기는 아니다. 프란츠 카프카는 "유행에 맞추어 당신의 영혼을 편집하지 말라."[46]고 조언했다.

셋째, 평소 글의 일관성을 유지해야 한다. 신념이 부족하거나 부주의한 글쟁이는 자신이 예전에 썼던 글을 잊어버린 채 그 내용을 부정하는 새 글을 쓰는 경우마저 발생한다. 양치기 소년처럼 일관성이 없으면 로고스는 무너진다.

진실과 정의와 논리를 갖춘 글은 자신과 정반대 입장에 있는 사람들도 설득할 수 있다. 아리스토텔레스는 "진리와 정의는 그 반대되는 것보다 본성적으로 더 힘이 있기 때문에 수사학이 유용한 것"[47]이라고 말했다. 진실과 정의와 논리야말로 수사학의 최고 밑천이다.

수사학의 세 가지 요소인 에토스와 파토스, 로고스 중 어떤 것이 가장 중요할까. 아리스토텔레스는 "수사학은 각각의 사안과 관련해 거기 내재된 설득력 있는 요소들을 찾아내는 능력"[48]이라고 말했다. 에토스와 파토스, 로고스 중 어느 것이 가장 설득력 있는 요소인지는 사안에 따라 다른 것이고, 이를 찾아내는 일은 각자의 능력이라는 뜻이다.

파토스를 부각시키면 글이 말랑말랑해지고, 로고스를 강조하면 글이 딱딱해진다. 에토스는 파토스와 로고스를 중화시킨다. 시중에 나와

낙연쌤의 파란펜

있는 글쓰기 교재들을 보면 에토스 60%, 파토스 30%, 로고스 10% 비율을 유지하는 것이 적절하다고 조언하고 있다. 그런 비율을 지키는 것보다 더 중요한 것은 "내재된 설득력 있는 요소"를 찾아내는 일이다. 설득력 있는 요소로 로고스 혹은 파토스가 두드러진다면 그런 요소를 강조하면 되는 것이다.

청중의 마음을 읽어라

—

"누가 말하나요?"

"누가 듣나요?"

"무슨 말을 할 것입니까?"

낙연쌤은 연설팀의 보고를 받는 자리에서 이렇게 묻고는 했다. 자신이 연설을 해야 하는 행사의 성격을 파악하는 것은 물론 연설팀이 원고 작성의 방향을 제대로 짚고 있는지를 확인해보는 질문이기도 했다. 총리의 입장에서 말하기에 적절한 내용인지, 청중들이 귀담아 들을 만한 이야기인지, 행사의 장소가 강당인지 운동장인지, 무거운 공식행사인지 가벼운 저녁자리인지 등을 두루 살펴보라는 말이었다.

비록 쌤이 에토스와 파토스, 로고스라는 표현을 쓰지는 않았지만, 그의 질문은 아리스토텔레스 수사학의 핵심을 짚는다. 연설팀이 수사학의 기본 항목들을 잊지 않도록 일깨워주고 있는 것이다.

연설팀은 제5회 한미동맹포럼 오찬 행사 축사를 준비하면서 주요 참석자들의 면면과 행사 장소의 특징 등을 파악하면서 원고를 준비했다. 한미동맹 66주년을 돌아보는 의미를 담으면서도, 오찬 행사인 만큼 밝고 유쾌한 기조를 유지하는 연설문을 만들어야 했다.

마침 판문점에서 문재인 대통령과 김정은 북한 국방위원장과 도널드 트럼프 미국대통령이 3자 회동을 하고, 김 위원장과 트럼프 대통령이 별도 회동을 갖는 등 한반도 긴장이 크게 완화되는 시점이었다. 연설팀은 한반도의 새로운 변화가 한미동맹이라는 든든한 안전판 덕분에 가능한 일이었을 뿐 아니라 앞으로 한반도 평화 및 동북아 공동번영으로 나아가는 과정에서도 한국과 미국은 혈맹관계를 유지할 것임을 강조하는 내용의 초안을 작성했다.

제5회 한미동맹포럼 오찬행사 축사
_연설팀 초안

존경하는 정승조 한미동맹재단 회장님과 관계자 여러분, 한·미 간 우호와 협력을 다지는 자리인 한미동맹포럼에 초청해 주셔서 감사합니다.

정경두 국방장관님과 피우진 국가보훈처장님, 로버트 에이브럼스 한미연합사령관님, 마이클 빌스 미 8군사령관님을 비롯한 내외 귀빈 여러분, 반갑습니다. 대한민국의 강토와 주권과 자유와 민주주의를 빈틈없이 지키고 계신 한미 양국 장병 여러분께 감사를 드립니다.

우리는 며칠 전 방한하셨던 트럼프 대통령님이 판문점에서 김정은 위원장님을 만나 악수하시면서 "마이 프렌드"라고 부르시는 모습을 지켜봤습니다. 트럼프 대통령님께서는 김 위원장님의 안내로 군사분계선을 가로질러 북한 땅으로 성큼 들어가셨다가 나오셨습니다. 문재인 대통령님과 트럼프 대통령님과 김 위원장님이 사상 처음으로 한자리에서 나란히 손을 맞잡기도 하셨습니다. '동북아의 화약고'로 불리던 한반도가 '평화의 발신지'로 전환되는 역사적인 장면이었습니다. 지구상 마지막 냉전지대가 해체되기 시작했음을 알리는 위대한 순간이었습니다.

북한의 비핵화를 비롯한 한반도 평화정착의 위대한 여정이 다시 시작됐습니다. 정전협정 이후 66년 만에 처음으로 남과 북과 미국의 지도자가 한반도 평화시대를 열어야 한다는 한뜻으로 의기투합하셨습니다. 과거엔 남북이 데탕트를 추구할 땐 한·미 간 견해차가 생겼고, 북한이 남한을 배제한 채 이른바 '통미봉남'을 시도할 때는 미국의 외면을 당했습니다.

지금 한국과 미국은 북한의 비핵화와 관련해 한목소리를 내고 있습니다. 방법과 속도는 다르더라도 북한은 비핵화 의지를 일관

낙연쌤의 파란펜

되게 밝히고 있습니다. 남·북·미 세 정상의 판문점 회동과 북·미 정상의 세 번째 만남이 한반도 냉전의 영구적 해체와 북·미 관계 개선, 항구적 평화체제 구축으로 이어지는 세계사적 전환의 첫걸음이 되기를 바랍니다.

존경하는 내외 귀빈 여러분,

저는 세 번째 북·미정상의 만남과 사상 첫 남·북·미 정상 회동이 초현실적으로 빠르게 이뤄질 수 있었던 것은 한미동맹이라는 든든한 안전판 덕분이었다고 직감합니다. 문재인 정부와 트럼프 행정부가 역대 어느 정부 때보다도 긴밀한 소통과 협력을 나누고 있었기에 가능한 일이었다고 믿습니다.

앞으로 한반도 평화협상이 어느 방향으로 진행되더라도 동북아 질서의 격변은 불가피합니다. 변수는 무수합니다. 그러나 상수는 한미동맹뿐입니다. 제가 존경하는 김대중 대통령의 표현을 빌리자면 '한·미동맹은 대한민국의 운명'입니다. 저는 66년을 변함없이 이어온 위대한 한미동맹이 앞으로도 영원할 수밖에 없는 몇 가지 이유를 쉽게 꼽을 수 있습니다.

첫째, 한미동맹은 혈맹입니다. 6·25전쟁이 발발하자 연인원 178만 명의 미군이 달려오셨습니다. 대한민국의 자유와 평화를 수호하기 위해 미군 3만7,000명이 전사하시거나 실종되셨고, 10만여 명이 부상을 당하셨습니다. 6·25전쟁 이후에도 주한미군 장병 예순두 분이 희생되셨습니다. 대한민국은 미군 참전용사들의 희생과 헌신을 잊지 않고 있습니다. 한국 정부는 워싱턴 D.C에 6·25 참전 미군 전사자 3만 7,000명의 이름을 새긴 '추모의 벽'을 2022년까지 건립하도록 지원할 계획입니다.

둘째, 한미동맹은 가치동맹입니다. 한국과 미국은 시장경제와 민주주의 가치를 추구합니다. 한국은 한미동맹의 보호막 안에서 경제를 성장시켰고, 민주주의를 발전시켰습니다. 미국은 특히 1946년에서 1979년까지 한국에 146억 달러 규모의 경제원조를 했습니다. 전후 1인당 국민소득 60달러로 세계에서 가장 가난한 나라였던 한국은 지난해 1인당 국민소득 3만 달러와 인구 5천만 명을 넘는 '30-50클럽'의 일곱 번째 나라가 됐습니다. '한강의 기적'으로 불리는 경제성장은 한국이 선진국 수준의 민주국가로 발전할 수 있는 안정된 물적 토대로 작용했습니다.

셋째, 한미동맹은 진화하는 동맹입니다. 냉전질서 아래서 한미동맹은 공산주의 방어선 역할을 했습니다. 삼엄한 군사적 대치의 상징이었습니다. 그러나 지금의 한미동맹은 평화의 출발선으로 주목을 받고 있습니다. 한국과 미국은 한미동맹의 자신감을 바탕으로 한반도 평화와 동북아 공동번영을 위한 보다 담대한 구상을 할

낙연쌤의 파란펜

수 있습니다. 유라시아 대륙과 태평양 세력, 남과 북이 대치하고 충돌하던 한반도를 세계 평화와 교류의 장으로 만들 수 있습니다.

역사는 상상력과 창의성으로 도약합니다. 문재인 대통령님과 트럼프 대통령님은 파격적인 발상과 지혜로 분단의 땅에서 새로운 역사의 장을 열고 계십니다. 한미동맹이 그 위대한 여정의 중심축입니다. 카투사로 군 복무를 마친 저는 주한미군 전우로서 남다른 감회로 함께 하고 있습니다.

한국 정부는 한반도 정세 변화와 관계없이 한미동맹의 결속을 다지는 노력을 하고 있습니다. 전시 작전 통제권 전환 문제와 방위비 분담금 협상 등 양국 간 현안들을 차질없이 챙기고 있습니다.

평화와 대화 국면이라고 하더라도 한국군과 미군 간 긴밀한 협력을 바탕으로 국방에 한 치의 허점도 허용하지 않겠습니다. 한·미 연합방위태세는 그 어느 때보다 공고합니다. 어떤 상황이 오더라도 한국과 미국은 함께 갑니다. "We go together!" 이제 한국과 미국이 함께 가는 길에 북한도 함께 합류하는 날이 오기를 고대합니다. 감사합니다.

"글이 너무 가볍습니다. 흥분을 해서 균형을 잃었어요."
연설팀 초안을 읽고 난 쌤의 첫마디였다. 잇따른 남북정상회담과 북미정상회담 등 한반도 평화협상 분위기에 휩쓸려 냉정함을 잃었다는 지적이었다. 그러면서 정작 한미동맹 66년을 설명할 수 있는 수많은 감동적인 이야기들을 담아내지 못하고 있다고 말했다.

"한미동맹과 얽힌 웅대하면서도 뭉클한 이야기들이 많이 있습니다. 수많은 감동적인 이야기들을 담아내지 못하고 있습니다."

그가 꺼낸 이야기는 한국전쟁 당시 미 해병대의 흥남철수작전과 관련된 것이었다.

대한민국 대통령 중 한 분이 흥남철수작전 당시 화물선 메러디스 빅토리호를 타고 탈출한 피난민의 자녀로 태어났다는 사실을 지적하면서 이는 "개인적인 사건이면서도 국가적인 사건"이라고 말했다. 쌤은 자신도 미군 분유를 먹고 자랐고, 카투사로 군 복무를 했다고 말했다.

"연설은 청중의 공감을 이끌어내는 일입니다. 청중의 마음을 읽고 그 흐름과 함께 흘러야 합니다. 가르치려 하지 마세요. 행사에 초대받은 분들은 박수칠 준비를 하고 나온 사람들입니다. 그런 분들이 저절로 머리를 끄덕이고, 박수치고, 몰입할 수 있도록 해야 합니다."

쌤은 또 한미동맹 66년을 관념어로 설명하기보다는 정확한 사실관계로 표현하는 게 좋다고 말했다. 한국전쟁 당시 유엔의 깃발 아래 몇 나라에서 얼마나 많은 전투병력과 의료진이 달려왔는지, 미군은 얼마나 많은 희생을 치렀는지, 전쟁 이후 한미동맹은 어떻게 시작됐고, 발전했는지 등을 사실 중심으로 담아야 한다는 이야기였다.

낙연쌤의 파란펜

"혈맹이니 가치동맹이니 하는 관념어들이 오히려 한미동맹의 의미를 축소시킬 수 있어요. 실체 없는 관념어 좋아하지 마세요."

그는 연설팀이 작성한 한미동맹포럼 오찬 축사에서 "혈맹"이니 "가치 동맹"이니 "진화하는 동맹"이니 하는 관념어들을 모두 빼버렸다. 그 대신 한미동맹 66년을 설명하는 역사적 사건들을 차곡차곡 엮었다.

제5회 한미동맹포럼 오찬행사 축사
_낙연쌤 수정본

존경하는 한미동맹재단 정승조 회장님과 구성원 여러분, 저를 한미동맹포럼에 초청해 주셔서 감사합니다. 한미동맹재단의 동반자 주한미군전우회 회원 여러분, 특히 영상축사를 보내주신 월터 샤프 회장님 반갑습니다.

함께해 주신 해리 해리스 주한미국대사님, 박한기 합참의장님, 이동섭 국회의원님, 박재민 국방차관님, 로버트 에이브럼스 한미연합사령관님, 마이클 빌스 미8군사령관님을 비롯한 한미 양국의 귀빈 여러분, 고맙습니다. 특히 대한민국을 굳건히 지켜주시는 한미 양국 장병 여러분께 각별한 감사를 드립니다.

올해는 한미동맹 66주년입니다. 한국 속담에 10년이면 강산도 변한다고 했습니다. 강산이 6번 바뀌고도 남는 세월이 지났습니다. 그래도 한미동맹은 변함이 없습니다. 한미동맹을 지켜주신 모든 분께 감사를 드립니다.

1950년 6월 25일부터 3년 1개월 동안 한국전쟁이 계속됐습니다. 전투병력과 의료진 195만 명이 유엔의 깃발 아래 22개국에서 와주셨습니다. 그것은 유엔 역사상 최초의 파병이었습니다.

그 주력은 미군이었습니다. 압도적으로 많은 178만 명의 미군이 참전했습니다. 그 가운데 3만7천 명이 전사 또는 실종했고, 약 10만 명이 부상했습니다.

1953년 7월 27일 한국전쟁이 멎었습니다. 그해 10월 1일 한미상호방위조약이 조인됐고, 이듬해 11월 18일 그 조약이 발효됐습니다. 한미동맹은 그렇게 시작됐습니다.

※에토스: 개인적이면서 역사적 사건을 통해 화자가 한미동맹의 산 증인임을 부각시킴.
※파토스: 흥남철수작전의 서사를 통해 미 해병대의 자부심을 높여줌.

지금 대한민국의 대통령과 저는 한국전쟁 기간에 태어났습니다. 대통령과 제가 걷기 시작했을 때, 한미동맹도 걷기 시작했습니다.

한국전쟁 중에 미국 해병대는 흥남철수작전을 펴면서 화물선

낙연쌤의 파란펜

메러디스 빅토리호에 북한 피난민을 태워 남녘으로 수송했습니다. 그렇게 해서 남녘에 자리 잡으신 북한 피난민 가운데 한 부부 사이에서 대한민국 대통령이 태어나셨습니다.

저는 입대 후 카투사로 배속돼 한미동맹을 최일선에서 경험했습니다. 저는 일병부터 병장으로 만기 제대할 때까지 29개월 동안 미8군 제21 수송중대에서 주한미군과 함께 근무했습니다. 그것이 저는 자랑스럽습니다.

제가 근무했던 부대는 이태원에 있습니다. 당시 이태원에서 국방부가 있는 이곳 삼각지를 쳐다본다는 것은 매우 두려운 일이었습니다. 왜냐하면 삼각지에는 너무 많은 별이 계셨기 때문입니다. 저는 여기 들어오자마자 계속 제 시선이 저쪽 음식이 진열돼 있는 곳에 머물고 있습니다. 제가 카투사로 일하던 시절에 원투원병원 옆에 있는 그 식당에서 늘 저런 곳에서 뭘 골라 먹을까를 고민하면서 행복한 시간을 보냈습니다. 제가 소년이 된 뒤로 제 상체를 벗었을 때 갈비뼈가 보이지 않은 것은 카투사로 근무할 때가 처음이었습니다. 그걸 보았던 제 친구들은 저에게 장기근무를 권유했었습니다.

※로고스 : 한미동맹이 대한민국의 발전에 얼마나 큰 기여를 했는지를 논리적으로 설명함.

존경하고 사랑하는 여러분,

한미동맹은 군사동맹이었습니다. 그러나 미국은 군사를 넘어 외교와 경제에서도 한국을 지원했습니다. 한미동맹은 신생독립국 대한민국의 거의 모든 영역에 영향을 미쳤습니다. 이제까지 대한민국이 성취하고 누려온 평화와 번영, 자유와 민주주의는 한미동맹에 힘입은 바 큽니다. 그 점에 대해 대한민국 국민들은 감사하게 생각하고 있다는 걸 여러분께 말씀드립니다.

극히 최근까지도 북한은 군사적 도발을 멈추지 않았습니다. 그때마다 한미동맹은 대한민국을 지켰습니다. 그 과정에서 주한미군 장병 예순두 명이 희생되셨습니다. 대한민국은 그분들의 희생을 기억하고 있습니다.

대한민국은 한미동맹의 토대 위에서 경제를 성장시켰습니다. 한국은 한국전쟁 직후 1인당 국민소득 60달러의 세계 최빈국이었습니다. 그런 한국이 지금은 1인당 소득 3만3천 달러를 자랑하는 세계 11위의 경제강국이 됐습니다.

뿐만 아니라 대한민국은 선진국 수준의 민주주의를 누리는 나라로 발전했습니다. 한국 국민은 민주주의가 위기에 처할 때마다 저항하고 투쟁하며 민주주의를 발전시켰습니다. 경제성장과 교육 향상으로 한국 국민의 민주의식이 커진 덕분이었습니다.

낙연쌤의 파란펜

한국의 경제성장과 교육 향상, 그리고 민주주의 발전에는 미국의 지원이나 영향이 크게 작용했습니다. 그런 의미에서 대한민국의 성취는 미국의 성취이기도 합니다.

※로고스 : 한미동맹이 양국의 발전에 상호 기여함을 논리적으로 설명함.

올해 5월 한국기업이 31억 달러를 투자한 미국 루이지애나 화학공장의 준공식에 도널드 트럼프 미국 대통령께서 축하 메시지를 보내주셨습니다. 트럼프 대통령은 그 메시지에서 "이 투자는 미국의 승리이며, 한국의 승리, 우리 양국 동맹의 굳건함을 보여주는 증거"라고 말씀하셨습니다.

미국의 원조를 받던 대한민국에서 기업이 성장해 미국에 대규모 투자를 하기에 이르렀습니다. "그런 한국의 성공은 바로 미국의 성공"이라고 저는 그 준공식에서 말씀드렸습니다.

트럼프 대통령이 말씀하신 미국의 승리이자 한국의 승리, 제가 말씀드린 한국의 성공이자 미국의 성공은 한미 양국과 양 국민이 자부심을 갖기에 충분한 것입니다. 제가 그렇듯이, 여러분도 그러한 자부심을 갖고 계신다고 저는 믿습니다.

※파토스 : 청중의 감정을 고조시키고, 자부심을 높이는 서사들을 소개함.

사랑하는 여러분, 이제 한반도는 새로운 모색에 나섰습니다. 한국전쟁을 전후한 70년의 증오와 대립을 딛고, 화해와 평화를 모색하게 됐습니다. 한미 양국은 북한 비핵화와 한반도 평화정착이라는 공동목표를 향해 긴밀히 협력하고 있습니다.

지난 일요일 판문점에서는 한반도 분단 이후 최초의 역사적 사건들이 한꺼번에 일어났습니다. 여러분이 아시다시피, 판문점은 1953년 한국전쟁 정전협정이 체결됐고, 1976년에는 북한군의 도끼에 미군 2명이 살해된 곳입니다. 그런 판문점에서 한미 정상이 평상복 차림으로 최전방의 감시초소를 함께 방문하셨습니다. 무장군인도 무장경호도 없는 군사분계선에서 미국 대통령이 북한 최고지도자를 만나셨고, 군사분계선을 넘어 북한 땅을 밟으셨습니다. 남북한과 미국의 정상이 한자리에서 만났습니다.

그 모든 일이 사상 최초였습니다. 지금 남북한과 미국은 한반도 분단 이후의 역사를 바꾸고 있습니다. 그러나 분단의 역사는 바뀌어도, 한미동맹의 기본역할은 바뀌지 않는다고 저는 믿습니다. 한미동맹이 이제까지 한국의 평화를 지키고 번영의 토대를 놓았다면, 이제부터는 평화를 뿌리내리고 번영을 확산하는 데 기여할 것이기 때문입니다. 그런 전환기에 한미동맹의 일익을 담당하시는 여러분께 감사드립니다.

문재인 대통령은 한미동맹을 '위대한 동맹'이라고 말씀하셨습니다. 이제까지의 성취에서도 한미동맹은 '위대한 동맹'이었고, 이제부터의 공헌으로도 한미동맹은 '위대한 동맹'일 것이라고 저는 굳게 믿습니다. 여러분과 제가 한미동맹의 일부를 맡은 것은 크나큰 영광입니다.

그렇게 위대한 한미동맹을 한국 정부와 국민은 앞으로도 소중히 발전시켜 갈 것입니다. 그 일환으로 한국 국민과 정부는 워싱턴 DC에 한국전쟁 참전 미국 전사실종자 3만7천 명의 이름을 새긴 '추모의 벽'을 2022년까지 건립하려 합니다. 한국전쟁 중에 전사 또는 실종하신 미군 유해의 발굴과 송환을 위해 계속 노력하면서 북한과도 협력하겠습니다. 한미 양국의 여러 현안들도 합리적이고 호혜적으로 해결하도록 최선을 다하겠습니다. 그런 모든 과정에 한국과 미국은 함께 갈 것입니다. 여러분이 사랑하시는 구호 그대로 We Go Together!

제가 청춘의 한 기간을 카투사로서 주한미군과 함께 땀 흘리며 일했던 것은 저의 크나큰 자랑이며 자산입니다. 카투사는 주한미군전우회의 일부라고 저는 믿습니다. 그렇다면 저도 개인으로서 당연히 주한미군전우회의 일원입니다. 함께 갑시다. 저도 여러분과 함께 가겠습니다.

연설팀 초안에 비해 쌤의 수정본에서 두드러지는 것은 에토스다. 개인적이면서도 역사적인 사건을 통해 화자가 누구인지를 드러낸다. 그는 "지금 대한민국의 대통령과 저는 한국전쟁 기간에 태어났습니다. 대통령과 제가 걷기 시작했을 때, 한미동맹도 걷기 시작했습니다."라는 단 두 줄의 문장으로 대한민국의 현직 대통령과 현직 총리가 한미동맹 66년 역사의 산 증인이라는 사실을 드러낸다.

그는 카투사로 군 복무하던 시절을 회고하면서 에토스를 보강한다. 특히 "제가 소년이 된 뒤로 제 상체를 벗었을 때 갈비뼈가 보이지 않은 것은 카투사로 근무할 때가 처음이었습니다."라는 대목은 자신이 한미동맹을 상징하는 존재임을 부각시키고 있다.

청중의 감성을 자극하는 파토스는 미 해병대의 흥남철수작전과 원투원병원 옆 식당에서의 식사 이야기 등 여러 곳에서 감지된다. 미 해병대의 자부심을 일깨우고, 주한미군과 카투사들의 추억을 소환하고 있다.

연설 말미에서는 한국전쟁 참전 미군 전사 실종자 3만7천 명의 이름을 새긴 '추모의 벽'을 2022년까지 건립하고, 미군 유해발굴과 송환을 위한 노력을 계속하겠다고 말하면서 분위기를 고조시킨다. 이어 "한국과 미국은 함께 갈 것입니다. 여러분이 사랑하시는 구호 그대로 We Go Together!"라는 구절에서 파토스는 절정으로 치닫는다.

차분한 논리 전개와 충실한 사실 제시로 청중을 설득하는 로고스는 북한 비핵화와 한반도 평화정착을 위한 한미 양국의 긴밀한 협력을 설명하는 대목에서 두드러진다.

쌤은 먼저 "여러분이 아시다시피, 판문점은 1953년 한국전쟁 정전 협정이 체결됐고, 1976년에는 북한군의 도끼에 미군 2명이 살해된 곳입니다."라면서 냉전의 역사를 상기시킨다. 그런 뒤 "그런 판문점에서 한미 정상이 평상복 차림으로 최전방의 감시초소를 함께 방문하셨습니다. 무장군인도 무장경호도 없는 군사분계선에서 미국 대통령이 북한 최고지도자를 만나셨고, 군사분계선을 넘어 북한 땅을 밟으셨습니다. 남북한과 미국의 정상이 한자리에서 만났습니다."라며 한반도 평화정착을 위한 한미 간 협력이 어떤 결실을 낳고 있는지를 조목조목 설명하고 있다.

쌤은 연설문을 쓸 때마다 그것이 총리의 언어로 적절한지, 청중의 공감을 살 수 있는지, 사실 및 논리에 제대로 부합하는지를 꼼꼼히 살폈다. 그는 자신의 서사를 통해 화자의 신뢰를 다지고, 청중과 공유한 경험을 통해 감성을 이끌어 내고, 객관적 사실로 논리를 세웠다. '낙연 쌤의 파란펜' 수업에서 단 한 번도 에토스와 파토스와 로고스라는 표현이 나오지는 않았지만, 에토스와 파토스와 로고스는 늘 핵심 화두였다.

칙칙폭폭 열차처럼

문장이나 문단을 병렬할 때 비례의 원칙을 지켜야 한다.
구체성이나 중요성이 비슷해야 한다.

모든 문단은 열차의 객차처럼

—

한 편의 글은 단어와 문장과 문단의 단위로 이루어진다. 단어나 문장이나 문단 모두 일정한 뜻을 품는다. 그러나 독립된 개념을 담을 수 있는 글의 기본 단위는 문단이다.

미국의 베스트셀러 작가 스티븐 킹은 문단이야말로 글쓰기의 기본 단위라고 말했다. 문단으로부터 의미의 일관성이 시작되고 낱말들이 비로소 단순한 낱말의 수준을 넘어서게 된다는 설명이다.

글이 생명을 갖기 시작하는 순간이 있다면 문단의 단계가 바로 그것이다. 문단이라는 것은 대단히 놀랍고 융통성이 많은 도구이다. 때로는 낱말 하나로도 끝날 수도 있고, 또 때로는 몇 페이지에 걸쳐 길게 이어질 수도 있다. 글을 잘 쓰려면 문단을 잘 이용하는 방법을 배워야 한다. 그러려면 많은 연습이 필요하다. 장단을 익혀야 하기 때문이다.[49]

글이 생명을 갖게 되는 기본 단위가 문단이라면, 문단을 충실하게 꾸미는 방법을 알아야 한다. 문단을 잘 이용하는 법을 알려면 그 기본 구조부터 익혀야 한다. 문단은 어떤 구조로 이루어지는가.

작가들이 글쓰기 교재로 찾는다는『글쓰기의 요소』를 쓴 윌리엄 스트렁크 Jr.는 "각 단락은 주제문으로 시작하고, 단락의 끝은 시작과 일치해야 한다."[50]고 말했다. 주제문이 있으면 독자가 각 단락을 읽기 시작하면서 단락의 목적을 쉽게 파악할 수 있다는 것이다.

스트렁크는 ▲주제문은 가능하면 첫 부분에 두고, ▲주제문 다음에 이어지는 문장은 주제문을 설명하고 확립하고 발전시키며, ▲마지막 문장은 주제문을 강조하거나 주제의 중요한 결과를 서술하라고 조언했다.[51]

정치가이자 문인이었던 윈스턴 S. 처칠은 일찌감치 문단의 중요성을 깨우쳤다. 그는 서른일곱 권의 책을 썼다. 셰익스피어와 디킨스를 합친 것보다 더 많은 글을 썼다.[52] 1953년에는 회고록『제2차 세계대전』으로 노벨문학상을 탔다.

처칠은 회고록『윈스턴 처칠, 나의 청춘』에서 자신이 독서를 통해 문단의 중요성을 터득했음을 밝히고 있다. 그는 인도의 영국 수비대

기병장교로 복무하던 시절, 일과만 끝나면 책에 머리를 묻었다. 플라톤의『국가』와 아리스토텔레스의『정치학』, 쇼펜하우어의『염세철학 입문』, 맬서스의『인구론』, 다윈의『종의 기원』등을 읽었다.

처칠은 특히 영국의 역사가인 에드워드 기번과 토머스 매콜리에 빠져들었다. 기번의『로마제국 쇠망사』는 페이지마다 여백에 자신의 의견을 써 넣으면서 정독을 했다. 매콜리의『고대 로마의 노래』는 그 속에 실린 시를 암송하면서 읽었다.

처칠은 기번과 매콜리의 글을 읽으면서 문단의 중요성을 배웠다. 처칠은 "특히 서술에 있어서는 문장이 중요한 게 아니라 문단이 문제라는 것을 알게 되었다."[53]고 말했다. 매끄러운 문장보다 매끄러운 문단이 글의 짜임새를 높이는 데 더 큰 영향을 미친다는 것을 알게 됐다는 것이다.

처칠은 글쓰기 과정을 열차의 구성과 운행에 비유하면서 설명하고 있다. 그는 "각 문장이 서로 조화롭게 순서대로 따라가기 위해서는 문단들도 열차의 자동 연결 장치처럼 잘 맞물리게 했다."[54]고 말했다. 열차는 객차 혹은 화차를 줄줄이 매단 채 "칙칙폭폭" 일정한 리듬을 유지하며 달린다. 글도 문단과 문단이 이어지면서 이야기와 논리를 전개한다. 열차처럼 짜임새 있는 글을 쓰려면 열차의 특징적 요소들을 담아야 한다.

첫째, 한 문단에는 한 에피소드만 담아라. 처칠은 "문장 전체가 하나의 생각을 담고 있는 것처럼, 문단에는 뚜렷하게 하나의 에피소드를 포함시켰다."[55]고 말했다. 한 문단에 여러 개의 이야기를 담으면 글이 복잡해진다. 한 문단에서 한 개 이상의 논제를 다루면 글이 어려워진다. 열차의 경우도 한 개의 화차엔 한 종류의 물건만 싣는다. 한 개의 화차에 석탄과 목재를 섞어서 싣는 경우는 없다.

둘째, 문단의 크기는 엇비슷하게 하라. 처칠은 "장 구성에서 중요한 것은 서로 동등한 무게를 주면서 길이도 엇비슷해야 한다."며 "결국 이런 작업은 처음부터 끝까지 적당한 비율과 엄격한 규칙을 통해 전체적인 관점에서 살펴봐야 했다."라고 말했다.[56] 장의 구성에 대한 언급이지만 당연히 문단에도 똑같이 적용되는 원칙이라고 할 수 있다. 열차 객차의 탑승 정원과 화차의 적재 함량은 정해져 있다. 글의 한 문단 속에 들어가는 문장의 분량도 일정해야 술술 읽힌다.

셋째, 문단 간 이음새를 매끄럽게 하라. 처칠의 말대로 문단 간 이음새는 열차의 자동 연결 장치처럼 잘 맞물려야 한다. 물 흐르듯 논리적으로 이야기가 전개돼야 한다. 문단 간 이음새가 얼마나 매끄러운지를 결정하는 것은 접속사가 아니라 각 문단의 내용이다. 이야기 전개가 논리적이면 문단 사이에 '그러므로', '그러나', '한편' 등의 접속사를 넣지 않아도 글은 자연스럽게 연결된다. 솜씨가 뛰어난 장인은 못을 사용하지 않고 집을 짓는다.

넷째, 글 전체를 끌고 가는 '기관차 문단' 즉 '리드 문단'을 꾸려라. 열차를 끌고 가는 것은 기관차다. 작은 기관차가 수십 량의 객차와 화차를 매달고 달린다. 글쓰기에서도 기관차 역할을 하는 리드 문단이 있다. 아쉽게도 처칠은 기관차 역할을 하는 리드 문단에 대해서는 언급하지 않았다. 기관차의 마력이 높아야 기차가 힘있게 달린다. 리드 문단이 충실해야 글이 술술 풀린다. 주제가 무엇인지, 주장이 무엇인지, 핵심이 무엇인지를 분명하게 담은 리드 문단을 꾸려야 한다.

글을 구성하는 여러 개의 문단은 각각의 이야기를 담고 있더라도 오로지 하나의 결론을 향한 것이다. 모든 문단은 하나의 결론으로 몰아가기 위한 장치들이다. 처칠은 아무리 복잡한 글이라도 오직 하나의 주제를 구현하는 것일 뿐이라고 말했다.

> 글을 쓰는 것도 집을 짓거나 전투를 계획하거나 그림을 그리는 것과 별반 다르지 않다. 기법이 다르고 재료도 다르지만 원리는 같다. 기초를 단단히 하고 자재를 세우고 전제는 결론의 무게를 견딜 수 있어야 한다. 이어서 장식을 하고 수선의 과정을 거친다. 이렇게 완성되더라도 오직 하나의 주제가 구현되었을 뿐이다. 전투와 마찬가지로 다른 사람들이 끊임없이 여기에 간섭하여 망쳐 버린다. 뛰어난 장군이란 계획에 얽매이지 않고 원래의 목표에 도달하는 사람을 말한다.[57]

기차의 미덕은 목적지를 향해 우직하게 달리는 것이다. 기차는 여러 개의 객차 혹은 화차를 달고도 칙칙폭폭 리듬까지 타면서 앞으로 나아간다. 모름지기 한 편의 글도 기차와 같아야 한다. 반듯한 모양을 유지하면서 우왕좌왕하지 않고 직진하는 글이 아름답다.

한 문단, 한 메시지!

—

낙연쌤의 연설팀 필진은 나름 글을 좀 쓴다고 뽑혀온 이들이다. 국장이란 자는 신문기자로 20여 년 글밥을 먹었고, 이영옥 팀장과 이제이 팀장은 주요 지상파 방송에서 굵직한 이력을 쌓은 베테랑들이다. 그만큼 글에 대한 자신감과 자부심이 강한 이들이었다.

연설팀은 새로운 글을 쓸 때마다 함께 기획회의를 하고, 행사 현장을 답사하고, 전문가들의 조언을 듣고, 관련 서적을 읽었다. 그런 뒤 대표 집필자를 정해 글을 쓰고, 그 글을 함께 검토하고 다듬었다. 그렇게 만들어진 초안을 쌤에게 보고했다. 그러나 매번 그의 글쓰기 지도를 피해갈 수 없었다.

쌤은 엄격하고 꼼꼼한 '파란펜' 글쓰기 선생님이다. 그는 연설팀 초안을 한 번 훑어보고는 글의 오타나 오용은 물론 비문까지 귀신처럼 잡아낸다. 글의 구조를 세우는 법을 가르쳐 주기도 한다. 이따금 백지 위에 네모 상자를 나란히 연결한 그림을 그려 놓고는 문단과 문단의 연결을 살핀다.

"귀하들이 작성한 연설문의 키워드를 줄 세워 봅시다."

쌤은 직접 각 문단의 키워드를 네모 상자 안에 적어 넣고는 글이 직진하는지, 후진하는지, 우왕좌왕하는지를 살폈다. 그는 잘 쓴 글은 키워드가 걸리는 것 없이 매끈하게 직진한다고 말했다.

"농부는 쟁기질 할 때 뒤돌아보지 않습니다. 사람이 뒤돌아보면 소도 돌아봅니다. 메시지는 직진해야 해요."

각 문단별 키워드를 중심으로 글의 구조를 살펴보는 방식은 처칠의 '열차처럼 글쓰기'와 흡사하다. 키워드를 집어넣은 네모 상자가 일렬로 늘어선 모습은 그대로 열차를 그린 것이라고 할 수 있다.

"한 문단, 한 메시지!"

쌤은 각 문단에는 하나의 메시지만 담아야 한다고 말했다. 한 화차에는 한 품목의 물건만 실어야 한다는 점을 강조한 처칠의 글쓰기 원칙과 동일한 내용이었다. 쌤은 "한 문단에 여러 개의 메시지를 넣으면 글의 힘이 떨어집니다."라고 말했다. 평소 그가 키워드 중심으로 글을 점검하는 버릇도 '한 문단, 한 메시지'를 당연시하기 때문일 것이다. 이어지는 그의 말은 '열차처럼 글쓰기'의 또 다른 원칙이었다.

"병렬을 할 때는 비례의 원칙을 지켜야 합니다. 구체성이나 중요성이 비슷해야 합니다. 글의 전개방식에서도 비례의 원칙을 지키는 게 좋습니다."

단어나 문장이나 문단을 병렬할 때에는 일정한 기준이 있다는 말이었다. 열차에는 탑승정원과 적재정량이 정해져 있다. 특실과 일반실의 구분도 있다. 운동으로 치자면 체급, 족보로 치자면 항렬, 직장이라면 직급이 같은 군끼리 병렬을 해야 한다. 문단을 병렬할 때도 이처럼 일정한 틀을 갖춰야 한다는 것이 쌤의 강조점이었다.

쌤은 또 문단과 문단을 물 흐르듯 연결하는 이음새의 중요성을 강조했다.

"글의 이음새가 탄탄해야 합니다. 군살 한점 없이 깎은 듯한 육체미 선수의 몸처럼 전체의 글이 하나로 매끈하게 연결돼야 합니다."

육체미는 어깨와 팔, 다리, 몸통, 엉덩이 등 신체 각 부위들 사이의 조화를 통해 완성된다. 아름다운 글은 각 문단 간 이음새가 물 흐르듯 이어질 때 만들어진다. 각 문단이 품고 있는 메시지들이 고리에 고리를 물듯 이어져야 한다. 탄탄한 이음새는 접속사로 완성되는 것이 아니다.

이순신 장군 탄신 제474년 기념다례 기념사는 '열차처럼 글쓰기'의 좋은 사례였다. 먼저 연설팀 초안을 살펴보자. 연설팀은 '충무공이 지키고자 하는 나라는 어떤 나라였나'라는 틀을 통해 이순신 장군을 그렸다.

이순신 장군 탄신 제474주년 기념다례 기념사
_연설팀 초안(일부 발췌)

충무공께서는 뛰어난 군사 전략가이시며 애민의 지도자이셨습니다. 홀로 전란에 대비하셔서 23전 23승이라는 세계 해전사에 길이 남을 승전 기록을 세우셨습니다.

후대에 왕이 되신 정조는 이러한 충무공의 위업을 두고 "내 선조께서 나라를 다시 일으킨 공로에 기초가 되는 것은 오직 충무공 한 분의 힘, 바로 그것에 의함이다."라고 말씀하셨습니다.

그러나 충무공의 삶은 하루하루가 전투였습니다. 왕에게 버림받고 장군에게 배신당하셨습니다. 수많은 충절의 부하들을 전장에서 잃으셨습니다. 그러나 충무공은 '충'과 '애민'으로 무장된 마음을 한시도 풀지 않으셨습니다. 그러한 충무공이 위기에 처했을 때 공을 지켜준 사람은 평범한 군관들과 백성들이었습니다. '지도자와 백성이 친하면 은혜로 돌아온다'는 충무공의 가르침은 제가 마음에 새기는 말이기도 합니다.

충무공의 애국 충정은 우리 민족이 위기에 처할 때마다 다시 일어설 수 있는 바탕이 됐습니다. 충무공께서 백절불굴의 강인한 의지로 지키고자 하신 것은 어떤 나라였는지 다시금 생각해 봅니다.

그것은 정의로운 나라였습니다. 충무공은 "권세 있는 남에게 아첨하고 의지하며 뜬 영화를 구하지 않겠다."고 하시며 오직 바른 방법과 수단으로 나라를 구하셨습니다. 충무공의 이러한 모습에서 특혜와 특권이 없는 나라, 반칙이 없는 '정의로운 나라'를 생각합니다.

두 번째는 백성이 안전한 나라였습니다. 충무공께서는 외세의 침략 앞에 오로지 백성의 안위만을 생각하셨습니다. 백성의 안전을 위해 공의 목숨을 바치셨습니다. 충무공의 이러한 모습에서 국민의 안전을 지키는 것이 나라의 사명이요 최고의 안보라는 깨달음을 얻습니다.

세 번째는 나라와 백성이 다 함께 잘 사는 나라였습니다. 충무공께서는 권위와 격식을 버리고 병사들의 애환을 살피셨습니다. 병사를 칭찬할 때나 처벌할 때도 차별이 없었습니다. 우리가 이루고자 하는 '포용 국가'를 충무공께서는 꿈꾸셨습니다.

연설팀 초안을 읽고 난 쌤은 "이건 죽도 밥도 아닙니다."라고 말했다. 이순신 장군처럼 누구나 다 아는 이야기를 할 때는 어떻게 새로운 이야기로 풀어낼 것인지를 전략적으로 고민해야 하는데 그런 고민을 찾아보기 어렵다는 것이었다.

"충무공과 관련된 수많은 이야기들이 있습니다. 다 알려진 이야기

낙연쌤의 파란펜

들입니다. 그 중 무엇을 끄집어낼 것인가를 전략적으로 판단해야 합니다."

쌤은 "충무공을 말하면서 '정의로운 나라'와 '포용 국가'를 연결시키는 것은 건강부회"라고 말했다. 500년 전의 인물에게 오늘의 상황을 맞추려는 시도가 억지스럽다는 것이었다. 굳이 연결을 시키고 싶다면 '정의로운 나라와 포용 국가를 꿈꾸면서 충무공을 생각한다' 정도가 적당하지 않겠느냐고 말했다.

"신하로서의 충무공, 지도자로서의 충무공, 장수로서의 충무공, 아들로서의 충무공 등으로 이야기를 정리해 보는 방안을 생각해 보세요."

쌤이 제시한 방향대로 글을 고치려면 처음부터 다시 써야 했다. 그래도 새로운 방향을 구체적으로 제시해 주었기 때문에 연설팀의 초고 수정 작업은 비교적 수월했다. 얼마나 길이 머냐보다도 어느 길로 가야 하나를 아는 것이 더 중요하다.

연설팀은 쌤의 제안과 지침에 따라 초고를 수정했다. 연설팀은 초고 수정본을 'PM원고정리보고'라는 파일명으로 의전팀 메일을 이용해 쌤에게 전달했다. 항상 쌤의 연설문은 연설팀 초안-PM원고정리 보고본-총리 수정본 등 3단계 과정을 거쳐 완성된다. 낙연쌤의 이순신 장군 탄신 기념다례 기념사도 그런 과정을 거쳐 다음과 같이 만들어졌다.

이순신 장군 탄신 제474주년 기념다례 기념사
– 낙연쌤 수정본(일부 발췌)

※ 전체 글을 이끄는 기관차 문단

   여러분이 아시는 대로 충무공은 그 전에도, 그 후에도 나오기 어려운 위대한 인간이셨습니다.

※ 여섯 개의 객차 문단(밑줄 그은 부분은 각 문단의 주제문)

   첫째, 충무공은 치밀한 전략가이셨습니다. 충무공은 임진왜란이 일어나기 전에 이미 거북선을 만드셨고, 난중일기를 쓰셨습니다. 임진왜란 하루 전에 거북선 사격훈련을 시작하셨습니다. 그런 치밀한 전략의 결과로 충무공은 세계 해전사에 우뚝한 승전의 대기록을 세우셨습니다.

   둘째, 충무공은 우국의 충신이셨습니다. 충무공은 파직과 백의종군을 잇따라 겪으셨지만, 임금과 나라를 향한 충성은 흔들리지 않았습니다. 삼도수군통제사로서 한산도 통제영을 지도하실 때는 나라의 지원이 없었지만, 충무공은 나라를 원망하지 않으셨습니다. 충무공은 "신하된 자가 임금을 섬김에는 죽음만이 있을 뿐 다른 길은 없다."고 말씀하셨습니다. 후세에 정조대왕이 "내 선조께서 나라를 다시 일으킨 공로에 기초가 되는 것은 오직 충무공 한 분의 힘"이라고 말씀하셨을 정도였습니다.

셋째, 충무공은 애민의 지도자이셨습니다. 전쟁 전에는 백성들을 먼저 피난시키고, 전쟁 후에는 백성의 피해를 걱정하셨습니다. 부친의 부음을 받고도 가지 못하는 병사에게 당신이 타시던 말을 내주고, 추위에 떠는 부하에게 옷을 벗어주셨습니다. 소가 많이 들어와도, 물고기가 많이 잡혀도 백성들께 나누어 드리셨습니다.

넷째, 충무공은 지극한 효자이셨습니다. 전란 중에도 어머님을 임지로 모셔 몸소 또는 사람을 보내 어머님의 용태를 아침저녁으로 살피셨습니다. 어머님이 돌아가셨을 때는 "하늘의 해조차 캄캄해 보였다."고 난중일기에 쓰셨습니다.

다섯째, 충무공은 드문 지식인이셨습니다. 충무공은 어려서부터 학문을 배우시고, 문인의 소양을 쌓으셨습니다. 충무공께서 빼어난 전쟁문학으로 세계기록유산에 등재된 난중일기를 남기신 것도 그런 소양 덕분이었을 것입니다.

여섯째, 충무공은 강직하고 투철한 공인이셨습니다. 충무공은 모함과 오해에 끊임없이 시달리셨습니다. 그래도 충무공은 늘 당당한 덕행으로 대처하셨습니다. 자식을 함께 참전하도록 하실 만큼 공사를 분명히 가리셨습니다.

그렇게 위대한 충무공 곁에는 늘 백성이 있었습니다. 동료는 충무공을 끊임없이 모함했습니다. 임금께서도 때로 충무공을 오해하고 버리셨습니다. 그래도 군관과 백성은 늘 충무공을 지켜드렸습니다. 백성과 군관들은 충무공의 충정어린 우국과 애민, 늘 이기는 전략과 위업을 믿었기 때문이었을 것입니다. 충무공은 "지도자와 백성이 친하면 은혜로 돌아온다."고 말씀하셨습니다. 제가 늘 마음에 새기는 가르침입니다.

쌤의 수정본과 연설팀 초안을 비교해 보자. 연설팀은 '충무공이 지키고자 하는 나라는 어떤 나라였나'를 조명한 반면, 쌤은 '충무공은 어떤 인간이었나'를 기본 틀로 삼았다.

수정본의 구성은 주렁주렁 객차를 매달고 달리는 열차를 떠올리게 한다. 충무공을 ▲치밀한 전략가, ▲우국의 충신, ▲애민의 지도자, ▲지극한 효자, ▲드문 지식인, ▲강직하고 투철한 공인 등 여섯 가지 유형으로 병렬해 살펴보고 있는 것이다. 각 문단은 객차 혹은 화차처럼 줄줄이 "칙칙폭폭" 일정한 리듬을 유지하며 이어지고 있다.

글의 기관차 문단은 짧지만 강력하다. 기관차 문단은 "여러분이 아시는 대로 충무공은 그 전에도, 그 후에도 나오기 어려운 위대한 인간이셨습니다."라는 하나의 문장으로 이루어져 있다. 한 문장짜리 기관차 문단은 여러 문단들을 줄줄이 매단 채 글을 이끌고 있다. 각 문단들은 공통의 특징들을 지니고 있다.

각 문단은 철저하게 비례의 원칙을 지키고 있다. 전략가와 충신, 지도자, 효자, 지식인, 공인 등을 키워드로 한 각 문단은 구체성이나 중요성이 높낮이 없이 대등하다.

각 문단은 뚜렷하게 하나의 에피소드만을 다루고 있다. 예컨대 "충무공은 치밀한 전략가이셨습니다."라고 시작한 문단에서는 전략가와 관련된 에피소드 이외에 다른 이야기는 다루지 않고 있다.

각 문단은 주제문을 중심으로 짜여져 있다. 문단의 첫 문장은 "충무공은 ○○○이셨습니다."라는 주제문으로 시작한다. 이어 주제문의 내용을 구체적으로 설명하고, 확립하고 발전시킨다.

이를테면 먼저 "충무공은 치밀한 전략가이셨습니다."라고 주제문을 던진다. 곧바로 "충무공은 임진왜란이 일어나기 전에 이미 거북선을 만드셨고, 난중일기를 쓰셨습니다. 임진왜란 하루 전에 거북선 사격훈련을 시작하셨습니다."라면서 구체적인 사례를 들어 뒷받침을 하고 있다.

이어 마지막 문장으로 "그런 치밀한 전략의 결과로 충무공은 세계 해전사에 우뚝한 승전의 대기록을 세우셨습니다."라면서 못을 박듯 단단하게 문단을 마무리하고 있다. 각 문단이 기서결 혹은 기승전결 구조를 갖추고 있다.

낙연쌤의 수정본은 '열차처럼 글쓰기'의 전형이다. 그의 글은 동일한 구조를 한 문단들을 열차의 객차나 화차처럼 줄줄이 매달고 있는 구조다. 글은 칙칙폭폭 달리는 열차처럼 리듬을 탄다. 리듬을 타면서 술술 읽힌다. 글은 거침없이 직진을 한다. 불필요한 이야기를 늘어 놓느라 여기저기 기웃거리지를 않는다. 낙연쌤의 글은 달리는 열차를 닮았다.

모듈러 공법으로 쓰기

문단끼리 따로 놀면
끓이지 않는 된장찌개와 같다.

레고 블럭처럼 자유롭게 짜맞춰라

—

　원고지를 마주하고 앉았는데 막막하다. 머리는 안갯속처럼 뿌옇기만 하다. 한 가닥씩 이야깃거리만 오락가락할 뿐 글 전체의 얼개가 그려지지 않는다. 글쓰기 선생님들은 "기승전결을 구상하라.", "설계도를 그려라.", "얼개를 꾸려라." 라고 말하지만, 글을 써보지 않은 이들에게 그리 쉬운 일은 아니다.

　언제까지 기승전결과 설계와 얼개에만 매달려 끙끙 앓고 있을 수는 없다. 어느 정도 구상만 서면 일단 쓰기 시작하는 것도 한 방법이다. 천리 길도 한 걸음부터, 천 장짜리 원고도 한 장부터 아닌가.

　레고 놀이를 하는 아이들을 보라. 아이들은 설계도 없이도 예쁜 집과 멋진 로봇과 날렵한 자동차를 뚝딱 만들어낸다. 자신이 생각한 대로 모양이 나오지 않으면 부수고 다시 조립을 한다. 글쓰기도 레고 놀이하듯 하면 된다.

스티븐 킹은 "플롯을 믿지 않는다."고 말했다. 자신은 뭔가를 미리 정해 놓고 글을 쓰지 않는다고 말한다. 킹은 글쓰기란 단지 글이 스스로 움직이도록 그 공간을 만들어주는 작업일 뿐이라고 말한다.

나는 두 가지 이유 때문에 플롯이라는 것을 믿지 않는다. 첫째, 우리의 '삶' 속에도 플롯 따위는 별로 존재하지 않으므로, 둘째, 플롯은 진정한 창조의 자연스러움과 양립할 수 없다고 생각하므로, 이 문제에 대해서는 분명히 짚고 넘어가는 것이 좋겠다. 소설 창작이란 어떤 이야기가 저절로 만들어지는 과정이라는 것이 나의 기본적인 신념이다. 작가가 할 일은 그 이야기가 성장해갈 장소를 만들어주는 것뿐이다.[58]

킹은 쓰다 보면 어느 순간 글이 생명력을 갖게 된다고 말한다. 낱말들이 모여서 문장을 이루고, 문장들이 모여서 문단을 이루고, 그러다 보면 문단들이 살아나서 숨을 쉬기 시작한다는 것이다.

킹은 M.W.셸리의 괴기 소설 『프랑켄슈타인』의 괴물 창조 과정을 들어가면서 글쓰기를 실감나게 설명한다. 소설의 주인공인 물리학자 프랑켄슈타인은 여러 구의 시신에서 떼어낸 신체의 조각들을 기워 거구의 괴물을 만든다. 그리고는 괴물의 몸에 전기 자극을 가한다. 괴물은 노랗고 축축한 눈을 뜨면서 벌떡 일어선다. 죽어있던 시신의 조각들을 결합해 만든 괴물이 생명력을 지니게 되는 순간이다.

홀로 떨어져 있는 낱말은 시신의 조각처럼 생명력이 없다. 그러나 낱말들이 서로 결합해 문장과 문단을 이루게 되면 프랑켄슈타인의 괴물처럼 눈을 뜨고 숨을 쉬기 시작한다고 킹은 말한다.

그런 설명조차 부족하다고 생각한 킹은 글쓰기를 목수가 집을 짓는 과정에 비유한다. 글쓰기란 한 번에 한 장씩 널빤지를 붙여 목조 건물을 만들고, 한 번에 한 장씩 벽돌을 쌓아 올려 벽돌 건물을 만드는 것과 마찬가지라는 것이다.

여러분도 한 번에 한 문단씩 써나가면 되는 것인데, 이때 사용하는 건축 재료는 여러분의 어휘력, 그리고 기본적인 문체와 문법에 대한 지식이다. 한 층 한 층 가지런히 쌓아 올리고 문짝도 고르게 대패질하기만 하면 무엇이든 건설할 수 있다. 힘이 넘친다면 대저택들을 지어도 좋다. [59]

일본의 저명한 사상가인 우치다 다쓰루(內田樹) 고베여학원대학 명예교수는 글이란 쓰면서 완성되는 것이라고 말한다. 그는 "우리는 이미 알고 있는 것을 쓰는 것이 아닙니다. 글을 쓰는 동안 자신이 무슨 말을 하고 싶은지, 무엇을 알고 있는지 발견합니다. 글을 써보지 않으면 자신이 무엇을 쓸 수 있는지, 무엇을 알고 있는지 알지 못합니다."[60]고 말하고 있다.

낙연쌤의 파란펜

글을 쓰는 일을 하고 있으면 분명 어떤 종류의 '기류'라든가 '수맥' 같은 것을 느끼는 감촉이 옵니다. 그것을 요령있게 붙잡기만 하면, 마치 상승기류를 타고 글라이더가 날아오르는 듯, 요트가 순풍을 타듯 성큼성큼 앞으로 나아갑니다. 그것을 붙잡지 못하면 글라이더는 추락하고 요트는 멈추어 섭니다. 따라서 문제는 흐름을 붙잡는 것입니다. [61]

소설가 신경숙도 "글이란 쓰면서 완성되는 것"이라고 말했다. 신경숙이 소설『엄마를 부탁해』를 출간했을 무렵, 서울 평창동의 한 찻집에서 그를 만났다. 당시만 해도 나는 소설을 한 편 쓰고 싶다는 꿈을 품고 있었다. 신경숙을 만난 김에 나도 소설가가 될 수 있는지, 소설을 쓰려면 어떻게 해야 하는지를 물었다. 그는 일단 쓰기 시작해보라고 말했다.

"인간에 대한 깊은 애정과 관심만 있으면 누구나 소설을 쓸 수 있습니다. 문제는 그게 얼마나 진실하고 절절하냐는 거지요. 소설은 일단 시작을 하면 어느 순간부터 스스로 이야기를 만들어가기 시작합니다. 소설이 자체 생명력을 지닌 채 움직이기 시작해요."

신경숙은 자전 소설『외딴방』에서 소설가를 꿈꾸는 열여섯 살 소녀와 외사촌 간 대화를 통해 이렇게 말했다.

"그런 사람들은 다르게 태어나는 것 같던데?"

"다르게 태어나는 게 아니라, 다르게 생각하는 거야."[62]

　최근 건축업계에서는 레고 블록 조립하듯이 집을 짓는 모듈러 공법이 인기를 끌고 있다. 공장에서 기둥, 벽, 천정, 지붕 등 건축에 필요한 표준 모듈을 만든 뒤 현장에서는 이를 조립만 하는 건축방식이다. 모듈러 공법으로 집을 지을 때에도 설계도를 필요로 하겠지만, 훨씬 자유자재로 설계를 변경할 수 있다.

　모듈러 공법은 글쓰기에서도 그대로 적용할 수 있다. 건축의 표준모듈에 해당하는 개별적인 단락들을 작성한 뒤 이를 레고 블록처럼 짜맞추는 글쓰기 방법이다.

　이제 모듈러 공법으로 글쓰는 방법을 알아보자. 큰 틀의 구상이 잡히면 좋고, 잡히지 않더라도 걱정을 할 필요는 없다. 글의 주제만 마음에 담고 글쓰기를 시작해보자.

　첫째, 글의 주제를 원고지 첫 머리에 큼지막하게 써 놓아라. 글의 주제를 써 붙여 놓는 일은 집을 지을 공터에 공사 개시를 알리는 표지판을 세우는 일이라고 할 수 있다. 작전에 나서는 군대가 깃발을 세우는 일이나 사업을 시작하는 사람이 간판을 거는 일에 비유할 수도 있다.

　일단 주제를 써 놓으면 당신의 뇌는 의식 혹은 무의식으로 그 주제와 관련된 활동을 하기 시작한다. 마치 작은 눈덩이 하나가 이리저리 구르면서 큰 눈덩이로 변하는 것처럼, 당신의 원고지 첫 줄에 쓰여진

　　　　　　　　　　　　　　　낙연쌤의 파란펜

한 줄의 주제에는 이런저런 아이디어와 구상이 붙기 시작할 것이다. 그저 문장 하나가 잡힐 수도 있고, 관련된 책이나 자료가 생각날 수도 있고, 글의 전개가 떠오를 수도 있다. 그렇다면 당신은 이미 글쓰기 작업을 시작한 것이다.

둘째, 6하원칙을 작성하라. 당신이 쓰고자 하는 글과 관련해 누가, 언제, 어디서, 무엇을, 어떻게, 왜라는 질문을 하나씩 작성해 채워 넣어라. 6하원칙을 하나씩 꼼꼼하게 점검하는 것은 충실한 글쓰기의 기본이다. 6하원칙 항목을 채워 넣는 작업은 건물의 기둥을 세우는 작업에 비유할 수 있다. 튼튼한 건물을 지으려면 기둥을 잘 세워야 하는 것처럼 충실한 글을 쓰려면 6하원칙을 충실하게 확인해야 한다.

6하원칙을 완성하고 나면 쓰고 싶은 이야기들이 꼬리를 물고 이어진다. 땅을 뚫고 쑥쑥 올라온 벼의 줄기에 주렁주렁 알곡이 매달리기 시작하는 것에 비유할 수 있다.

셋째, 유닛모듈러들을 만들기 시작하라. 이미 주제나 소재, 제목, 6하원칙 등을 생각하는 과정에서 유닛모듈러의 단초로 삼을 수 있는 구상들을 웬만큼 확보한 단계다. 그런 단편적인 생각들을 보강해서 독립된 문단으로 완성하라.

한 번에 원하는 만큼의 유닛모듈러를 만들려고 욕심내지 마라. 글이 안 풀리면 컴퓨터 모니터 앞을 떠나라. 때론 주변 공원을 여유롭게 산책하거나, 분위기 좋은 찻집을 찾아 머리를 비워라. 비워야 채울 수 있다.

혼자의 머리에서 모든 아이디어를 구하려 하지 마라. 두루 의견을 구하라. 동료나 지인들과의 브레인스토밍은 유닛모듈러의 소재를 구할 수 있는 좋은 방법이다. 대화는 글의 폭과 깊이를 더하는 좋은 방법이다.

넷째, 이젠 완성된 유닛모듈러를 이용해 글을 조립하라. 유닛모듈러의 내용들을 살펴보면 글의 설계를 어떻게 할 것인지 머릿속에 그려질 것이다. 레고 블록처럼 유닛모듈러들을 자유롭게 엮어가면서 최상의 조합을 구하면 된다.

차분하게 미괄식으로 설득해 나가는 구성을 할 것인가, 아니면 글의 도입부에 결론을 던져 놓고 설명하는 두괄식으로 할 것인가를 선택해야 한다.

기승전결 혹은 기서결 구성을 따른다면 무엇을 '기'로 앞세우고, 무엇을 '결'로 마무리할 것인지 등을 결정한 뒤 그에 해당하는 유닛모듈러들을 조립해 나가면 된다.

마지막으로 꼼꼼하게 마무리 작업을 하라. 글의 연결고리를 점검하고, 한 줄 한 줄 문장을 다듬어라. 모듈러 건축에서 유닛모듈러 사이를 이음 고리로 단단하게 고정하는 것과 같은 작업이다.

바둑을 둘 때 구석구석 끝내기를 꼼꼼하게 하는 과정으로 이해를 해도 좋다. 아무리 초반 포석을 잘하고 중반 전투를 잘 이끌어도 끝내기를 제대로 하지 못하면 패하게 되는 것처럼, 마무리를 제대로 하지 못한 엉성한 글은 실패작이 될 수밖에 없다.

낙연쌤의 파란펜

찌개처럼 잘 섞고 잘 끓이면

—

어떤 요리를 할 때 가장 먼저 해야 할 일은 재료를 준비하는 일이다. 필요한 재료들을 가지런하게 갖춰 놓은 뒤 요리를 시작해야 한다. 쇠고기 된장찌개를 끓이려고 한다면 쇠고기와 된장, 감자, 무, 파 등을 요리대 위에 정렬해 놓아야 한다.

요리의 맛을 제대로 내기 위해서는 준비한 재료들을 그 특성에 따라 순서대로 집어넣어야 한다. 깊이 우려낸 육수에 된장을 풀어 넣은 뒤 금방 익지 않는 감자와 무를 먼저 넣고, 쇠고기와 파 등을 순서대로 넣고 끓이면 된다.

그러나 요리의 종류와 조리법은 헤아릴 수 없을 정도로 많다. 같은 탕을 끓이더라도 요리사에 따라 재료의 투하 순서가 다르고, 그 맛 또한 달라진다.

글쓰기도 마찬가지다. 기본적으로는 앞으로 끄집어내야 하는 이야기가 있고, 중간이나 뒤로 돌려야 하는 이야기가 있게 마련이다. 그 순서가 제대로 놓이지 않으면 글이 물 흐르듯 읽히지 않는다.

문단의 순서를 어떻게 배열하느냐에 따라 글의 맛이 크게 달라진다. 차분하게 논리대로 이야기를 풀어나가는 배치를 할 수 있는가 하면, 글 머리에 눈길을 확 끄는 이야기를 던져 놓을 수도 있다. 글쓰기 역시 레고 블록을 조립하거나 모듈러 공법으로 집을 지을 때처럼 문단의 위치를 바꿀 수 있다.

낙연쌤은 문단을 덩어리라고 불렀다. 연설팀 초고를 검토할 때마다 글을 덩어리 단위로 파악하고, 덩어리에서 덩어리로 전개되는 짜임새를 보고, 덩어리와 덩어리 간 이음새에 억지스러운 점이 없는지를 살피고는 했다.

그는 덩어리와 덩어리 간 연결이나 전개가 매끄럽지 못하면 "무 따로, 감자 따로, 파 따로 노는 찌개 같은 글"이라고 말했다. 덩어리끼리 따로 노는 글을 "끓이지 않은 된장찌개 꼴"이라고 말하기도 했다.

글을 잘 쓰려면 먼저 글을 구성하는 각 덩어리들을 알차게 만들어야 한다. 덩어리들을 어떤 순서로 배치하느냐에 따라 글맛이 달라진다.

쌤이 원주기업도시 준공식에 참석하기로 해서 축사를 준비해야 했다. 연설팀은 ▲축하와 감사, ▲원주기업도시 소개, ▲앞으로의 비전, ▲원주시의 성취, ▲정부의 지원 및 다짐 등의 순서로 초고를 마련했다.

　　　　　　　　　　　　　　　낙연쌤의 파란펜

원주기업도시 준공식 축사
_연설팀 초고

　　존경하는 국민 여러분, 원주시민 여러분,

　　지난 12년간의 공사를 마치고 원주기업도시 준공식을 엽니다. 원주는 충주에 이어 전국에서 두 번째 기업도시가 됐습니다. 축하드립니다.

　　국가균형발전의 '강원도 축'으로 원주기업신도시를 발전시켜온 원주기업도시 관계자 여러분, 원창묵 원주시장님 수고 많으셨습니다. 물심양면으로 지원해주신 최문순 강원도지사님, 김기선 의원님, 심기준 의원님 고맙습니다. 특히 오랜 시간 공사의 불편함을 감내하시며 기다려주신 원주시민 여러분께 감사드립니다.

　　원주기업도시는 치악산을 비롯한 천혜의 자연 속에 들어앉은 첨단의료 산업 신도시입니다. 민간기업이 지자체와 함께 산업과 연구, 주거와 문화 등 모든 생활이 가능한 도시를 탄생시켰습니다. 앞으로 이곳에는 의료·제약·건강바이오산업 등 의료산업분야 41개의 기업이 들어섭니다.

　　원주기업도시는 이제부터가 시작입니다. 더 많은 기업들을 유치하고 살기 좋은 정주여건도 더 갖춰가야 합니다. 시민 여러분과

의원님들께서 더 많은 관심과 성원을 해 주시기 바랍니다. 저는 여러분께서 원주기업도시를 멋지게 완성시켜서 한창 개발 중인 태안, 영암, 해남의 기업도시에 성공모델이 되기를 소망합니다.

존경하는 원주시민 여러분,

원주시는 세계보건기구도 인정하는 최고의 건강도시입니다. 사통팔달의 교통망을 갖춰 중부내륙의 중심도시로 발전했습니다. 이런 여건을 토대로 원주시는 전국에서 최초로 건강과 관련된 첨단 의료기기 산업을 집중적으로 키워왔습니다.

그러한 원주시를 노무현 정부는 기업도시로 선정하고 다양한 기업 지원 정책을 추진해왔습니다. 공공이 주도하는 행복도시, 혁신도시와는 다르게 민간이 주도해서 지역의 특성에 맞춰 개발하는 도시로서 그 의미가 크다고 할 수 있습니다.

노무현 정부를 잇는 문재인 정부는 원주시의 성장을 가속화시키고자 원주를 '디지털 헬스케어 규제자유특구'로 지정하고, 디지털 헬스케어 국가산업단지 후보지로 선정했습니다. 이곳에 국가산업단지가 들어서면, 첨단의료산업을 기반으로 한 기업도시와 혁신도시 국가산업단지가 공존하는 도시가 될 것입니다. 전국에서 유일합니다. 더욱이 내년 5월부터 시행되는 '의료기기산업 육성 및 혁신의료기기 지원법'은 원주시의 성장 속도를 배가시킬 것입니다.

　정부는 원주시의 더 큰 발전을 위해 더 노력하겠습니다. 기업의 투자와 입주를 가로막는 제도가 있다면 과감하게 더 개선하겠습니다. 원주권 유휴 군부지에 창업지원 플랫폼 같은 혁신성장 공간을 조성할 계획입니다. 지금 추진 중인 복선전철과 수도권 전철도 차질없이 진행하겠습니다. 대통령께서 말씀하셨듯이 '원주권을 중부권 거점지역 중 하나로 육성'하기 위해 앞으로도 최선을 다하겠다고 약속드립니다.

　원주기업도시의 준공을 거듭 축하드립니다. 기업도시에 입주한 모든 기업이 번창하기를 바랍니다. 감사합니다.

　쌤의 연설문을 준비할 때 연설팀은 가장 먼저 해당 부처와 기관의 관계자들과 함께 기획회의를 가진다. 관계자들의 설명을 듣는 시간이고, 전문가들의 조언을 구하는 자리이다. 이때 해당 부처와 기관은 연설문에 자신들이 부각시키고 싶은 내용을 강조하게 마련이다.

　쌤은 연설팀에게 이따금 "부처 의견에 휘둘리지 말고, 자료에 함몰되지 마세요."라고 말하고는 했다. 부처 관계자나 전문가의 말을 귀담아 듣고, 꼼꼼하게 자료를 살펴보되 거기에 휘둘려서는 안 된다는 것이었다. 해당 사안을 충분히 이해하지 못하면 관계자의 말이나 자료에 휘둘리게 돼 있으므로 공부를 많이 해야 한다고 말하기도 했다.

원주기업도시만 해도 국토교통부와 산업통상자원부, 보건복지부 등이 연관된 사업이었다. 쌤은 원주기업도시 준공식 축사 초안을 검토한 뒤 글의 전개가 어지럽다고 하면서 그 원인을 연설팀이 소관 부처의 자료에 함몰됐기 때문이라고 진단했다.

쌤은 또 원주기업도시는 문재인 정부의 3대 신성장 동력인 시스템반도체와 미래자동차와 바이오헬스의 틀 속에서 자리매김해 주어야 한다고 말했다. 보다 큰 국정운영의 그림 속에서 원주기업도시를 설명하는 것이 좋지 않느냐는 말이었다.

쌤은 총리와 장차관과 국장의 시야는 달라야 한다고 말하고는 했다. 장차관이나 국장이 설명해도 될 사안에 굳이 총리가 나서는 모양새가 돼서는 안 된다는 말이었다. 연설팀은 총리의 시야를 가지고 연설문을 쓰려고 노력했지만, 쉬운 일은 아니었다. 총리는 아무나 하나.

원주기업도시 준공식 축사
_낙연쌤 수정본

존경하는 국민 여러분, 원주시민을 비롯한 강원도민 여러분, 대한민국 첨단의료산업의 거점이 될 원주기업도시가 오늘 준공됐습

낙연쌤의 파란펜

니다. 원주는 충주에 이어 전국 두 번째 기업도시가 됐습니다. 먼저 원주시민 여러분께 축하드립니다.

시범사업으로 결정되고 15년, 착공으로부터 11년 동안 애써주신 김준기 대표님을 비롯한 원주기업도시 관계자 여러분께 먼저 감사드립니다. 지원을 아끼지 않으신 원창묵 시장님 등 역대 원주 시장님과 신재섭 의장님을 비롯한 원주의 지도자 여러분, 최문순 강원지사님, 한금석 의장님, 김기선·송기헌·심기준 의원님 참으로 고맙습니다. 특히, 오랜세월 불편을 참으며 기다려주신 원주시민 여러분께 각별한 감사를 드립니다. 감사합니다.

원주기업도시는 국내에 유례가 없는 특별한 도시로 준비됐습니다. 의료, 제약, 바이오헬스 기업들이 들어서고, 그 안에서 산업과 연구, 주거와 문화 등 모든 생활이 가능하도록 조성됐습니다. 특히, 기업도시 안에서는 주민들의 스마트 원격 건강관리도 이루어집니다. 이 기업도시가 원주를 성장시키면서 동시에 대한민국의 보건의료산업 발전에도 크게 기여할 것이라고 저는 믿어 의심치 않습니다.

보건의료산업은 21세기 인류생활개선과 세계경제발전의 총아로 지목된 지 오래됐습니다. 세계의 보건의료산업은 2015년부터 연평균 5%씩 성장하고 있습니다. 같은 기간의 자동차산업 연평균

성장률 3%, IT산업 성장률 1%대보다 훨씬 높습니다.

그래서 문재인 정부는 전략적으로 육성할 3대 신산업으로 시스템반도체, 미래자동차와 함께 바이오헬스를 선정했습니다. 바이오헬스 분야에서 신약, 의료기기, 재생의료 산업 등을 집중적으로 육성하고 있습니다. 그 일환으로 지난해 정부는 원주시를 '디지털 헬스케어 국가산업단지'로 지정했습니다. 그에 따라 원주는 디지털 헬스케어 산업 상용화 및 R&D 거점 산업단지로 조성될 것입니다. 또한, 정부는 올해 강원도를 원격의료특구로 지정했습니다. 앞으로 강원도는 일정한 범위 안에서 원격의료에 관한 규제를 면제받을 것입니다.

이전부터 원주는 의료산업 기반을 구축해왔습니다. 의료기기 생산단지로 조성된 동화산업단지, 태장산업단지 등은 연간 생산 6,000억 원을 돌파하며 전국 최대 규모의 의료기기를 이미 생산하고 있습니다. 게다가 원주에는 국민건강보험공단, 건강보험심사평가원 등 생명건강 공공기관이 모인 혁신도시가 조성돼 있습니다. 의과대학 등 연구기반과 의료기기 테크노벨리 등 혁신기반도 갖춰져 있습니다.

그러한 기반을 갖춘 원주시에 오늘 기업도시가 준공됐고, 그 바탕 위에 '디지털 헬스케어 국가산업단지'까지 들어서는 것입니다.

한 도시에 한 분야의 산업과 연구기반이 이렇게 집적되는 일은 원주 이전에도 없었고, 아마 원주 이후에도 없을 것입니다. 원주는 대한민국을 대표하는 의료산업 중심으로 도약할 수밖에 없다고 저는 확신해 마지않습니다.

원래 원주는 많은 것을 갖춘 고장입니다. 교통이 경기-서울-충청-강원으로 사통팔달 연결되고, 치악산을 비롯한 자연환경도 빼어납니다. 민주화와 문학의 심장으로 원주는 오랜 세월 동안 우리 국민들의 사랑을 받아왔습니다. 그런 원주가 이제 보건의료산업의 중심으로 비상하고 있는 것입니다.

원주기업도시의 조속한 성공과 원주 전체의 도약을 위해 정부는 기업의 투자와 입주를 어렵게 하는 모든 규제를 과감히 개선하겠습니다. 복선전철과 수도권 전철도 차질 없이 건설할 것입니다. 원창묵 시장님께서 어렵게 어렵게 말씀해주신 원주 서부권 국도건설도 되도록 빨리 시작되도록 원주시민 여러분과 함께 노력하겠다는 약속의 말씀도 드립니다.

문재인 대통령께서 말씀하셨듯이, 정부는 원주권을 중부권 거점지역의 하나로 육성하도록 더욱더 활발히 노력하겠습니다. 원주시민과 기업인 여러분도 함께해주시리라 믿습니다. 아직 분양되지 않은 4개 필지도 빠른 시일 내에 채워주시기를 기업인 여러분께 호소드립니다. 원주의 무궁한 발전을 기원합니다. 원주의 발전에 항상 함께하겠습니다. 감사합니다.

※ 밑줄 표시 : 유닛모듈러의 각 주제문

쌤의 수정본은 축하-감사-성취-비전-다짐 순으로 정리되었다. 어정쩡한 곁가지들은 쳐냈다. 원주 이야기에만 집중한 것이다. 원주기업도시가 태안과 영암, 해남의 기업도시에 성공모델이 되기를 소망한다는 단락은 통째로 들어내 버렸다.

그 대신 보건의료산업과 바이오헬스 산업의 중요성과 미래 가치를 설명하는 덩어리를 새로 만들어 넣었다. 바이오헬스 산업이 문재인 정부의 역점사업인 3대 신산업 중 하나로 추진되는 것이며 그 거점도시로 원주가 선정됐다는 사실을 조목조목 설명하고 있다.

수정본의 각 문단은 레고 블록처럼 단단하다. 각각의 유닛모듈러들은 독립적인 메시지를 알차게 담고 있다. 대부분 유닛모듈러들은 주제문을 앞세우고 있다. 예컨대 "원주기업도시는 국내에 유례가 없는 특별한 도시로 준비됐습니다.", "그래서 문재인 정부는 전략적으로 육성할 3대 신산업으로 시스템반도체, 미래자동차와 함께 바이오헬스를 선정했습니다.", "이전부터 원주는 의료산업 기반을 구축해왔습니다.", "원래 원주는 많은 것을 갖춘 고장입니다." 등 주제문들이 각각의 문단을 이끌고 있다. 이어 주제문을 뒷받침하는 세부사항들이 가지런하게 정리돼 있다.

유닛모듈러 공법의 미덕은 유닛모듈러의 위치를 자유자재로 옮기면서 다양한 형태의 건축물을 만들 수 있다는 점이다. 유닛모듈러 하나하나가 독립적인 기능을 하기 때문에 가능한 일이다.

글쓰기에서도 마찬가지다. 글의 유닛모듈러들이 독립적인 메시지를 담고 있으면 이리저리 자리를 옮겨가면서 새로운 형태의 글을 꾸며볼 수 있다. 수정본은 축하-감사-성취-비전-다짐 순으로 글을 꾸몄지만, 축하와 감사를 맨 뒤로 돌릴 수도 있다. 글의 머리를 다짐으로 시작하는 파격을 생각해 볼 수 있다. 역삼각형 건축물은 생각하기 어렵지만, 역삼각형 글쓰기는 흔한 일이다.

3부
—
글의 꾸밈

백색의 글쓰기

꾸미지 않은 글이 더 예쁘다.

중립적이고 냉정한 필사자

—

10만 년 전쯤 이 땅에 나타난 호모 사피엔스는 말로 의사소통을 했다. 기원전 3,000년 전부터는 문자를 사용하기 시작했다. 지금도 지구 상에는 3,000여 개 민족이 7,000여 개의 언어와 28개의 문자로 연일 숱한 말과 글을 쏟아내고 있다. 호모 사피엔스 출현 이후 말과 글로 표현되지 않은 것이 있을까?

다윗의 아들이자 에루살렘의 임금인 코헬렛은 "태양 아래 새로운 것이란 없다."고 말했다. 그는 "'이걸 보아라, 새로운 것이다.' 사람들이 이렇게 말하는 것이 있더라도 그것은 우리 이전 옛 시대에 이미 있던 것"[63]이라고 말했다.

글은 과거의 글을 바탕으로 쓰여진다. 과거의 글만 떠받들면서 새로운 글을 배척하는 시대도 있었다. 유럽 중세 암흑시대에는 신학 이외의 글은 빛을 보지 못했다. 조선시대 500년은 공자와 맹자를 비롯한 성현들의 글을 풀이만 할 뿐 창작을 할 땐 눈치를 봐야 하는 술이부작(述而不作)의 시대였다. 공맹의 말씀을 색다르게 풀이를 한다거나 자신의 생각을 덧붙이면 사문난적(斯文亂賊)으로 찍혔다.

요즘은 '신종 술이부작'의 시대다. 적지 않은 이들이 여러 문헌과 인터넷 검색 자료를 가져다 쓰면서 자기 생각은 더하지 않는다. 그 출처를 밝히지 않은 채 자기 글처럼 내놓기도 한다. 남의 글을 자기 것처럼 베끼는 것은 부끄러운 일일 뿐 아니라 범죄다. 아르투르 쇼펜하우어는 "대부분의 작가들은 필요한 테마의 소재를 타인의 저술에서 도용하는 경우가 적지 않다. 이것은 일종의 강탈이며, 범법행위"라고 말했다.

쇼펜하우어는 "이미 수명이 다한 언어에 약간의 유행어를 섞은 서적 철학자의 문체는 마치 타국의 화폐를 통화로 사용하는 약소국처럼 어딘지 모르게 비애가 느껴진다."[64]라고 개탄했다.

그러나 태양 아래 새로운 것이란 없다는 코헬렛의 말처럼 자신만의 고유한 생각을 담은 글을 쓰는 일은 쉽지 않다. 사람은 태어나자마자 머리와 가슴에 과거를 축적하기 시작한다. 젖먹이 시절부터 말을 배우고, 학교에 들어가 글을 배우고, 사회 생활을 하면서 관례를 익힌다. 모든 글은 이런 과거의 축적을 바탕으로 쓰여진다. 설혹 나 홀로 책상 앞에서 펜 한 자루만으로 쓰는 글이라고 하더라도 거기에는 누구에게서 들은 말, 어디선가 읽은 글, 언젠가 겪었던 경험 등이 녹아들게 마련이다.

프랑스 구조주의 철학자 롤랑 바르트는 글쓰기는 그 이전 관례들의 기억으로 가득 차 있다고 말했다. 타인의 언어나 심지어 나 자신의 언어에 사로잡혀 자유로울 수 없다는 것이다. 그는 "이전의 모든 글쓰기들로부터 오고, 내 자신의 글쓰기의 과거로부터 오는 집요한 잔류 효과는 내 언어의 현재적 목소리를 덮어 버린다."[65]고 말했다.

바르트는 글을 쓰는 저자라는 개념은 이제 설 자리가 없다고 단언했다. 다만 여러 다양한 문화에서 온 글쓰기를 배합하며 조립하는 '조작자', 또는 남의 글을 인용하고 베끼는 '필사자'가 존재할 뿐이라는 것이다.

> 저자를 계승한 필사자는 이제 더 이상 그의 마음속에 정념이나 기분·감정·인상을 가지고 있지 않고, 다만 하나의 거대한 사전을 가지고 있어, 거기서부터 결코 멈출 모르는 글쓰기를 길어 올린다.[66]

프랑스 해체주의 철학자인 자크 데리다는 작가란 그저 '문지기'일 뿐이고, 텍스트는 모든 방문객에게 열려 있는 게스트하우스라고 말했다. 작가는 책의 건축가요 파수꾼으로서 집의 입구에 자리잡고 있을 뿐이라는 것이다. 데리다는 "작가는 통과시키는 자이고, 그의 운명은 언제나 문지기를 뜻한다."[67] 라고 말했다.

코헬렛과 바르트와 데리다의 말 대로라면 새로운 글을 쓰는 방법이란 없다. 정녕 글쓰기란 그저 누군가 이미 썼던 글을 필사하고 조작하고 통과시키는 행위일 뿐인가. 태양 아래 새로운 글을 쓰는 방법은 무엇인가.

쇼펜하우어는 그 방법으로 스스로 사색하는 사람이 되라고 조언했다. 그는 다른 사람의 생각을 읽는 독서보다 자신의 생각을 다듬는 사색을 하라고 권했다. 그는 "독서는 사색의 대용품으로 정신에 재료를 공급할 수는 있어도 우리를 대신해서 저자가 사색해 줄 수는 없다는 점을 기억해야 한다."[68]라고 말했다. 독서란 자신의 머리가 아닌 타인의 머리로 생각하려는 행위라는 것이다.

쇼펜하우어는 나만의 고유한 사색에 의해 어떤 진리에 도달했다면, 비록 그 내용이 앞서 다른 책에 기재되었을지라도 타인의 사상과 바꿀 수 없는 소중한 체험이라고 말했다.[69] 그는 "스스로 사색하는 자는 자신의 의견을 먼저 정립한 후 비로소 이를 보증하고자 권위있는 학설을 습득하여 그 의견을 보충한다."[70]라고 말했다.

바르트는 단순한 필사자를 넘어서는 방안으로 '백색의 글쓰기'와 '영도(零度)의 글쓰기'를 제안했다. 어떤 질서에도 예속되지 않은 중립적이고 냉정한 글쓰기를 창조하자는 것이었다. 그는 "여기서 중요한 것은 엄밀하게 말해 문학적 언어와 살아 있는 언어들로부터 동등하게 멀어진 일종의 기본적인 언어체(langue)에 자신을 맡기면서 문학을 넘어서는 것"[71]이라고 말했다.

바르트는 결국 직설법적인 글쓰기나 신문기자의 글쓰기를 영도의 글쓰기 사례로 들었다. 세상의 외침과 의견에 참여하지 않은 채 그것들의 한가운데서 냉정하고 무감동하고 무구한 백색의 글쓰기를 해야 한다는 것이다.

한때 신문이 글공부를 하는데 훌륭한 교재로 꼽히던 시절이 있었다. 신문 기사는 대개 깔끔한 단문이고, 사실 위주로 작성되었다. 특히 스트레이트 기사는 냉정하고 무감동하고 무구한 글쓰기의 표본이었다. 사설이나 칼럼 역시 엄격한 사실관계를 바탕으로 필자의 논평을 더 하는 방식을 취했다.

그러나 요즘 신문은 사실과 논평을 마구 뒤섞는다. 기자는 스트레이트 기사를 통해 자신의 치우친 의견을 담아낸다. 아쉽게도 요즘 신문 지면에서 '영도의 글쓰기'와 '백색의 글쓰기'의 모범을 찾아보기는 어렵다.

자신의 생각을 1퍼센트 정도만 더하는 것만으로도 단순한 필사자의 오명을 벗어날 수 있다고 주장하는 이도 있다. 일본의 저명한 카피라이터인 다나카 히로노부(田中泰延)는 일본 아마존 베스트셀러 1위에 오른 책『글 잘 쓰는 법, 그딴 건 없지만』을 통해 글쓰기는 자료 조사가 99.56퍼센트라고 말한다. 그는 "결국 작가의 생각은 1퍼센트 이하여도 충분하며, 그 1퍼센트 이하를 전달하기 위해 99퍼센트 이상이 필요하다."라고 말한다.

텔레비전 프로그램 중에 예를 들자면 다큐멘터리가 여기에 해당한다.

다큐멘터리에서는 철저하게 조사한 사실, 그리고 지금까지 밝혀지지 않았던 새로운 사실을 제시하되 제작자의 생각이나 주장은 직접적으로 전하지 않는다. 단지 사실을 나열함으로써 방송을 보는 사람이 생각하는 주체가 된다. 즉 조사한 사실을 나열하면 읽는 사람이 주체가 될 수 있다.[72]

요즘 사람들은 디지털 공간이라는 거대한 사전에서 끊임없이 글을 길어 올린다. 컴퓨터 자판에 몇 글자만 치면 원하는 글과 사진 등 자료들을 순식간에 건져 올릴 수 있다. 이리저리 복사를 해서 이어 붙이면 책 한 권도 뚝딱 만들어낼 수 있다.

그러나 디지털 기술은 필사하고 조작한 글을 한순간에 밝혀내기도 한다. 첨단 검색 솔루션은 글의 표절 여부를 귀신처럼 잡아낸다. 슬그머니 남의 글을 끌어다 쓰면 망신을 당하는 것은 물론 법적 책임까지 져야 하는 상황을 맞을 수 있다. 법적 책임을 겁내서라기보다 글 쓰는 사람의 자존심으로 표절은 생각조차 해서는 안 될 일이다.

표절 시비를 원천적으로 피하려면 뚜렷한 자신의 생각과 주장을 글 속에 담아야 한다. 그런 자신의 생각과 주장을 뒷받침하기 위해 다른 이들의 말과 글을 인용하는 것은 꺼릴 일이 아니다. 물론 그 출처를 분명하게 밝혀야 한다.

세상에서 퍼 올린 글을 자신의 글로 만들기 위해서는 자신의 생각을 1퍼센트라도 더해야 하고, 그러기 위해서는 사색을 해야 한다. 쇼펜

낙연쌤의 파란펜

하우어의 말대로 스스로 사색의 결과를 썼는데 나중에 누군가 이미 비슷한 글을 썼다는 사실을 발견하더라도 그것은 자신의 글이다. 1퍼센트 영감이 천재를 만드는 것처럼, 1퍼센트의 내 생각이 내 글을 만든다.

논평은 자유지만 사실은 신성하다

—

공자는 글 쓰는 사람의 자세로 술이부작(述而不作)을 강조했다. 글을 서술하되 만들어내지 말라는 가르침이었다. 중세 유럽이나 조선시대의 '술이부작'은 예수나 공자나 맹자 등 성현의 말씀만을 앞세운 채 개인의 분방한 생각을 담는 글쓰기는 금했다. 요즘 '술이부작'은 개인의 편견을 배제한 채 정확하게 사실을 기술하는 의미로 사용된다. 낙연쌤은 기자 시절을 회고하면서 "김중배 편집국장은 논어의 술이부작을 가르쳐 주셨다. 꾸미지 말고 있는 대로 쓰라는 뜻으로 들었다."[73]고 말했다. 그는 연설팀에게도 수시로 "아는 체하지 마세요.", "꾸미지 마세요.", "모르면 아이처럼 곧이 곧대로 쓰세요."라고 말하고는 했다.

쌤은 영국 가디언 편집장이었던 찰스 스콧의 "논평은 자유지만 사실은 신성하다."라는 말을 좋아한다. 쌤의 글은 엄격한 사실로 채워진 건조체다. 그는 사실을 객관적으로 드러내는 술이부작의 글쓰기가 자신의 생각을 더한 논평보다도 더 큰 힘을 품는다고 믿는다.

"수식어나 관념어로 채워진 글은 감동이 떨어져요. 읽을 순간에는 그럴듯하지만 막상 남는 게 없어요. 사건과 사실을 중심으로 글을 쓰세요. 수식어나 관념어는 사실을 연결하는 매개 정도로만 사용하면 됩니다."

쌤이 더불어민주당 대표 시절에 작성한 장준하 선생 제45주기 추모사는 '술이부작 글쓰기'의 모범을 보여주고 있다. 쌤의 추모사는 장준하 선생의 삶을 보여주는 객관적 사건과 사실들로 채워져 있다.

장준하 선생 제45주기 추모사
_낙연쌤 작성(일부 발췌)

8월입니다. 8월은 광복의 달이지만, 잔인한 달이기도 합니다.

오늘 저희가 추모하는 장준하 선생님의 삶에서 8월은 더욱 특별합니다. 선생님은 1918년 8월 평안북도 의주에서 태어나셨습니다. 광복군 동지들과 함께 미군기를 타고 해방조국의 여의도 비행장에 내리신 것은 1945년 8월이었습니다. 선생님께서 경기도 포천 약사봉에서 의문의 사고로 삶을 마치신 것은 1975년 8월이었습니다.

그리고 올해 8월 우리는 기막힌 현실을 마주하고 있습니다. 광복절 광화문의 집회에 일장기가 등장했습니다. 선생님을 옥죄었던 독재권력을 잘 아는 사람들이 민주정부를 독재라고 부릅니다. 이렇게 뒤틀린 현실을 선생님 영전에 보고드리는 올해 8월은 정녕 잔인합니다.

선생님은 광복군이셨습니다. 일제에 학도병으로 징집되셨으나 "광야에서 돌베개를 벨지언정 못난 조상이 될 수 없다."며 목숨을 걸고 일본군을 탈출하셨습니다. 낯선 땅에서 7개월 넘게 풍찬노숙하시며 충칭의 임시정부를 찾아 광복군이 되셨습니다.

이후 선생님은 미군 전략첩보대(OSS) 대원으로 국내진공작전에 참여하셨습니다. 일본의 항복선언으로 국내 진공의 뜻은 이루지 못하셨지만, 그 계획은 역사에 굵게 남았습니다. 그런 고난의 역정을 견디신 선생님께 못난 후대는 광복절의 일장기를 보고드리고 있습니다. 참으로 절통합니다.

추모사는 '8월'을 이용한 반복법과 나열법으로 이야기를 전개하고 있다. 한반도의 역사와 장준하 선생의 개인사를 동시에 통찰하는 안목에서 나온 수사법이라고 할 수 있다. 그런 수사법을 제외한다면 추모사는 장준하 선생의 행적을 건조하게 설명한다. 장준하 선생의 광복군 합류와 전략첩보대 활동과 의문의 죽음 등 역사를 사실적으로 기술하고 있다. 장준하 선생의 영웅적 행동의 동기를 설명하는 일조차 "광야

낙연쌤의 파란펜

에서 돌베개를 벨지언정 못난 조상이 될 수 없다."는 생전 말씀을 그대로 옮기는 것으로 대신하고 있다. 쌤은 객관적 사실을 전하는 '필사자' 와 '문지기'의 역할을 하고 있을 뿐이다.

추모사에서 장준하 선생을 설명하는 관념어와 수식어라고는 "풍찬 노숙"과 "고난의 역정" 정도다. 쌤은 다만 자신의 마음을 표현하는 수식 어로 "올해 8월은 정녕 잔인합니다.", "참으로 절통합니다." 등 강도 높은 표현을 동원하고 있다. 평소 쌤의 글쓰기에는 좀처럼 등장하지 않는 강한 수식이다. 장준하 선생이었기에 작심을 하고 바친 헌사였을 것이다.

총리 시절 쌤의 제38주년 5·18민주화운동 기념사 역시 '술이부작 글쓰기'의 표본이다. 살점 하나 없이 하얀 뼈만 남긴 '백색의 글쓰기'다. 이낙연식 글쓰기의 특징을 잘 보여주는 글이다.

제38주년 5·18민주화운동 기념사
낙연쌤 작성(일부 발췌)

사랑하는 광주전남 시도민 여러분, 80년 5월, 광주는 광주다웠습니다.

5월 15일을 기해 서울의 대학생 시위는 수그러들었습니다. 그러나 광주는 오히려 일어났습니다. 17일 밤 비상계엄 전국 확대로 신군부는 정권탈취의 야욕을 노골화했습니다. 그에 광주는 정면으로 맞섰습니다. 신군부는 군병력을 투입해 진압에 나섰습니다. 그래도 광주는 그들에게 무릎 꿇지 않았습니다. 그것이 광주입니다.

그들은 광주를 군화로 짓밟았습니다. 몽둥이로 때리고, 칼로 찔렀습니다. 총으로 쏘았고, 헬리콥터에서도 사격했습니다. 그래도 광주는 물러서지 않았습니다. 유혈의 현장에서 광주는 놀랍게도 질서를 유지했습니다. 배고픈 시위자에게 주먹밥을 나누었고, 피 흘린 시위자를 위해 헌혈했습니다. 그것이 광주입니다.

80년에만 그런 것이 아닙니다. 일제 강점기에는 광주학생들이 항일운동을 일으켜 3·1운동 이후 최대 규모의 전국적 시위를 선도했습니다. 해방 이후에도 광주사람들은 정의로운 항거에 늘 앞장섰고, 희생됐습니다. 그것이 광주입니다.

광주는 역사를 외면하지 않았습니다. 역사를 우회하지 않았습니다. 역사의 책임을 회피하지 않았습니다. 광주는 언제나 역사와 마주했습니다. 옳은 일에는 기쁘게 앞장섰고, 옳지 않은 일에는 기꺼이 맞섰습니다. 그것이 광주입니다.

글은 형용사와 부사의 사용을 극도로 절제하고 있다. 글 속에 사용된 형용사와 부사는 "놀랍게도", "정의로운", "기쁘게", "기꺼이" 등 손가락 몇 개를 꼽을 정도다. 가치판단을 담은 관념어들도 "야욕"이나 "노골화", "항거" 등 몇몇을 제외하고는 찾아보기 힘들다.

그의 짧은 단문들은 날카로운 단검을 닮았다. "그들은 광주를 군화로 짓밟았습니다.", "몽둥이로 때리고, 칼로 찔렀습니다.", "총으로 쏘았고, 헬리콥터에서도 사격했습니다." 등 빠르게 이어지는 문장들은 활동사진처럼 광주의 비극을 묘사하고 있다.

쌤은 슬픈 감정조차도 수식어나 관념어보다는 사건과 사실로 더 잘 드러낼 수 있다고 말한다. 쌤은 2019년 6월 이희호 여사가 별세했을 때 연설팀에게 당부했다.

"이희호 여사의 삶을 대표하는 순간이나 사건을 사실대로 묘사해 보세요. 그래야 그분의 삶이 영상이나 그림처럼 펼쳐집니다."

쌤은 모든 걸 다 담으려고 하기보다는 몇 가지 상징적인 이야기만 쓰면 된다고 했다. 화가들이 그림을 그릴 때 눈에 보이는 모든 것을 다 담지는 않는 것과 마찬가지라는 것이었다.

"DJ는 사형선고를 받았습니다. 현해탄에 수장을 당할 뻔했습니다. 죽을 고비를 다섯 번이나 넘겼습니다. 그런 상황에서도 이희호 여사는 남편에게 굳건하게 투쟁하라고 독려했습니다. 한겨울에는 수감 중인 남편을 생각해서 난방을 안 하고 지내신 분입니다. 여사님의 삶을 상징하는 실천과 사건을 중심으로 글을 구성해 보세요."

故 이희호 여사 영결예배 조사(창천교회)
_낙연쌤 작성(일부 발췌)

이제 우리는 한 시대와 이별하고 있습니다. 한국 현대사, 그 격랑의 한복판을 가장 강인하게 헤쳐오신 이희호 여사님을 보내드려야 합니다.

여사님은 유복한 가정에서 나고 자라셨습니다. 그러나 여사님은 보통의 행복에 안주하지 않으셨습니다. 대학 시절 여성인권에 눈뜨셨고, 유학을 마치자 여성운동에 본격적으로 뛰어드셨습니다. 평탄하기 어려운 선구자의 길을 걸으셨습니다.

여사님은 아이 둘을 가진 홀아버지와 결혼하셨습니다. 결혼 열흘 만에 남편은 정보부에 끌려가셨습니다. 그것은 길고도 참혹한 고난의 서곡이었습니다.

남편은 바다에 수장될 위험과 사형선고 등 다섯 차례나 죽음의 고비를 겪으셨습니다. 가택연금과 해외 망명도 이어졌습니다. 그러나 여사님은 흔들리지 않으셨습니다. 남편이 감옥에 계시거나 해외 망명 중이실 때도, 여사님은 남편에게 편안함을 권하지 않으셨습니다. 오히려 하나님의 뜻에 맞게 투쟁하라고 독려하셨습니다. 훗날 김대중 대통령님이 "아내에게 버림받을까 봐 정치적 지조를 바꿀 수 없었다."고 고백하실 정도였습니다.

여사님은 그렇게 강인하셨지만 동시에 온유하셨습니다. 동교동에서 숙직하는 비서들의 이부자리를 직접 챙기셨습니다. 함께 싸우다 감옥에 끌려간 대학생들에게는 생활비를 쪼개 영치금을 넣어주셨습니다. 누구에게도 화를 내지 않으셨습니다. 죄는 미워하셨지만, 사람은 결코 미워하지 않으셨습니다.

여사님의 그런 강인함과 온유함은 깊은 신앙에서 나온 것이었음을 압니다. 여사님이 믿으신 하나님은 기나긴 시련을 주셨지만 끝내는 찬란한 영광으로 되돌려 주셨습니다. 남편은 헌정사상 최초의 평화적 정권교체를 이루셨습니다. 분단사상 최초의 남북 정상회담을 실현하셨습니다. 우리 국민 최초의 노벨평화상을 받으셨습니다. 어떤 외신은 "노벨평화상의 절반은 부인 몫"이라고 논평했습니다. 정권교체의 절반도 여사님의 몫이었다고 저는 생각합니다.

김대중 대통령님은 여성과 약자를 위해서도 획기적인 업적들을 남기셨습니다. 동교동 자택의 부부 문패가 예고했듯이, 양성평등기본법 제정과 여성부 신설 등 여성의 지위가 향상되고 권익이 증진되기 시작됐습니다. 기초생활보장제 등 복지가 본격화했습니다. 여사님의 오랜 꿈은 그렇게 남편을 통해 구현됐습니다.

10년 전, 남편이 먼저 떠나시자 여사님은 남편의 유업을 의연하게 수행하셨습니다. 북한을 두 차례 더 방문하셨습니다. 영호남 상생 장학금을 만드셨습니다. 여사님은 유언에서도 "하늘나라에 가서 우리 국민을 위해, 민족의 평화통일을 위해 기도하겠다."고 말씀하셨습니다. 하나님께서 여사님의 기도를 받아주시리라 믿습니다.

이제 남은 우리는 여사님의 유언을 실천해야 합니다. 고난을 피하지 않고 정면으로 마주하신 여사님의 생애를 기억하며 우리 스스로를 채찍질해야 합니다.

여사님, 그곳에는 고문도 투옥도 없을 것입니다. 납치도 사형선고도 없을 것입니다. 연금도 망명도 없을 것입니다. 그곳에서 대통령님과 함께 평안을 누리십시오.

여사님, 우리 곁에 계셔주셔서 감사합니다. 고난과 영광의 한 세기, 여사님이 계셨던 것은 하나님의 축복이었음을 압니다. 하나님께 감사드립니다.

기념사는 사건 혹은 사실 중심으로 전개되고 있다. 글은 "대학 시절 여성인권에 눈뜨셨고, 유학을 마치자 여성운동에 본격적으로 뛰어드셨습니다.", "결혼 열흘 만에 남편은 정보부에 끌려가셨습니다.", "북한

낙연쌤의 파란펜

을 두 차례 더 방문하셨습니다." 등 이희호 여사의 삶을 상징하는 사건들로 뼈대를 이루고 있다.

글은 이희호 여사의 성품을 설명하는 데에도 관념어나 형용사를 사용하지 않는다. 그 대신 구체적인 사건과 사실을 드러내는 방식을 취하고 있다. 예컨대 "동교동에서 숙직하는 비서들의 이부자리를 직접 챙기셨습니다.", "함께 싸우다 감옥에 끌려간 대학생들에게는 생활비를 쪼개 영치금을 넣어주셨습니다." 등 서사를 동원하고 있다.

글은 김대중 대통령 별세 이후 이희호 여사의 지도자로서 행보를 조명하는 대목에서도 요란을 떨지 않는다. 이희호 여사가 북한을 두 차례 더 방문하셨고, 영호남 상생 장학금을 만드시는 등 남북과 동서 화해를 위해 애를 쓰신 삶의 행적을 있었던 그대로 설명하고 있다.

연암의 말대로 참을 드러내는 데는 거창한 말이 필요하지 않다. 연암이 부서진 기와나 사악한 짐승이나 극악한 도적마저도 참됨을 그리는 데 필요하다고 말한 것처럼 참됨을 드러내는 데는 말보다는 사실을 적시하는 것이 더 효과적이다. 낙연쌤은 그래서 술이부작을 강조한다.

화장하지 않은 글이 더 예쁘다

진짜 멋쟁이는 몸 전체를 명품으로 두르지 않는다.
수수한 옷차림에 스카프나 백 하나 정도를 명품으로 걸칠 뿐.

간결하고, 소박하고, 정직하게

—

옛날 진(秦)나라 왕이 그 딸을 진(晉)나라 공자에게 시집 보냈다. 진나라 왕은 공주와 함께 화려하게 치장을 한 시녀 70명을 딸려 보냈다. 공자는 공주는 외면한 채 시녀들만을 사랑하였다.

초나라 사람이 구슬을 팔러 정나라로 갔다. 그는 목란(木蘭), 계초(桂椒)와 같은 향기로운 나무로 짜고 물참새의 털로 장식한 화려한 상자 안에 옥을 넣어 팔았다. 정나라 사람은 그 상자만 샀을 뿐 옥은 되돌려 주었다.

『한비자(韓非子)』「외저설」에 나오는 진백가녀(秦伯嫁女)와 매독환주(買櫝還珠)의 고사다. 두 이야기 모두 호화롭게 꾸민 겉포장에 현혹되어 정작 중요한 실체를 잃는다는 의미로 사용되고 있다. 겉치레로 본말이

전도될 수 있음을 경계하는 이야기다.

글의 겉치레를 즐기는 풍조는 동서고금을 가리지 않는 병폐였고, 이를 경계하는 목소리들도 끊이지 않았다. 프랑스 계몽주의 사상가인 볼테르는 "형용사는 명사의 적"이라고 했다. 미국의 베스트셀러 작가 스티븐 킹은 "지옥으로 가는 길은 수많은 부사로 뒤덮여 있다."고 말했다. 킹은 특히 창작론집 『유혹하는 글쓰기』에서 "부사는 여러분의 친구가 아니다."라면서 그 유해성을 설명하고 있다.

> 부사는 민들레와 같다. 잔디밭에 한 포기가 돋아나면 제법 예쁘고 독특해 보인다. 그러나 이때 곧바로 뽑아버리지 않으면 이튿날엔 다섯 포기가 돋아나고, 그 다음날엔 50포기가 돋아나고, 그러다 보면 여러분은 잔디밭에 철저하게, 완벽하게, 어지럽게 민들레에 뒤덮이고 만다. 그때쯤이면 그 모두가 실제 그대로 흔해빠진 잡초로 보일 뿐이지만 그때는 이미, 으헉, 늦어버린 것이다.[74]

영국 소설가 서머싯 몸은 젊은 시절 "형용사는 아예 사용하지 않겠다."는 목표로 문장 공부를 시작했다. 정확한 단어를 찾아내면 그것을 꾸미는 형용사는 불필요하다고 여겼다. 그는 "당시에 나는 머릿속으로 내 책은 아주 기다란 전보의 형태를 띠어야 한다고 생각했다. 비용 절약을 위해 의미 표현에 도움이 되지 않는 단어들은 모두 생략한 전보!"[75]라고 회고했다.

낙연쌤의 파란펜

쇼펜하우어는 글은 소박하고, 단순하고, 정직하게 쓰라고 가르쳤다. 비록 문장력이 조금 떨어지더라도 문장 속에 진리를 담은 글은 참된 모습을 드러내게 마련이라고 말했다. 그는 "작문 기술에 연연하는 글쓰기는 연금술사의 헛된 노력에 불과하다."고 말했다.

소박하다는 것은 자연스럽다는 의미이며, 정직하다는 것은 진리라는 뜻이다. 소박하고 단순한 문체는 독자를 정신의 세계로 유혹하지만, 부자연스럽게 덧칠한 문자는 읽는 이로 하여금 심란함을 느끼게 만든다. 위대한 사상가일수록 가능한 순수하고 명확하게, 간결하고 확실하게 자신의 사상을 표현하고자 노력했다. 단순함이야말로 진리의 특징이며, 모든 천재들 또한 단순함을 사랑했다. [76]

러시아 문호 레프 니콜라예비치 톨스토이는 예술이란 자기의 감정을 타인에게 전달하는 수단일 뿐 결코 미(美)나 관념(觀念)을 나타내는 수단은 아니라고 했다. 그는 "예술은 사람이 어떤 감정을 체험하여 이를 의식적으로 타인에게 전달하는 수단"이라고 말했다.

그는 그러나 예술이 인간의 진정한 감정을 담아내지 못한 채 위조품과 모조품으로 타락하고 있다고 개탄했다. 그는 "훌륭한 예술이라고 널리 일컬어지는 장편소설, 단편소설, 비극, 희극, 회화, 조각, 심포니, 오페라, 오페레타, 발레 따위 가운데 그 작가가 체험한 감정에서 나온 것이 10만에 하나 있을지 어떨지도 의심스럽기 그지없다."고 말했다.

그는 예술 모조품들은 표절과 모방, 속임수, 흥미 추구 따위로 오히려 감정의 몰입을 방해하고 있다고 말했다.[77]

따라서 이런 사람들은 진정한 예술과 그 위조품을 구별하지 못할 뿐만 아니라, 극히 용렬한 가짜를 훌륭한 진짜 예술인 줄로 생각한다. 이는 가짜는 언제나 눈이 부시게 치장을 하고 있는 반면에 진짜 예술은 검소하기 때문이다.[78]

톨스토이는 우리 사회의 예술이 매춘부가 되어 버렸다고 탄식했다. 그는 진정한 예술은 사랑을 받는 아내처럼 화장을 필요로 하지 않지만 위조 예술은 매춘부와 같이 늘 화장을 하고 있지 않으면 안 된다고 말했다.

진정한 예술이 나타나는 원인은, 흡사 어머니에게 있어 임신의 원인이 사랑인 것처럼, 축적된 감정을 나타내고자 하는 내적 요구다. 그러나 위조 예술의 원인은, 매춘 행위에 있어서와 마찬가지로 이익의 추구다. 진정한 예술의 결실은 마치 여성의 사랑의 결실이 이 세상에 새 아이를 탄생시킨 것과 같이 생활 속에 도입된 새로운 감정이다. 그러나 위조 예술의 결실은 인간의 타락이고 만족에 대한 탐욕이며 인간 정신의 이완이다.[79]

학창 시절 우리는 작문 시간마다 멋진 형용사와 부사를 찾아서 끙끙대고는 했다. 글이란 그저 순수하고, 명확하고, 간결하고, 확실하게 자신의 뜻을 표현하면 된다고 가르쳐주신 선생님은 없었다. 그릇된 교육을 받으며 자란 학생들은 어른이 되어서도 결국 글쓰기를 겁내게 된다.

나는 신문기자가 되고 나서야 형용사와 부사의 부담에서 벗어날 수 있었다. 기사를 쓸 때 형용사와 부사는 허용되지 않았다. 데스크는 덕지덕지 붙어 있는 수식어들을 말끔히 걷어냈다. 그제서야 형용사와 부사는 문장을 아름답게 꾸미는 것이 아니라 사실을 가리는 장애물임을 알게 되었다.

나는 이순신 장군의 『난중일기』를 읽으며 간결한 문장의 참맛을 알게 됐다. 장군의 문장은 단도처럼 짧다. 장군은 주어와 동사만으로 이루어진 문장을 즐겨 썼다. 『난중일기』는 문장을 요란하게 꾸미지 않고도 감동을 주는 글쓰기를 얼마든지 할 수 있음을 보여준다.

글이 어설퍼 보이는 이유는 문장의 문제라기보다 그 내용의 빈약함 때문이다. 알맹이 없는 글을 쓰다 보니 불필요한 수식으로 그 빈약함을 감추려 드는 것이다. 요란한 수식은 글의 진행을 가로막고 그 취지를 가리고, 몰입을 가로막을 뿐이다. 형용사와 부사를 잔뜩 붙인 글은 화장품을 덕지덕지 바른 얼굴처럼 도리어 아름다움을 해친다. 화장하지 않은 글이 더 아름답다.

쉬운 말 속에 깊은 진실

—

기자는 글을 꾸미지 않는다. 햇병아리 기자 시절부터 선배들로부터 건조한 글쓰기를 배운다. 21년 동안 기자생활을 한 낙연쌤의 글은 유난히 건조하다. 그의 글에는 살점이 거의 붙어 있지 않다. 연설팀이 준비한 원고에 덕지덕지 붙어 있는 살점들을 발라내고 하얀 뼈만 남긴다. 그는 하얀 뼈로만 글을 쓴다.

쌤은 입버릇처럼 "멋 부리지 마세요.", "꾸미지 마세요.", "아는 체하지 마세요."라고 말했다. 희로애락을 표현할 때도 감정에 휘둘리는 것을 경계했다. 글 쓰는 사람 혼자서 흥분하는 꼴을 보여서는 안 된다고 했다.

"대교약졸(大巧若拙)이라고 했습니다. 큰 기교는 요란한 게 아닙니다. 쉬운 말 속에 깊은 진실을 담을 수 있습니다."

제59주년 3·15 의거 기념식 기념사는 쌤이 연설팀의 원고에 붙어 있는 살점들을 얼마나 철저하게 벗겨 냈는지를 보여주는 한 사례이다. 그 일부를 발췌해 비교해 보자.

제59주년 3·15의거 기념식 기념사

_연설팀 초안(일부 발췌)

1960년 3월 15일, 그날은 대한민국 제4대 대통령을 뽑는 날이었습니다. 선거는 부정으로 치달았습니다. 민심은 그 선거를 부정했습니다. 이미 2월 28일 대구, 3월 8일 대전에서 저항의 물결은 일었습니다. 이 물결은 3월 15일 마산에서 분노의 급류로 바뀌었습니다.

오후 2시, 마산 오동동 거리에 모인 시민들은 '선거무효'를 외치기 시작했습니다. 해가 저물자 부정선거를 규탄하는 군중은 수천 명이 되었습니다. 무장경찰은 행진하는 학생과 시민을 향해 최루탄과 총탄을 쏘았고 12명의 무고한 목숨이 희생됐습니다.

그로부터 27일만인 4월11일, 한 소년의 주검이 처참한 모습으로 마산 앞바다에 떠올랐습니다. 격분한 시민들은 다시 거리로 나서 '이승만 하야'를 외쳤습니다. 분노와 함성은 순식간에 전국으로 번졌습니다. 한 달 뒤 4·19혁명으로 폭발했습니다. 일주일 뒤 독재정권은 마침내 막을 내렸습니다.

역사의 물줄기를 바꾼 3·15의 주역은 이 땅의 장삼이사였습니다. 고학생, 시장상인, 구두닦이, 신문팔이, 철공 기술자 같은 평범한 시민들이 거대한 변화를 만들어냈습니다.

마산 3·15의 당당한 기백과 정신은 우리 민주주의가 위기에 처할 때마다 되살아났습니다. 1979년 유신독재에 맞서 부마항쟁으로 일어섰습니다. 이듬해 신군부에 맞서 5·18광주민주화운동으로 살아났습니다. 이후 6월항쟁으로, 촛불혁명으로 면면히 우리 역사에 이어졌습니다.

<hr />

제59주년 3·15의거 기념식 기념사
_낙연쌤 수정본(일부 발췌)

1960년 3월 15일, 그날은 대한민국 제4대 대통령과 제5대 부통령을 뽑는 날이었습니다. 선거는 일찍부터 부정으로 치달았습니다. 고등학생들이 먼저 저항했습니다. 2월 28일에는 대구에서, 3월 8일에는 대전에서 고등학생 시위가 일어났습니다. 그리고 3월 15일 마산에서 가장 격렬한 시위가 벌어졌고, 처음으로 유혈의 진압이 빚어졌습니다.

그날 오전 10시, 마산은 "선거 무효"를 선언했습니다. 학생과 시민들은 부정선거를 규탄하며 행진했습니다. 경찰은 시위대를 향해 최루탄과 총탄을 쏘았습니다. 해 저문 거리에는 시위대가 흘린 베고니아 꽃잎 같은 피와 사라진 가족을 찾는 절규만이 남았습니다. 3월 15일 하루는 그렇게 저물었습니다. 그러나 그것으로 끝난 것이 아니었습니다.

※'수수한 옷차림에 딱 하나 걸친 명품'처럼 유일하게 멋을 부린 부분.

사라진 지 28일 만에 한 사람이 돌아왔습니다. 바다에 떠오른 마산상고 신입생 김주열 열사의 처참한 주검은 학생과 시민을 다시 거리로 불러 모았습니다. 군중의 구호는 "이승만 하야"와 "독재 타도"로 바뀌었습니다. 마산은 정권 자체를 심판하고 나섰습니다. 그것은 구호를 넘어 곧 현실이 됐습니다. 4·19혁명으로 권력자는 하야했고, 독재정권은 무너졌습니다. 대한민국에서 처음으로 시민에 의해 민주주의가 실현됐습니다.

그 위대한 역사를 결정적으로 촉발한 것이 바로 3·15의거였습니다. 그 당당한 주역이 바로 마산의 보통사람들이었습니다. 교복 입은 학생과 고학생, 공장 노동자, 상인, 구두닦이까지 함께 싸웠습니다. 열두 분이 목숨을 잃으셨고, 250여 분이 부상하셨습니다. 그 분들이 흘리신 피로 우리의 민주화는 시작됐습니다. 그 희생을 우리는 결코 잊어서는 안 됩니다.

3·15는 3·15로 끝나지 않습니다. 3·15는 4·19가 됐고, 그 후에

도 민주주의가 위기를 맞을 때마다 부활했습니다. 1979년 10월에는 유신독재에 맞서 부마항쟁으로, 1980년 5월에는 신군부의 야욕에 맞서 광주민주화운동으로 되살아났습니다. 1987년 6월에는 대통령 직선제를 쟁취한 민주항쟁으로, 2016년 겨울부터는 국정농단을 단죄한 촛불혁명으로 다시 불타올랐습니다.

쌤은 연설팀의 초안에 들어있던 관념어와 수식어들을 몽땅 들어냈다. 수정본 전체에서 찾을 수 있는 형용사는 "격렬한", "처참한"이라는 단 두 단어뿐이다. '저항의 물결', '분노의 급류', '무고한', '거대한 변화', '당당한 기백' 등 감정을 실었거나 가치판단을 하는 단어들을 모두 지워버렸다. 뿐만 아니라 '전국으로 번졌습니다', '분노의 급류로 바뀌었습니다', '4·19혁명으로 폭발했습니다' 등 가치 판단이 들어간 표현들도 '다시 거리로 불러모았습니다', '3·15는 4·19가 됐습니다' 등 가치중립적인 단어로 바꾸어 놓았다. 화장을 하지 않은 맨 얼굴 같은 글인 것이다.

쌤은 "화장은 안 하는 것처럼 해야 아름답습니다. 맨 얼굴처럼 보이게 하는 화장이 가장 잘한 화장입니다. 글도 마찬가지입니다."라고 말했다.

다만 두드러진 수식이 한 군데 눈에 들어온다. 바로 "해 저문 거리에는 시위대가 흘린 베고니아 꽃잎 같은 피와 사라진 가족을 찾는 절규

낙연쌤의 파란펜

만이 남았습니다."라는 대목이다. 순백의 모시 적삼 위에 뿌려진 빨간 핏물처럼 강렬하게 부각되는 표현이다. 쌤이 말했다.

"진짜 멋쟁이는 몸 전체를 명품으로 휘감지 않습니다. 수수한 옷차림에 스카프나 백 하나를 명품으로 걸칠 뿐입니다."

새로 산 신상 명품 스카프나 백을 돋보이게 하고 싶으면 옷을 수수하게 입어야 한다. 글쓰기에서도 마찬가지다. 시종일관 미사여구를 늘어놓으면 좋은 표현이 드러나지 않는다. 하얀 뼈로만 글을 써라. 빨간 립스틱을 바른 입술이나 진한 아이섀도우를 한 눈만 살리면 된다. 글을 잘 쓰는 사람은 형용사와 부사보다는 명사와 동사를 잘 골라 쓸 뿐이다.

서사를 담아라

영화의 첫 장면이 어떻게 시작되는 걸 보라.

이야기를 말하는 자가
독자를 지배한다

—

옛날 페르시아 사산왕조에 샤흐리야르라는 왕이 있었다. 어느 날 샤흐리야르는 자신의 왕비가 노예와 통정하는 장면을 목격한다. 그는 왕비와 노예를 처형한다. 왕의 분노는 여성 혐오로 이어진다. 왕은 자신과 결혼을 한 신부에게 재미있는 이야기를 들려 달라고 한 뒤 재미가 없으면 죽여버렸다. 왕은 날마다 새로운 신부를 들였고, 다음날 그 신부를 죽였다.

그러던 어느 날 셰헤라자드라는 용감한 여인이 신부가 되겠다고 자청했다. 그는 혼인을 한 뒤 왕에게 흥미진진한 이야기를 들려주기 시작했다. 셰헤라자드는 손에 땀을 쥐게 하는 대목에서 이야기를 멈추었다. 그는 피곤하다면서 다음날 이야기를 마저 들려주겠다고 말했다.

그렇게 천일 하고도 하루, 즉 1001일 동안 이야기는 계속되었다. 그러는 동안 세헤라자드는 왕의 사랑을 얻었고, 목숨을 건질 수 있었다.

『천일야화(아라비안나이트)』는 이야기의 힘이 목숨까지 살릴 수 있을 만큼 강력함을 말해준다. 작가들에게 『천일야화』는 현재 진행형이다. 재미없는 이야기를 쓰는 작가가 죽임을 당하지는 않지만 대신 그의 글이 죽는다.

글은 누군가 읽어 줄 때만이 의미가 있다. 아무리 유익한 글이라도 복잡한 자료와 정보만 채워 넣으면 외면당할 수 있다. 아무리 구구절절 옳은 내용이라고 하더라도 자신의 생각과 주장만 늘어 놓으면 사람들은 좋아하지 않는다. 글은 재미가 있어야 한다.

글이 재미있으려면 이야기, 즉 서사를 품어야 한다. 신문 기사나 칼럼이나 논문 등 딱딱한 글에도 서사를 더하면 가독성이 높아진다. 글의 주제와 관련이 있는 자신의 경험담이나 역사 이야기나 세상의 사건사고 등을 함께 녹여 넣으면 독자의 관심을 붙잡을 수 있다.

글의 재미와 서사를 따진다면 단연 조정래를 첫손가락에 꼽지 않을 수 없다. 나는 그의 대하소설 3부작 『태백산맥』과 『아리랑』, 『한강』을 밤잠을 아끼며 읽었다. 조정래 소설의 흡인력은 어디서 오는 것일까.

조정래는 "리모컨을 이겨라"라는 마음가짐으로 글을 썼다고 했다. 현대인들은 텔레비전을 보다가 조금만 재미없어도 리모컨으로 채널을 바꾼다. 책을 읽을 때도 마찬가지다. 조정래는 리모컨과의 싸움에서 이기기 위해 텔레비전 못지않게 이야기를 빠르게 전개시켰다고 말했다.

낙연쌤의 파란펜

"장마다 단편소설을 한 편씩 쓰는 식으로 치밀하게 합니다. 그러면 그 구성의 치밀도에 따라 장면의 이동이 텔레비전을 비웃듯 빠르게 이루어집니다. 그리고 그 속도에 따라 작품의 긴장도 늦추어질 틈이 없으니 독자의 의식 리모컨이 작동될 수가 없겠지요."[80]

세계적 베스트셀러 작가인 스티븐 킹은 글의 재미가 무엇인지를 보여주는 대표적인 작가다. 영화와 드라마로 제작된 그의 작품은 모두 70편이 넘는다. 킹은 원작이 가장 많이 영화화된 작가로 기네스북에 올라 있다. 킹의 글이 흡인력을 지니는 이유 역시 흥미진진한 서사를 담고 있기 때문이다. 킹의 『소설 창작론』은 서사의 핵심인 서술과 묘사와 대화를 함축적으로 설명하고 있다.

내가 보기에 소설은 장편이든 단편이든 세 가지 요소로 이루어진다. A지점에서 B지점을 거쳐 마침내 Z지점까지 이야기를 이어가는 서술(narration), 독자에게 생생한 현실감을 주는 묘사(description), 그리고 등장 인물들의 말을 통하여 그들에게 생명을 불어넣는 대화(dialogue)가 그것이다.[81]

서술은 상황의 전개를 그대로 설명하는 것이다. 킹은 작가의 서술은 고고학자가 화석을 발굴하는 자세와 방식으로 임해야 한다고 말한다. 인위적인 플롯을 정해놓지 않고 일이 벌어지는 대로 서술을 해야 한다는 것이다. 킹은 서술이란 "그저 일어나는 일들을 지켜보다가 그 대로 받아 적는 것뿐"[82]이라고 말했다.

묘사는 작가의 마음속에 그려지는 모습과 장면을 독자의 마음속에 고스란히 전달하는 것이다. 킹은 묘사는 중용을 지키는 것이 요령이라고 말한다. 그는 "묘사가 빈약하면 독자들은 어리둥절하고 근시안이 된다. 묘사가 지나치면 온갖 자질구레한 설명과 이미지 속에 파묻히고 만다."[83]고 말했다.

대화는 등장인물들의 입을 빌려 글에 생동감을 부여한다. 킹은 "사실적이고 공감을 주는 대화문을 쓰려면 반드시 진실을 말해야 한다."[84]고 조언했다. 망치로 엄지를 내려쳤을 때 점잖은 체면 때문에 "이런 제기랄" 대신에 "어머나 아파라"라고 쓴다면 진실과 멀어지는 글쓰기가 된다는 것이다.

나의 졸저 『세상 끝에서 삶을 춤추다』에 나오는 한 대목은 서사문의 기본 성격을 갖추고 있다. 이오덕이 말한 서사문 쓰기 요령과 킹이 설명한 서술·묘사·대화의 특징을 두루 갖춘 서사문이라고 할 수 있다.

케냐 나이로비 공항은 어두웠다. 새벽 3시에 떠나는 이집트 카이로행 여객기 탑승 수속을 하는 카운터 몇 개만 불을 밝히고 있었다. 줄은 길고 수속은 더뎠다. 승객들은 하나같이 산더미 같은 보따리들을 두세 개씩 끌고 있었다.

젊은 동양 여성이 탑승 게이트 앞 벤치에 앉아 있다. 그는 몹시 피곤한

낙연쌤의 파란펜

듯 두 눈을 지그시 감고, 삶의 기력을 다 소진한 사람처럼 축 늘어져 있었다. 여행하는 사람의 표정이 왜 저렇게 어두울까. 손에 들린 여권을 슬쩍 보니 대한민국 여권이었다. 눈을 감고도 낯선 시선을 의식했는지 여인이 눈을 떴다. 절망이 가득한 처연하고 슬픈 눈이다.

"혼자 여행 하시나 봐요."

"네."

"집을 떠난 지는 얼마나……."

"벌써 8개월 됐네요. 이탈리아에서 시작해서 오스트리아, 그리스, 체코, 루마니아, 터키……. 그리고 탄자니아와 케냐에서 한달 정도 있었어요."

"이집트엔 얼마나 머물 예정인가요."

"한달 정도요. 우선 시나이 반도 쪽에서 스킨 스쿠버를 할 거예요. 라스 모하메드라는 곳인데 세계에서 가장 아름다운 산호초와 희귀한 바다 생물들로 유명한 곳이랍니다."

"이집트 다음에는 어디로 가요?"

"남미를 돌아보려고요."

"그럼 집에는 언제쯤 돌아가죠?"

"기약 없어요. 한 1년 후 쯤이나……."

"혼자 돌아다니면 외롭지 않으세요?"

"황홀한 고독이죠."[85]

내가 케냐 나이로비 공항 탑승수속장에서 보고, 듣고, 느낀 점을 별다른 꾸밈없이 적었다. 새벽녘 나이로비 공항 탑승수속장의 모습을 탁본 떠내듯 그대로 서술하고 있다. 마음속에 일어나는 느낌은 "삶의 기력을 다 소진한 사람처럼 축 늘어져 있었다.", "사람의 표정이 왜 저렇게 어두울까.", "절망이 가득한 처연하고 슬픈 눈이다." 정도로 길지 않게 묘사하고 있다. 대화는 실제로 나눈 말들을 그대로 옮겨 적었다. 문장을 만들기 위해 살을 붙인 표현이 아닌 것이다.

글을 쓸 때 자신이 겪은 경험은 훌륭한 서사의 소재가 될 수 있다. 더러는 남이 겪은 일을 재미있는 서사로 만들어낼 수 있다. 서사는 독자들의 관심을 유도하는 마중물로 이용할 수도 있고, 글의 몸통으로 만들 수도 있다.

인간은 이야기 본능을 지닌 호모 나렌스(Homo narrans)다. 호모 나렌스는 소설과 시, 드라마, 영화, 만화 등 다양한 장르의 이야기를 만들어낸다. 이화여대 한혜원 교수는 디지털 시대에는 '아는 것이 힘'이 아니라 '이야기하는 것이 힘'이라고 말한다. 그는 "디지털 시대의 대중들은 다양한 미디어를 통해 무수히 많은 양의 정보를 접하기 때문에 더이상 객관적인 정보에 공감하지 못한다."면서 "동일한 정보를 어떻게 효과적으로 노출시키고 전달하느냐에 초점을 둔 '이야기하는 것이 힘'인 시대가 도래한 것"이라고 분석했다.[86]

북아메리카 원주민인 호피족은 디지털 시대 훨씬 이전에 이미 이런 예언을 남겼다.

낙연쌤의 파란펜

"스토리를 말하는 자가 세상을 지배할 것이다."[87]

인류 역사상 최고의 이야기꾼을 꼽자면 단연 예수다. 예수의 행적을 그린 복음서들은 처음부터 끝까지 이야기로 가득 차 있다. 예수는 사랑이나 구원이나 자비 등 추상적인 관념어를 동원하기보다는 늘 우화를 들려주면서 사람들을 설득했다.

역대 미국 대통령 다섯 명의 연설문 작가였던 제임스 C. 흄스는 "문맹자였던 양치기나 어부들 앞에서 예수가 '구원'이라는 말을 했다면 그들이 이해했을까?"라면서 추상적인 관념보다는 특정한 이야기로 자신의 주장을 구체화하라고 권했다.

'인간애'라는 말도 추상적 개념이다. 예수는 이 개념을 설명하기 위해 지금으로 말하면 노숙자인 초라한 사내가 길바닥에 쓰러져 있는 상황을 예로 들었다. 유다인들은 그를 도와주지 않았지만 사마리아 여인만은 그 옆으로 다가와 간호해 주었다고 했다. 여기서 '인간애'는 착한 사마리아 여인으로 구체화되었다. 현재 착한 사마리아 여인이라는 뜻은 타인들에게 봉사하는 생활을 하는 사람들을 지칭하는 관용어로 바뀌었다. 우화는 추상적인 개념을 구체적으로 형상화시킨다.[88]

호피족의 예언, "스토리를 말하는 자가 세상을 지배할 것이다."는 예수를 통해 실현됐다. 예수를 믿는 기독교와 가톨릭 신도수를 합치면 30억 명을 넘어서기 때문이다. 30억여 명의 사람들이 2000여 년 전 예수의 우화를 읽으면서 사랑과 구원과 자비를 배운다. 이야기의 힘은 그만큼 강하다. 글에는 서사를 담아야 한다. 서사가 힘이다.

낙연쌤의 파란펜

모든 서사는 오늘로 통한다

―

어린시절 낙연쌤의 별명은 '생영감'이었다. 어린아이가 영감 목소리를 낸다고 해서 동네 누나들이 붙여준 별명이었다.[89] 어른이 되면서 그의 목소리는 더 굵고 더 낮아졌다.

쌤은 굵고 낮은 목소리로 구수하게 이야기를 풀어내는 재주를 지녔다. 그가 풀어내는 이야기 보따리들은 딱딱한 자리를 금방 훈훈하게 만들고는 한다. 전남 깡촌의 7남매 장남 노릇과 21년 기자 생활과 21년 정치인 활동을 하면서 축적한 이야기들을 적재적소에 풀어놓고는 한다.

2020년 7월 더불어민주당 당대표 출마에 즈음해서 가진 KBS1라디오 '주진우 라이브'와의 인터뷰 때에도 쌤은 이야기꾼으로서의 솜씨를 유감없이 보여주었다. 그는 "아버지가 어떤 분이셨나요?"하는 주진우 기자의 질문에 가슴속에 품고 있었던 아버지 이야기를 털어놓았다.

"제가 초등학교 3학년 때였는데 학교 갔다 오니까 집에서 어디선가 울음소리가 나요. 그 울음소리가 나는 쪽으로 찾아서 갔더니 집 뒤쪽에 작은 밭이 있는데 거기 상추가 이렇게 키가 많이 자라 있던 그런 계절이었습니다. 6월, 7월 이 무렵이었을 거예요. 덩치가 엄청나게 크신 아버지가 거기에서 엎드려서 울고 계시더라고요.

그래서 제가 3학년이지만 철이 조금 들었는지 아버지 왜 그러십니까? 울지 마세요, 그랬더니 한참 우시다가 앉아서 내 말을 들어봐라라고 이야기를 해주셨어요. 그때 민주당이 4.19 직후니까 처음으로 여당이 됐을 때인데 아버지가 모시던 국회의원이 이력서 한 장 써오라고 그러더래요. 왜 그렇습니까? 했더니 고향 면에 조합장 시켜주겠다, 그래서 이력서를 쓰려고 용지를 샀는데 쓸 게 없어요. 학교를 입학한 적이 없거든요. 그래서 그 용지를 찢어버리고 의원님께 가서 저는 자격이 없습니다, 자격 있는 사람 시키세요, 하고 돌아오는데 서러움이 복받쳐서 눈물이 나더라. 그러면서 내가 어려워도 너는 가르쳐야겠는데 하는 말씀을 하신 적이 있어요."

쌤은 글을 쓸 때도 서사를 잘 섞는다. 짧지만 강력한 서사들이 글의 곳곳에서 발견된다. 그런 서사는 글을 읽고 난 후에도 긴 여운으로 남는다. 쌤이 더불어민주당 당대표 시절, 제382회 국회 교섭단체대표연설을 하면서 소개한 아프리카 '우분투' 이야기는 세간의 화제가 되었다.

어느 인류학자의 아프리카 경험을 소개해 드리겠습니다. 학자가 아이들에게 달리기 시합을 시켰습니다. 아이들이 좋아하는 음식을 바구니에 가득 담아 놓고, 달리기에서 1등 한 아이가 그 음식을 다 먹기로 했습니다.

시작을 외치자, 놀라운 광경이 펼쳐졌습니다. 아이들은 서로의 손을 잡고 나란히 달렸습니다. 모두 1등으로 들어왔습니다. 그리고 함께 모여 음식을 나눠 먹었습니다.

학자는 궁금했습니다. "혼자 1등을 하면 다 먹을 수 있는데, 왜 함께 들어왔느냐?"고 물었습니다. 아이들은 해맑게 웃으며 "우분투!"하고 외쳤습니다.

'우분투(ubuntu)!' 당신이 있어 내가 있다! 아프리카 반투족의 말입니다. 당신이 있어 내가 있다, '우분투'의 정신으로 우리는 K방역을 성취했습니다.

그것이 처음이 아니었습니다. '우분투'의 마음으로 우리는 전쟁과 가난을 딛고 일어섰습니다. 산업화와 민주화를 달성했습니다. IMF 외환위기도, 글로벌 금융위기도 이겨냈습니다.

그런 연대와 협력으로 우리는 지금의 국난도 극복할 것입니다. 내 가족, 내 이웃들과 누렸던 일상의 평화도 되찾을 것입니다. 코로나 이후 시대도 성공적으로 준비할 것입니다.

'우분투', 나의 안전은 이웃의 안전에 달려 있습니다. 나의 행복은 이웃의 행복에 달려 있습니다. 당신이 있어 내가 있습니다. 코로나의 또 다른 교훈입니다.

'우분투'는 쌤이 겪었거나 만들었거나 처음 소개한 이야기가 아니다. 공동체 정신을 강조할 때 가끔 등장하는 이야기다. 그는 식상한 인용을 끔찍이 싫어하지만, 코로나19로 우리 사회의 안전과 경제와 행복이 위협받는 상황에서 '우분트'가 딱 떨어지는 서사라고 판단했을 것이다.

그는 연설문을 검토할 때도 글의 서사 구조를 유심히 살폈다. 글의 서술과 묘사와 대화가 동영상이나 파노라마 사진처럼 눈앞에 펼쳐져야 한다고 말하고는 했다.

"영화의 첫 장면이 어떻게 시작되는지 한 번 생각을 해 보세요. 살인이나 베드신처럼 극적인 장면으로 시작하지 않습니까? 글을 꼭 시제별로 이야기할 필요가 없어요. 주제별로 이야기해도 됩니다. 다큐멘터리를 볼 때 현재와 과거의 장면이 교직되는 것을 생각하면 됩니다."

쌤의 총리 시절 스웨덴 의료지원단 참전 69주년을 기념하는 연설문 원고를 준비할 때였다. 연설팀은 대한제국 시절 황실에 놓인 최초의 전화기가 스웨덴 에릭슨 제품이라는 이야기를 서두에 내세운 기념사 초안을 보고했다. 한국과 스웨덴 간 오랜 인연을 강조하고, 연설의 재미도 살릴 수 있는 서사라고 판단했다.

원고를 훑어보는 쌤의 표정이 좋지 않았다. 아니나 다를까, 쌤은 글의 서두에 한가한 역사 이야기를 늘어놓은 것이 적절한지 물었다. 한

낙연쌤의 파란펜

국전쟁 때의 사건을 소재로 한 글인데 군이 대한제국 시절의 역사를 먼저 끄집어내는 것은 마땅치 않다는 지적이었다.

"의료지원단 당사자들의 이야기로 끌어가는 방법을 찾아 보세요. 생존하신 분들 중 기념식에 참석하시는 분이 있으시면 그런 이야기를 찾아내야 하지 않을까요?"

의료지원단원들은 모두 고령으로 건강이 좋지 않았다. 장거리 여행을 할 수 없는 분들이었다. 쎔에게 그날 행사에 의료지원단 생존인사들은 한 분도 참석하지 못한다고 말씀을 드렸다. 그는 그 사실을 반영해서 초안을 수정했다.

스웨덴 의료지원단 참전 기념사
_연설팀 초안(일부 발췌)

존경하는 여러분,

한국과 스웨덴이 수교한 지 60주년입니다. 그러나 한국과 스웨덴의 인연은 그보다 더 깊고 깊습니다. 한국과 스웨덴은 1896년에 처음 인연을 맺었습니다. 대한제국 황실에 놓인 최초의 전화기를 스웨덴 회사 에릭슨이 공급했습니다. 대한제국은 그 전화기를 통해 근대화의 길에 들어섰습니다.

한반도가 전화에 휩싸인 1950년에는 중립국 스웨덴이 의료지원단을 급파했습니다. 한달 넘게 배멀미를 견디고 부산항에 도착한 젊은 의사와 간호사들은 빗발치는 총탄 속에서 2만5천 명이 넘는 부상병들을 치료했습니다.

1953년, 전쟁이 멎어 유엔군이 떠난 뒤에도 스웨덴 의료지원단은 부산에 남아 진료를 계속했습니다. 폐결핵으로 사경을 헤매던 열여섯 살 소녀 등 수많은 환자들이 '스웨덴 병원'에서 생명을 구했습니다. 다리 골수염 치료를 받은 소년은 학교 배구선수로 성장했고, 병원에서 심부름을 하던 소년은 외과의사가 됐습니다.

1957년에 의료지원단이 공식 철수했지만 일부 의료진은 여전히 남아 결핵퇴치 활동을 벌였습니다. 1958년에는 서울에 국립의료원을 세워 의료기술을 전수했습니다.

스웨덴 의료지원단은 유엔 의료 지원국 중 가장 오랫동안 머물며 우리의 비극과 고통을 함께 견뎌 내셨습니다. 고국에 돌아간 뒤에도 평생 동안 한국은 기억하며 사셨습니다.

롤란드 프리드 씨께서는 지금도 집에 태극기를 걸어놓고 계십니다. 재작년에 돌아가신 셔스틴 요나손 씨께서는 전 재산을 대학에 기부하며 그중 일부를 한국과의 협력에 쓰도록 당부하셨습니다.

낙연쌤의 파란펜

스웨덴 의료지원단 참전 기념사
_ 낙연쌤 수정본(일부 발췌)

※생존 스웨덴 의료지원단원들의 이야기로 글을 시작함.

아쉽게도, 한국전쟁 당시에 활동하신 스웨덴 의료지원단의 영웅들은 아무도 여기에 오지 못하셨습니다. 지원단 1,120명 가운데 50여 명만 생존해 계시지만, 그분들도 고령으로 건강이 좋지 않으십니다. 안타깝습니다. 그분들 가운데 롤란드 프리드 씨는 지금도 집에 태극기를 걸어놓고 대한민국의 평화와 발전을 기원하신다고 합니다. 재작년에 돌아가신 셔스틴 요나손 씨는 모든 재산을 대학에 기부하면서 그 일부를 한국과의 협력에 쓰도록 당부하셨습니다. 의료지원 요원들의 한국을 향한 사랑과 헌신에 깊이 감사드립니다.

※스웨덴 의료지원단의 활동과 결실을 서사로 보여줌.

전쟁 기간 동안 스웨덴 의료지원단은 위대한 일을 하셨습니다. 충수염을 앓던 세 살 아기는 건강을 되찾았습니다. 폐결핵으로 사경을 헤매던 열여섯 살 소녀는 살아났습니다. 다리 골수염을 치료받은 소년은 배구선수로 성장했습니다. 병원에서 심부름하던 소년은 외과 의사가 됐습니다.

그분들이 여기에 오셨습니다. 스웨덴의 은인들은 오지 못하셨지만, 도움을 받고 성장한 한국민들은 여기에 모였습니다. 그런 한국민 여러분은 스웨덴 의료진의 인간애를 증명하십니다. 여러분은 한국과 스웨덴을 사랑으로 잇는 교량이십니다. 여러분께도 감사드립니다.

낙연쌤 수정본과 연설팀 초고는 어떤 점이 다를까. 첫째, 수정본은 오늘의 서사로 글을 열고 있다. 생존 스웨덴 의료지원단원들의 근황을 구체적으로 전하면서 고마움을 표시하고 있는 것이다. 대한제국 황실에 최초로 놓인 전화기가 스웨덴 에릭슨 제품이었다는 서사는 아예 들어내 버렸다. 에릭슨 전화기 이야기로 에두르지 않고, 스웨덴 의료지원단 참전 기념사라는 주제로 직진했다.

둘째, 수정본은 스웨덴 의료지원단의 서사와 그들의 도움을 받은 한국인들의 서사를 분리해서 다루고 있다. 지원단의 도움으로 목숨 혹은 건강을 찾은 한국인들의 이야기를 초안에 비해 훨씬 가지런하게 정리하고 있다. 이런 한국인들의 소식을 접하는 지원단원들의 감회가 남달랐을 것이다. 지원단의 도움으로 성장한 한국인들이 기념식장에 왔다고 밝히면서 "그런 한국민 여러분은 스웨덴 의료진의 인간애를 증명하십니다."라고 감사를 표하는 대목은 서사의 절정이라고 할 수 있다.

쌤은 2019년 5월 쿠웨이트와 콜롬비아와 에콰도르 3개국을 공식 방문했다. 당시 3개국을 순방하면서 남긴 그의 연설문들은 다양한 서사로 채워져 있다. 우리나라와 방문국 간 유대를 드러내는 대표적인 사건들을 뽑아내 이야기하면서 분위기를 달궜다.

한-쿠웨이트 비즈니스 포럼에서는 1970년대 석유파동 당시 쿠웨이트의 안정적 원유공급 덕분에 한국이 에너지 위기를 극복할 수 있었으며, 1990년 걸프전쟁 때는 한국이 쿠웨이트에 5억 달러의 물적 지원과 함께 의료와 수송 인력 350여 명을 파견했다는 사실을 이야기했다.

콜롬비아 한국전 참전용사 초청 오찬 간담회에서는 콜롬비아가 중남미에서 유일하게 한국전쟁에 참전한 나라이며 한국 정부는 지금도 휴전선 비무장지대에서 콜롬비아 참전용사의 유해를 찾고 있다는 소식을 전했다.

에콰도르 키토시 행운의 열쇠 증정식에 참석했을 때는 한국전쟁이 한창이던 1951년 에콰도르는 지진을 겪고 있는 어려운 상황에서도 5백 톤의 쌀과 의약품을 한국에 지원해 주었고, 몇 년 전 에콰도르에 지진이 났을 때는 한국이 인도적인 지원을 해주었다는 점을 상기시켰다. 당시 쌤이 언급한 현대자동차 포니 수출에 얽힌 이야기는 서사의 특징을 고스란히 담고 있다. 이오덕이 말한 대로 누가, 언제, 어디서, 무엇을, 어떻게 해서, 어떻게 되었다는 서사문의 형식을 잘 갖추고 있다.

경제적으로도 에콰도르는 한국에 은인의 나라입니다. 지금 세계적으로 많은 자동차를 팔고 있는 현대자동차가 처음으로 해외에 수출했을 때가 1976년이었습니다. 처음 수출한 차의 이름은 '포니'였습니다. 그 차를 처음으로 수입해 준 나라가 에콰도르였습니다. 그때 에콰도르가 수입한 '포니'는 모두 6대였습니다. 그 6대 중에 한 대를 사주신 분이 손넨올스네르 부통령의 어머니셨습니다. 손넨올스네르 부통령의 어머니를 비롯한 에콰도르의 여섯 분이 오늘날 현대자동차라는 세계적 기업을 만들어냈습니다. 이것이 바로 어려울 때 돕는 진정한 친구입니다. 이 자리를 빌려 에콰도르 국민, 키토 시민 여러분께 대한민국 국민과 정부의 감사의 인사를 제가 대신 전해드립니다.

서사의 미덕은 재미와 의미다. 쌤이 언급한 현대자동차 이야기에는 이런 서사의 미덕이 고스란히 담겨있다. 40여 년 전 현대자동차가 처음 수출한 차의 이름이 포니였고, 그 차를 처음 수입해준 나라가 머나먼 중남미의 에콰도르였다는 사실은 재미있는 서사다. 쌤은 그 서사의 주인공으로 손넨올스네르 부통령의 어머니를 등장시켰다. 손넨올스네르 부통령의 어머니를 비롯한 여섯 분이 포니를 사 주셨고, 그것이 오늘날 현대자동차라는 세계적 기업을 일구는 힘으로 작용했다고 의미를 부여했다.

쌤은 모든 서사를 오늘의 이야기로 마무리한다. 4351주년 개천절 경축사도, 573돌 한글날 경축식 축사도, 100주년 대한민국임시정부 수

낙연쌤의 파란펜

립 기념사도, 40여 년 전 현대자동차 첫 수출이야기도, 모두 오늘의 서사로 연결시킨다. 서사를 통해 과거를 소환하는 이유는 오늘날 그 의미를 찾기 위해서라는 것이 쌤의 지론이다.

유머를 활용하라

"술을 좋아하면 애주가,
  담배를 좋아하면 애연가,
  국을 좋아하는 사람은? 애국자!"

지루함을 쫓고 딱딱함을 풀려면

—

조선 선조 때 임진왜란으로 조정이 피난길에 나섰다. 동인과 서인은 피난처에서도 아웅다웅 싸움을 벌였다. 이를 본 오성 이항복이 탄식을 했다.

"아, 안타깝구나! 동인과 서인이 이렇게 싸움을 잘한다는 사실을 이제야 알았구나! 동인들은 동해를 막게 하고 서인들은 서해를 막게 했으면 왜놈들 따위가 어찌 감히 조선 땅에 발을 붙일 수 있었겠는가."

조선 선조 때 명신이었던 오성과 한음에 얽힌 이야기는 우리 조상들이 전란 중에도 풍자와 해학을 즐겼음을 보여준다. 우리 민족의 말과 글은 풍자와 해학으로 넘친다. 민초들이 즐겼던『홍부전』과『춘향전』,『심청전』,『홍길동전』등은 세상의 불합리와 부조리를 조롱하고 훈계하면서 웃음을 유발한다.

　지루하고 딱딱한 말과 글은 졸음과 두통을 부른다. 말과 글의 지루함을 쫓고 딱딱함을 푸는 요소가 바로 풍자와 해학과 유머다. 음식 위에 예쁘게 얹어놓는 고명이 식욕을 자극하는 것처럼, 대체로 말과 글의 첫머리에 올리는 유머는 사람들의 관심을 이끈다. 유머는 사람들의 닫힌 귀를 열게 하고, 감은 눈을 뜨게 만든다.

　아리스토텔레스는『수사학』에서 농담의 유용성을 인정했다. 그는 아테네의 저명한 소피스트인 고르기아스를 인용하면서 상대방의 진지한 말은 농담으로 무너뜨려야 하고, 상대방의 농담은 진지한 말로 무너뜨려야 한다고 말했다.[90]

　거친 말이 오가는 정치판에도 유머가 넘친다. 밥 돌 전 미국 상원의원은 지도자의 덕목으로 통치력과 유머감각을 꼽았다. 지도자를 평가할 때 경제와 정치, 외교, 사회정의 추구 등의 기준도 중요하지만 유머감각도 빼놓을 수 없는 요소라는 것이다. 그는 "가장 위대한 지도자들은 재기 넘치는 웃음을 구사할 뿐 아니라, 자신을 웃음거리로 만들 줄도 안다."고 말했다.[91]

　돌은 "세계에서 가장 스트레스가 많은 대통령직을 수행하는 데 웃음은 감정적인 안전밸브다. 링컨은 전쟁으로 만신창이가 된 암흑기에 '나는 울면 안되기 때문에 웃는다.'라고 말했다."[92]고 전했다.

　에이브러햄 링컨은 평생 라이벌이었던 스티븐 더글러스로부터 "두 얼굴의 사나이"라는 비난을 들었다. 링컨은 "여러분께 판단을 맡깁니

　　　　　　　　　　　　　낙연쌤의 파란펜

다. 만일 제게 또 다른 얼굴이 있다면 지금 이 얼굴을 하고 있을 거라고 생각하십니까?"라고 응수했다. [93]

로널드 레이건은 미하일 고르바초프가 전해준 이야기를 즐겨 말했다. 모스크바의 식료품 가게 밖에 끝이 안 보이도록 줄이 늘어서 있었다. 그 줄은 달팽이가 기어가듯, 느릿느릿 앞으로 나아갔다. 하루가 다 지나갔다. 이른 아침부터 줄을 섰던 사람들도 가게 입구에 더 다가선 것 같지 않아 보였다. 마침내 한 모스크바 시민이 폭발했다. 그는 "이게 다 고르바초프 잘못이다. 가서 고르바초프를 죽이겠어."라고 외쳤다. 그리고 그는 서둘러 떠났다. 24시간이 지난 후 그가 의기소침한 기색으로 돌아왔다. 누군가가 물었다.

"그래서 고르바초프를 죽였습니까?"

"아니요. 그 줄은 두 배나 더 길더라고요."[94]

우리나라에서는 김대중 전 대통령과 노무현 전 대통령이 유머 감각을 갖춘 지도자로 꼽힌다. 두 분이 겪은 숱한 탄압과 시련을 생각하면 마크 트웨인의 말대로 유머는 기쁨이 아니라 슬픔에서 나오는 것인지도 모른다.

김 대통령은 다섯 번 죽을 고비를 넘겼고, 6년간 감옥에 있었고, 수십 년 동안 망명과 연금 생활을 하는 고초를 겪었다. 그러나 그의 말과 글에는 유머가 넘쳐난다. 김 대통령은 자신에 대한 사형선고조차도 웃음의 소재로 삼았다.

김 대통령의 '마지막 비서관'으로 불리는 최경환 전 국회의원은 김 대통령이 우스갯소리로 이희호 여사에게 서운한 것이 하나 있다고 자주 말하곤 했다고 회상한다.

1980년 사형선고를 받고 감옥에 있는데 이희호 여사가 면회를 와서 함께 기도하는데 "하느님, 하느님 뜻대로 하소서!"라고 기도하더라는 것이다. 김 대통령은 속으로 "왜 남편인 나를 살려달라고 기도하지 않고, 하느님 뜻대로 하라고 기도하나."며 무척 섭섭했다는 것이다.[95]

노 대통령도 유머를 즐겼다. 그의 서민적 친화력은 타고난 유머와 재치와 진솔에서 비롯된 것이었다. 주한미군 고위 장성들을 초청한 청와대 오찬 자리에서 있었던 이야기 한 토막. 노 대통령이 존 굿맨 한미연합사 기획참모부장에게 말했다.

"우리나라에도 성씨가 특별한 사람들이 많이 있지요. 시원찮은 검사라도 성이 명 씨면 '명 검사'가 되고, 아무리 대위가 되더라도 성이 임 씨면 맨날 '임 대위', '임시 대위'가 됩니다. 또 성이 부 씨면 대장이 돼도 '부대장' 밖에 못 하는 그런 성이 있습니다. 굿맨은 부모님이 주신 아주 좋은 선물입니다."[96]

성공한 지도자는 대개 탁월한 유머 감각을 지녔다. 유머의 미덕은 대중과의 소통이다. 유머는 자신을 망가트리고 남을 높이는 겸손의 언어다. 유머를 잘 구사하는 지도자가 통치력마저 발군인 이유다. 꼭 대

낙연쌤의 파란펜

통령이나 총리나 장관이 아니더라도 리더십을 필요로 하는 자리에 있는 이들은 유머를 배울 일이다.

한국인은 풍자와 해학과 유머의 DNA를 타고났다. 우리 일상에 차고 넘치는 아재 개그들이 이를 입증한다. 반드시 격조 있는 유머일 필요는 없다. 아재 개그의 썰렁함마저 독자나 청중의 마음을 무장해제시키는 역할을 한다. 아재 개그도 어엿한 유머다.

유머와 아재 개그는 설혹 남에게 웃음을 주지는 못하더라도 비웃음을 사지는 않는다. 그저 조금 썰렁해질 뿐이다.

유머는 타이밍이다

—

2018년 7월 동아프리카 순방에 나선 낙연쌤이 케냐와 탄자니아를 거쳐 오만에 도착했다. 그가 짙푸른 오만해를 바라보면서 기자와 수행인들에게 물었다.

"이 오만해 건너편에 있는 바다는 무슨 바다일까요?"

"……."

"겸손해."

2018년 12월 낙연쌤이 튀지니 방문 중 카르타고 유적에서 수행인들에게 퀴즈를 냈다.

"카르타고를 어떻게 오는지 아세요?"

"……."

"차(car)를 타고 옵니다."[97]

낙연쌤은 아재 개그의 달인이다. 썰렁한 자리나 불편한 분위기를 아재 개그로 순식간에 풀어버리고는 했다. 회의가 늦게 끝나 식사 시간이 늦어지면 "회의 분위기가 너무 진지하다 보니 진지 드실 시간이 모자랄 것 같다."라고 한다거나, 식사 자리에서 맛있는 국이 나오면 "술을 좋아하는 사람은 애주가, 담배를 좋아하면 애연가, 국을 좋아하는 사람은? 애국자!"라고 하는 식이었다.

낙연쌤은 즉석 연설을 거의 하지 않는다. 공식행사에서는 미리 준비한 연설문을 또박또박 읽는다. 연설문의 토씨 하나까지 신경을 쓰는 쌤의 완벽주의 때문일 것이다.

그러나 가끔씩 즉석 연설을 하기도 했다. 즉석 연설은 토론회나 연찬회나 만찬 등 상대적으로 편안하게 이야기할 수 있는 자리에서 주로 행해졌다. 낙연쌤은 그럴 때 분위기를 띄우는 방법으로 유머와 개그를 동원했던 것이다.

법제처 주최로 열린 정부 법제역량 강화 토론회에 초청받았을 때의 일이었다. 낙연쌤은 준비해 간 원고는 꺼내지도 않은 채 즉석 연설을 시작했다. 그는 학생 시절 들은 이야기라면서 "법과대학에는 두 종류의 학생이 있습니다. 바로 '법대생'과 '밥대생'입니다. 이 자리에 오신 분들은 '법대생'들이 많이 계신 것 같고, 저는 '밥대생'이었습니다."라는 유머로 말문을 연 뒤 자신이 법제처와 인연을 맺게 된 사연을 풀어놓기 시작했다.

제가 1979년에 기자가 됐어요. 첫 출입처가 그때는 중앙청이라고 불렀습니다마는, 거기엔 총리도 포함되고 총무처 장관, 행정쇄신위원회, 감사원, 그리고 법제처, 통일부까지 들어가 있었습니다. 그 당시에 법제처장이 김도창 선생님이셨어요. 서울대학교에서 교수를 하셨지요. 그리고 차장이 박윤흔 씨, 훗날 (환경)처장이 되셨습니다. 그때가 제가 총각으로서의 마지막 기간이었는데, 김도창 법제처장님이 제 주례를 해주셨습니다. 그래서 법제처와 저와의 인연은 제가 비록 '밥대생'이지만 그런 인연이 있다는 걸 굳이 여러분께 말씀드리고 싶습니다. 그런 인연으로 제가 어린 시절부터 법제처라는 곳을 들여다 볼 기회를 가졌습니다. 그리고 법제처에 대한 저 나름의 이미지가 그 무렵에 형성됐을 겁니다.

쌤은 '법대생'과 '밥대생'이라는 유머로 딱딱한 분위기를 녹인 뒤 자신과 법제처 간 인연을 풀어나가기 시작했다. 신출내기 기자 시절 자신의 첫 출입처가 법제처였고, 법체처장이 자신의 결혼식 주례를 맡아주었다는 이야기는 토론회에 참석한 법제처 직원들의 귀를 쫑긋하게 만들었을 것이다.

2018년 10월 세종문화회관에서 국무총리실 출신 인사들의 모임인 국총회가 열렸다. 마이크 앞에 선 쌤은 준비한 연설문을 꺼내 들지 않았다. 대신 스스로를 망가트리는 유머로 말문을 열었다.

옛날에 어느 마을에 아저씨가 돌아가셨어요. 그 아저씨 장례 절차를 교회에서 모시게 됐답니다. 관을 모셔다 놓고 목사님께서 설교를 하시는데 목사님께서는 고인이, 돌아가신 분이 생전에 얼마나 훌륭하신 분이었던가 하는 것을 절절하게 말씀을 하셨답니다. 그 말씀을 듣고 있던 고인의 부인이 옆에 있는 딸을 찔벅거리면서 "아가 가봐라. 네 아버지 아닌 것 같다." 이렇게 말씀을 했답니다. 이연택 회장님께서 저에 대해서 과분한 칭찬을 해주시는 말씀을 듣고 '내가 아닌가 보다' 그렇게 생각을 했습니다.

쌤은 현장에서 포착한 상황을 순발력 있게 유머로 만들어내면서 분위기를 살렸다. 2019년 4월 농축협 조합장 포럼에 참석했을 때는 10선에 성공한 조합장을 앞세운 유머로 연설을 시작했다. 10선 조합장과 자식 열 명을 낳은 자신의 어머니 이야기를 엮은 유머였다.

우선 조합장 여러분, 힘든 선거 치르시느라고 수고들 하셨습니다. 당선 축하합니다. 486명의 초선 조합장님들, 감회가 새로울 겁니다. 그리고 무려 10선을 달성하신 서울 관악농협 박춘식 조합장님, 저희 어머니 생각이 납니다. 저희 어머니가 아이를 낳을 때마다 '아이구 이제 그만 낳아야지, 그만 낳아야지' 하다가 열을 낳았습니다. 우리 박춘식 조합장님하고 똑같은 것 같습니다.

그는 2018년 12월 서울 롯데호텔에서 재외공관장 오찬 자리에서도 즉석 연설을 했다. 외교를 잘 모르는 자신이 외교 전문가들 앞에서 이야기를 해야 하는 상황을 '한심한 부조리'로 규정하는 것으로 말문을 열었다. 이날 공관장들의 오찬 자리를 편하게 만드는 유머였다.

> 사람 사는 세상에는 참 부조리한 일이 많습니다. 제 경험의 범위 안에
> 서 말씀드리면 가장 부조리한 일은 제가 소방관들 앞에서 연설하는 것
> 이었습니다. 왜냐 그러면 우리 국민들 여론조사 결과를 보면 수년 동
> 안 가장 신뢰받는 직업이 소방관입니다. 그런데 저는 언론과 정치를
> 거쳐서 여기 왔는데 같은 여론 조사를 보면 가장 신뢰도가 낮은 편에
> 속하는 직업을 제가 고루고루 경험하고 여기까지 왔거든요. 가장 신뢰
> 받지 못하는 일만 해온 사람이 가장 신뢰받는 사람들 상대로 연설하는
> 것, 이거야말로 '최악의 부조리다'라고 늘 느꼈습니다.
> 오늘 또 하나의 부조리가 자행될 것 같습니다. 더 아는 분들 앞에서 더
> 모르는 사람이 얘기한다는 것, 이것 또한 부조리죠? 그리고 그걸 알면
> 서도 또 얘기를 할 수밖에 없다는 것, 이것 또한 한심한 부조리라고 생
> 각합니다. 그렇게 감안하시고 너무 심각하지 않게 들어주시길 바랍
> 니다.

쌤은 연설을 마무리할 때도 유머 혹은 아재 개그를 동원했다. 2018
년 10월 서울 플라자호텔에서 '김대중·오부치 공동선언 20주년과 동아
시아 미래비전 기념식'이 열렸다. 그는 기념사 말미에 김대중 대통령의
박학다식함을 설명하는 에피소드를 이야기한 뒤 다음과 같이 만찬사
를 마무리했다.

"저의 아재 개그로 오늘 만찬사를 마치겠습니다. 김대중 대통령님은 박학다식한 분이었지만 저는 또 다른 의미에서 박학다식합니다. 왜냐하면 공부는 박약, 엷더라도 식사는 많이 한다, 제가 생각하는 박학다식입니다. 감사합니다."

그는 행사장에서 자신이 연장자보다 먼저 불려나가 인사를 하게 되면 "시골에 가서 펌프질을 하다 보면 허드렛물을 부어야 맑은 물이 나옵니다. 저에게 허드렛물 역할을 하라는 뜻으로 알겠습니다."라고 말하기도 했다.[98] 자기를 낮추는 유머를 던지면서 불편하고 어색할 수 있는 분위기를 순식간에 화기애애하게 만들어버린 것이다.

유머는 타이밍이다. 때와 장소에 딱 떨어지는 유머는 순발력과 재치를 필요로 한다. 그러나 순발력과 재치보다 더 중요한 것은 상대방을 배려하는 마음이다. 쌤의 유머는 자신을 낮춤으로써 상대를 높인다. 자신을 '부조리' 혹은 '허드렛물' 등으로 표현하는 식이다. 밥 돌이 "가장 위대한 지도자는 재기 넘치는 웃음을 구사할 뿐 아니라, 자신을 웃음거리로 만들 줄도 안다."고 한 것처럼.

4부
—
글과 삶

삶이 곧 글이다

모든 것을 불태워 불꽃처럼.

진실한 글이 좋은 글

—

말똥구리는 스스로 말똥 굴리기를 좋아할 뿐 용의 여의주를 부러워하지 않는다. 용 또한 여의주를 자랑하거나 뽐내면서 말똥구리의 말똥을 비웃지 않는다.[99] 형암 이덕무의 산문집 『선귤당농소(蟬橘堂濃笑)』에 나오는 이야기다. 천하의 영물이라는 용은 말똥구리를 거들떠보지 않지만, 미천하다고 여겨지는 말똥구리도 여의주를 탐내지 않는다.

형암의 통찰은 글쓰기에도 그대로 적용된다. 여의주처럼 빛나는 글을 쓰는 문장가들도 있지만, 말똥처럼 소박한 글을 쓰는 장삼이사들이 더 많다. 글로 내 뜻을 전하고 남기는 데 큰 문제가 없으면 그것으로 족할 일이다.

글은 권력이었다. 인류가 문자를 사용하기 시작한 이래로 대부분의 세월 동안 글은 지배 계층에게만 허용됐다. 글은 학자나 문인, 기자, 공무원 등 공부를 많이 한 사람들의 전유물이었다. 신문과 방송의 정보망을 틀어쥔 언론은 '제4의 권력'으로 불리기도 했다.

불과 몇 해 전까지만 하더라도 법원이나 시청, 구청, 동사무소 앞에는 대서소라는 곳이 있었다. 대서소는 글을 대신 써 주는 곳이다. 글을 모르는 사람들이 관청에 가서 간단한 서류를 작성하거나 민원 서류를 발급받을 때마다 돈을 내고 대서소 신세를 지고는 했다.

저학력 인구가 줄어들면서 대서소는 사라졌다. 우리나라 문맹률은 0%대로 떨어졌다. 대학 진학률은 세계 최고 수준인 70~80%를 기록하고 있다. 이젠 국민 모두가 글을 읽을 줄 알고, 쓸 줄도 안다.

저마다의 손에 들려 있는 스마트폰으로 세상과 소통을 한다. 남녀노소 할 것 없이 블로그와 트위터, 페이스북, 인스타그램 등 사회관계망(SNS)에 글을 올린다. 일상의 희로애락을 스스럼없이 표현한다. 글은 이제 누구라도 자신의 삶을 표현하는 수단으로 자리를 잡고 있다.

이오덕은 일찍이 삶과 문학은 온전히 하나가 되어야 한다고 말했다. 삶의 체험이 없이는 어떤 글도 다 속이 빈 쭉정이가 된다고 했다. 그는 "삶을 찾아 가지려고 하는 노력이 그 어떤 노력보다 앞서야 하고, 그 노력을 바탕으로 해서 책도 읽고, 글도 쓰고, 쓴 글을 다듬기도 해야 비로소 제대로 된 글이 씌어질 것"[100]이라고 말했다.

우리는 모두 제각기, 자기가 가장 크게 관심을 가지고 있는 일, 가

낙연쌤의 파란펜

장 중요하다고 생각하고 있는 일이 무엇인가를 확인해서 그것부터 써야 한다. 자기의 삶을 바로 보고 그것부터 써야 한다. 자기 삶을 바로 보고 그것을 풀어가려고 하는 데서 비로소 사물이 제대로 잡히고, 살아 있는 말이 나올 수 있다.[101]

이오덕은 농장과 공장에서 일을 하면서, 또한 장사를 하면서 직접 겪는 일을 글로 써야 제대로 살아 있는 글이 나온다고 말했다. 그는 삶이 없이 글을 쓰게 되면 아무리 고쳐도 좋은 글이 안될 뿐 아니라, 세상을 어지럽히는 글만 나올 것이라고 말했다.

글은 기술로 쓰는 것이 아니다. 이오덕은 자기 나라 말을 할 줄 아는 사람이라면 글쓰기 기술은 필요하지 않다고 했다. 그는 "우리가 말을 하게 되는 것이 그 말의 법칙을 배워서 비로소 하는 것이 아니듯이, 글도 그것을 짜서 맞추고 꾸며 만드는 기술을 익혀서 쓰는 것은 아니기 때문"[102]이라고 했다. 수사법이나 문장 표현 기술이란 것은 이미 사람들이 사용하고 있는 말을 따지고 분석해서 정리해놓은 것에 지나지 않는다는 것이다.

헤밍웨이도 좋은 글은 진실한 삶 속에서 나온다고 말했다. 그는 "좋은 글은 진실한 글이다. 누군가 이야기를 만들어내면 그 이야기의 진실성은 작가가 지닌 삶에 대한 지식의 양과 진지함의 정도에 비례한다."[103]고 했다. 그는 소설이 잘 나가지 않을 때는 스스로에게 이렇게 말했다고 한다.

걱정하지 마. 항상 글을 써왔으니 지금도 쓰게 될 거야. 그냥 진실한 문장 하나를 써 내려가기만 하면 돼. 내가 알고 있는 가장 진실한 문장이면 돼.[104]

헤밍웨이는 마침내 진실한 문장을 하나 쓰게 되고 거기서부터 다시 글을 시작했다고 말했다. 그는 "처음부터 장황한 글을 쓰거나, 뭔가를 과시하려는 것처럼 글을 쓰기 시작했다면, 복잡한 무늬와 장식들을 잘라내고 처음에 썼던 단순하고 진실한 평서문 하나로 다시 시작하면 된다는 사실을 깨우쳤다."[105]라고 말했다.

글에는 삶을 담아야 한다는 말을 가장 함축적으로 표현한 사람은 니체다. 니체는 피로 글을 쓰라고 했다.

글로 쓴 모든 것 중에서, 나는 오직 피로 쓴 것만을 사랑한다. 피로 써라. 그러면 그대는 피가 정신임을 체험할 것이다.[106]

실존주의 문학의 거장인 프란츠 카프카도 글로 삶을 표현할 때 어떻게 해야 하는 것인지 조언을 남겼다. 카프카는 "글은 나를 유지하기 위한, 생존을 위한 투쟁"[107]이라면서 굽히지 말고 치열하게 하라고 말했다.

글을 쓰려면 굽히지 말라.

희석시키지 말라.

논리적으로 만들려고 애쓰지 말라.

유행에 맞추어 당신의 영혼을 편집하지 말라.

당신의 가장 강렬한 집착을 무조건적으로 따라가라. [108]

카프카의 글쓰기는 자신을 자신으로부터 해방시키는 방편이었다. 그는 "내가 머릿속에 지니고 있는 무서운 세계, 그런데 어떻게 그것을 찢는 방법이 없이 나를 그것으로부터 해방시킬 수 있을까? 그러나 그 것을 내 속에 머무르게 하거나 파묻어 버리기보다는 찢어 버리는 편이 수천 배 낫다."[109]고 말했다.

글을 통해 자신을 해방시키는 일이 절실하다고 느끼는 순간 글솜씨는 부차적인 문제일 뿐이다. 내 삶을 영원히 파묻어 버릴 수 없다고 결심한 사람은 원고지 위에 스스로의 삶을 피로 쓰는 작업에 나선다.

남미 여행을 할 때, 파라과이 시우다드델에스테에서 만난 명세봉 사장이 바로 그런 인물이다. 명 사장은 중학교 3학년 때 부모님을 따라 파라과이로 이민을 갔다. 열일곱 살 때부터 등짐장수 '벤데'로 거리에 나섰던 그는 40여 년 만에 10층짜리 빌딩을 소유한 화장품 회사 사장으로 성공을 했다.

명 사장은 피눈물로 일군 자신의 삶을 세상에 알리고 싶어 했다. 나는 그의 이야기를 졸저『부의 지도를 넓힌 사람들』을 통해 소개했다. 그는 그러나 다른 사람의 손을 통해 소개된 자신의 이야기에 만족하지 못했다. 그는 40년 이민 생활의 애환을 담은 자전 에세이『파라과이 랩소디』를 펴냈다.

명 사장의 학력은 중학교 중퇴다. 파라과이에서 생활을 했으니 한글보다는 스페인어를 더 가까이할 수밖에 없었다. 그러나『파라과이 랩소디』는 명 사장의 삶을 절절하면서도 깊이 있게 담아내고 있다. 글은 기술로 쓰는 것이 아니라 삶으로 쓰는 것임을 보여주는 사례다.

결국 글이란 자신의 말로 자신의 삶을 진솔하게 담아내면 그만이다. 학생이 어른의 표현을 흉내 낸다거나 도시 사람이 시골 사람 흉내를 내면서 글을 쓴다면 가짜 글이다. 한복 입고 넥타이를 매면 우스꽝스럽다. 아무리 멋진 문장이라도 자신과 어울리지 않으면 진정성을 되레 떨어트릴 수 있다. 삶이 곧 글이다.

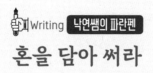
혼을 담아 써라

—

　연설팀은 총리의 입장에서 연설문을 쓴다. 연설문 속에 총리의 생각을 담아내야 한다. 생각은 삶에서 나온다. 그러나 총리의 삶을 살아보지 않은 연설팀 필자들이 그 생각을 담아내는 데는 한계가 있을 수밖에 없다. 낙연쌤은 총리 퇴임을 앞둔 2019년 12월 말 비서실 직원들과의 송년회 겸 송별회에서 이렇게 말했다.

　"연설팀이 그동안 고생을 많이 했어요. 아쉽게도 마음에 드는 원고가 단 한 건도 없었습니다. 그럴 수밖에 없어요. 여러분이 내 인생을 충분히 모르기 때문입니다. 나도 내가 쓴 글에 만족하지 못하니까요. 그건 글재주 이전의 문제입니다. 남의 연설을 쓰려면 그 사람을 알아야 합니다. 그 사람 입장으로 한없이 들어가야 합니다. 그 사람이 뭘 아파할까, 뭘 고민할까, 그 마음을 헤아려야 합니다. 그것은 말재주나 글재주로 풀어낼 수 있는 문제가 아닙니다. DJ는 불러준 대로 받아써도 혼을 냈어요. 혀끝만 받아쓰는 글에 혼이 담기지 않았기 때문이지요."

　불러주는 대로 받아쓴다고 혼을 낸 것은 DJ뿐이 아니었다. 쌤도 자신이 불러주는 대로 써오면 "당신들 앞에서 도대체 무슨 말을 할 수가 없군요." 라면서 혼을 내고는 했다.

낙연쌤은 농촌에서 7남매 중 장남으로 태어났고, 21년 동안 기자 생활을 했고, 정치에 발을 들여놓은 이래 민주당을 벗어난 적이 없다. 그의 글 속에는 장남의 고민과 기자 생활의 경험과 민주당원으로서의 철학이 녹아 있다. 연설팀이 낙연쌤의 연설문을 쓰는 과정은 그의 지난 삶을 들여다 보는 시간이기도 했다.

연설팀은 한국경제신문 주최 '2019 고졸 인재 일자리 콘서트' 개막식 축사 초안을 보고했다. 바야흐로 세상은 4차 산업혁명과 저출산과 고령화 등에 따른 산업구조 변화를 겪고 있으며, 그러한 변화에 고졸 인재들은 적극적으로 도전하고, 정부는 폭넓게 지원하고, 기업은 일자리를 늘려 달라는 요지의 글이었다. 연설팀 초안의 도입부를 옮겨 본다.

청년 여러분,

세상은 빠르게 변하고 있습니다. 저출산, 고령화로 인구 구조가 바뀌면서 직업세계에도 큰 변화가 일어나고 있습니다. 많은 나라들이 4차 산업혁명의 주도권을 잡기 위해 도전과 혁신에 나서고 있습니다. 남보다 먼저 취업을 결정하신 여러분은 그러한 변화에 한 발 앞서 동승하고 계신 겁니다.

4차 산업혁명에 따른 일자리를 보면 통신 분야와 전문기술, 서비스, 전자장비 분야에서 수요가 크게 늘어납니다. 이처럼 미래산업으로 꼽히는 대부분의 직업이 여러분이 배운 교육과정과 연관이 깊습니다.

쌤은 연설팀 초안이 공허한 소리로 들린다고 했다. 거창하기만 할 뿐 실질적으로 고졸 젊은이들의 마음에 와 닿을 만한 이야기가 아니라는 것이었다.

"가정이 어려워 실업계고등학교를 간 친구들의 귀에 과연 4차 산업혁명이니 인구 구조 변화니 하는 이야기들이 들어오겠습니까. 당신의 동생이 고등학교를 마친 뒤 취직을 한다고 할 때 무슨 말을 해 줄 것인가를 생각해 보세요. 엄격하지만 따뜻하고 기댈 수 있는 아버지의 목소리를 느낄 수 있는 그런 메시지를 생각해 보세요."

쌤은 전남 영광의 농촌에서 7남매의 장남으로 태어났다. 가난한 집안 형편 때문에 누이 세 명과 남동생 한 명은 고등학교를 졸업한 뒤 취업을 하거나 집안 일을 거들어야 했다. 이들은 훗날 독학으로 대학도 가고 대학원도 갔지만, 젊은 시절에는 공부를 미뤄둔 채 생업전선으로 나서야 했다. 제때 서울로 올라와 공부를 한 사람은 총리 한 사람뿐이었다.

쌤은 대학 진학을 하지 않고 일자리를 찾는 젊은이들을 보면서 동생들의 젊은 시절 모습을 떠올렸을까. 그의 '2019 고졸 인재 일자리 콘서트 개막식 축사'에는 "엄격하지만 따뜻하고 기댈 수 있는 아버지의

목소리"가 담겨 있다. 고등학교를 마친 뒤 취직을 하겠다고 나서는 동
생을 대하는 오빠의 따스함이 깃들어 있다.

청년 여러분께서 어느 경우에도 포기하지 마시고 도전하시기 바랍니
다. 그러시면 여러분께 반드시 기회가 찾아올 것이라고 저는 굳게 믿
습니다. 그렇게 되도록 정책으로 뒷받침하겠습니다.
제가 좋아하는 말씀 하나 더 소개하겠습니다. 배가 제일 안정적일 때
는 항구에 정박해 있을 때입니다. 그러나 배는 정박하려고 만드는 것
이 아닙니다. 배는 항해하기 위해서 만드는 것입니다. 인생 또한 마
찬가지입니다. 안정을 추구하는 것, 편할지는 모르지만 그것이 인생
은 아닙니다. 배가 바다로 나가야 하는 것처럼 청춘도 길로 나서야 합
니다.

쌤은 21년 동안 기자로 일했다. 기자 시절 버릇은 잘 지워지지 않는
다. 그는 총리가 된 이후에도, 당 대표가 돼서도, 기자처럼 취재수첩을
뒷주머니에 꽂고 다녔다. 기자처럼 산업 현장과 재해 현장을 누볐다.
기자처럼 송곳 질문을 던져 함께 일하는 공무원들을 쩔쩔매게 만들었
다. 이제이 보좌관은 "이낙연의 심장은 기자"라고 말한다.

언젠가 이낙연은 해외 순방 중 "내 심장은 정치인"이라는 말을 꺼낸 적

낙연쌤의 파란펜

이 있다. 이 말은 수정되어야 한다. 내가 봤을 때 이낙연의 심장은 기자에 있다. 기자를 할 때가 가장 젊었을 때였기 때문에 하는 말이 아니다. 오랜 시간 기자를 해서도 아니다. 세상을 탐구하며 끝까지 묻고 세상을 변화시키려는 노력은 기자 정신의 발현이다. 그의 정체성은 기자에 있다.[110]

연설문을 검토하는 쎔의 모습은 신문사 데스크를 닮았다. 연설팀 초고의 문제점을 하나하나 지적하고, 글의 방향을 잡아주고, 최종 마무리는 자신이 하는 식이다.

제42차 한일·일한의원연맹 합동총회 개회식 축사를 준비하는 과정도 마찬가지였다. 그는 기자 시절 3년 2개월 동안 도쿄특파원 생활을 했다. 일본과 관계된 연설문에 대해서는 더욱 깐깐한 데스크였다.

합동총회는 한일 관계가 과거 어느 때보다도 껄끄러운 상황에서 열리는 것이었다. 위안부와 강제징용 등 과거사 문제로 갈등의 골은 깊어지고 경제와 외교와 군사 등의 협력도 삐걱대고 있었다. 합동총회에 눈길이 쏠리지 않을 수 없었다. 한일·일한의원연맹은 1972년 출범 이래 양국 간 갈등을 중재하는 데 적지 않은 역할을 해 왔기 때문이었다.

지일파로 알려진 쎔의 축사는 한일 양국의 주목을 끌 것이 분명했다. 축사를 준비하는 연설팀의 부담은 그만큼 커지고 있었다. 그에게 보고하기 전에 초안을 리뷰하는 과정에서 여러 의견들이 나왔다. 특히 다음 대목에서 이견이 불거졌다.

한때 서로 피를 흘리며 싸우고 미워했던 독일과 프랑스가 어떻게 우호와 협력과 상생의 관계로 전환했는지를 배워야 합니다. 독일은 과거사를 사죄하고 반성했고, 프랑스는 용서하고 화해했고, 세계 최강의 동맹인 유럽연합이 탄생했습니다. 독일과 프랑스와 유럽이 해냈다면 일본과 한국과 동북아도 해낼 수 있습니다.

연설문 검토 회의에 참석했던 한 사무관이 독일과 프랑스 사례를 한일 관계와 비교하는 것은 달리 해석될 소지가 있다면서 빼는 게 좋겠다는 의견을 냈다. 일본을 가르치려 드는 느낌도 풍긴다는 것이었다. 그렇지 않아도 한일 관계가 삐걱거리는 상황에서 일본을 자극하게 될 것이라고 우려했다.

그러나 나는 한중일 3국이 유럽연합의 탄생과정을 벤치마킹할 수 있다는 이야기는 의미 있는 내용이라는 의견을 냈다. 한일 양국에 모두 도움이 되는 제안일 뿐 아니라 정치권 일각에서 이미 제기된 이야기이기도 하다고 말했다. 결국 쌤의 판단을 구하기로 했다.

결과는 사무관의 판정승이었다. 쌤은 일본이 그런 이야기를 건설적인 충고나 미래지향적 제안으로 받아들이지 않을 것이라고 말했다. 사무관이 빼자고 하는 것을 내가 그대로 두자고 우겼노라고 이실직고했다. 쌤이 말했다.

"박 국장, 앞으로 사무관 말 귀담아 들으세요."

그때부터 나는 사무관이 의견을 낼 때마다 귀를 쫑긋하고 경청했다. 누군가와 논의를 할 때는 다른 사람의 말이 들어올 수 있는 공간을 자신의 마음속에 마련해야 한다. 마음이 겸허해야 누군가의 말이 귀에 들어온다.

쌤이 마무리한 제42차 한일·일한의원연맹 합동총회 축사에는 그의 도쿄특파원 시절의 경험이 오롯이 담겨져 나왔다. 본인이 아니면 알 수 없는 이야기들도 담겨 있다. 쌤에겐 연설팀의 글이 늘 격화소양(隔靴搔癢)일 수밖에 없었을 것이다.

1990년 아키히토 천황 즉위식을 저는 신문사 도쿄특파원으로서 취재해 보도했습니다. 29년이 지나 저는 국무총리로서 나루히토 천황 즉위식에 참석했습니다. 그런 인연을 저는 매우 소중하게 생각합니다.

즉위식 후에 저는 아베 신조 총리와 회담했습니다. 예정된 시간을 넘겨가며 충실한 대화가 이루어지도록 배려해주신 아베 총리께 감사드립니다. 아베 총리와 저는 한일 관계의 엄중한 상태를 이대로 둘 수 없다는 데 의견을 같이하고, 외교당국 간 대화를 포함한 여러 분야의 교류가 지속되기를 희망했습니다.

또한 저는 누카가 회장님, 가와무라 다케오 간사장님과도 의미 있는 대화의 시간을 가졌습니다. 일한의원연맹을 오랫동안 지도해주신 모리 요시로 도쿄올림픽 조직위원장님께도 인사드렸습니다. 오시마 의장님께는 리셉션장에서 짧지만 반가운 인사를 올렸습니다. 그 모든 분께 감사드립니다.

쌤은 뼛속까지 민주당원이다. 2000년 4.13총선에서 새천년민주당 간판으로 국회에 입성을 한 이래 민주당을 벗어난 적이 없다. 2003년 노무현 대통령이 열린우리당을 만들면서 여러 차례 동참을 권유했을 때도 쌤은 민주당을 떠나지 않았다. 쌤은 "사람이 그러면 못쓴다."라는 어머니 말씀을 듣고 신당행 생각을 접었다.[111]

쌤의 아버지도 평생 민주당원이었다. 주진우 기자와의 인터뷰에서 그는 "아버지가 모시던 정치인이 5공 때 민정당으로 건너가면서 같이 가자고 했는데 많은 당원들이 따라갔지만 아버지는 그쪽에 따라가지 않고 평생 야당을 했다."고 밝혔다.[112] 아버지의 민주당 탈퇴를 막은 분 도 어머니였다. 어머니는 흔들리던 아버지에게 "내가 당신을 만나 소박맞은 것도 참고, 시앗 본 것도 참았지만, 자식들을 지조 없는 사람의 자식으로 만드는 것은 아무래도 못 참겠소."라면서 막아섰다.[113]

대를 이어 민주당과 함께 해온 쌤의 민주당 사랑은 그의 글 속에 고스란히 담긴다. 그는 2020년 7월 더불어민주당 당대표 유세 중 강원도당 대의원대회에서 다음과 같이 연설했다.

사랑하는 선후배 당원 동지 여러분, 저는 민주당의 은혜로 성장했습니다. 김대중 대통령, 노무현 대통령, 문재인 대통령의 배려로 이만큼 성장했습니다. 이제 그 은혜를 헌신으로 민주당에 갚고자 합니다. 저의 선친은 청년부터 노년까지 이름없는 민주당의 지방당원이었습니다. 아버지가 사랑했던 그 민주당 제가 헌신으로 보답하겠습니다. 그럴 기

낙연쌤의 파란펜

회를 여러분이 저에게 주시기 바랍니다. 모든 것을 불태워 불꽃처럼 일하겠습니다.

초선의원 시절이던 2003년 쌤은 3년여 의정활동을 하면서 썼던 글을 모아 『이낙연의 낮은 목소리』라는 책을 냈다. 책의 서문에는 그가 평소 글쓰기에 어떤 의미를 부여하고 있는지를 짐작하게 하는 대목이 나온다. 그는 "그동안 제가 무엇을 갈망했고, 무엇을 고민했으며, 무엇을 위해 싸웠던가를 보여주는 흔적"이라는 의미를 부여했다. 또한 "이 제부터 제가 무엇을 반성하고, 무엇을 바꾸며, 무엇을 추구할 것인가의 토대"라고도 했다. 그에게 글은 자신의 갈망과 고민과 싸움을 담는 그릇이었고, 반성과 변화와 추구의 토대였다. 그의 글은 그의 삶이었다.

틀을 깨되 틀을 지켜라

감동을 주지 못할 바엔 글을 쓰지 않길.

근본을 지키며 새로움을 더하기

한나라 대장군 한신은 조나라와 싸울 때 물을 등지고 진을 쳤다. 조나라 군사들이 그 배수진을 보고 크게 비웃었다. 그러나 도망할 곳이 없는 한나라 군사들은 죽기살기로 싸워 크게 이겼다. 한신은 '병법에 없는 배수진을 어찌 쳤느냐는 장수들의 물음에 다음과 같이 답했다.

"이것은 병법에 나와 있는데 단지 그대들이 제대로 살피지 못한 것뿐이다. 병법에 그러지 않았던가? 죽을 땅에 놓인 뒤라야 살아난다고."[114]

한신이 말하는 병법은 손자의 사지즉전(死地卽戰)을 말한다. 살아나올 수 없는 사지에서는 목숨 걸고 싸운다는 전략이다. 한신은 사지즉전을 변통해 배수진을 쳤던 것이다.

연암 박지원은 문장론을 말하면서 한신의 고사를 인용했다. 한신이 옛 법을 따르되 새로움을 더함으로써 큰 성공을 거둔 것처럼 글을 쓸 때도 그렇게 해야 한다는 것이었다.

연암은 제자인 박제가의 문집『초정집』서문에서 "문장을 어떻게 지어야 할 것인가?"라고 자문했다. 그리고는 '法古而知變 創新而能典(법고이지변 창신이능전)'이라고 자답했다. 문장을 지을 때는 옛 것을 지키면서도 변화를 주어야 하고, 새롭게 하면서도 능히 법도에서 어긋나지 않게 하라는 조언이었다.

> 문장을 어떻게 지어야 할 것인가. 논자(論者)들은 반드시 법고(法古, 옛 것을 본받음)해야 한다고 한다. 그래서 마침내 세상에는 옛 것을 흉내 내고 본뜨면서도 그것을 부끄러워하지 않는 자가 생기게 되었다. (…) 그렇다면 창신(創新)이 옳지 않겠는가. 그래서 마침내 세상에는 괴벽하고 허황되게 문장을 지으면서도 두려워할 줄 모르는 자가 생기게 되었다. (…).
>
> 그렇다면 어떻게 해야 옳단 말인가? 나는 장차 어떻게 해야 하나? 아니면 문장 짓기를 그만두어야 할 것인가?
>
> 아! 소위 '법고'한다는 사람은 옛 자취에만 얽매이는 것이 병통이고, '창신'한다는 사람은 상도(常道)에서 벗어나는 게 걱정거리이다. 진실로 '법고'하면서도 변통할 줄 알고 '창신'하면서도 능히 전아하다면, 요즈음의 글이 바로 옛 글인 것이다.[115]

연암의 '창신'은 조선 후기 사대부 사회를 뒤흔들었다. 청나라 기행 문집인『열하일기』와 풍자 소설인『허생전』,『호질』,『양반전』등 연암의 자유분방한 작품들은 엄격한 성리학의 울타리에 갇혀있던 사대부들에게 큰 충격을 안겼다. 이야기 형식의 패관 문체가 전통적인 고문(古文)을 오염시킨다는 비난이 쏟아졌다. 결국『열하일기』는 금서로 묶였다. 연암의 이름은 정조의 문체반정(文體反正)[116]대상에 오르게 된다. 결국 연암은 일종의 반성문인 '자송문'(自訟文)을 정조에게 제출한다.

연암은 그러나 누구 못지않게 '법고'를 강조하기도 했다. 그는 제자인 초정 박제가에게 '창신'을 경계하라고 가르쳤다. 연암은『초정집』서문에서 "진부한 말을 없애려고 노력하다 보면 혹 근거 없는 표현을 쓰는 실수를 범하기도 하고, 내세운 주장이 너무 고원하다 보면 자칫 벗어나기도 한다"면서 "창신을 한답시고 재주 부릴진댄 차라리 법고를 하다가 고루해지는 편이 낫다"고 했다.[117]

연암은 초정을 가르쳤고, 초정은 추사 김정희를 가르쳤다. 연암의 법고창신은 초정을 거쳐 추사의 입고출신(入古出新)으로 이어졌다. 입고출신은 '옛 것으로 들어가서 새 것으로 나온다'는 뜻이다. 당시 선진 문명이었던 청나라에서 유행하던 고증학과 금석학의 기본 정신이었다. 추사는 2,000년간 중국의 서법을 모두 섭렵한 뒤 자신만의 독특한 서법인 추사체를 완성했다.

추사가 금석학과 고증학의 대가로도 이름을 날리게 된 것은 조선은 물론 중국 고금의 비석과 서첩의 서체들을 구해 연구하고 익혔기 때문이다. 추사는 역대 서예가를 열심히 본받았고 그 본원으로 거슬러 올라가 한나라 예서를 깊이 탐구하는 입고(入古)의 과정을 밟으면서 비로소 개성적인 추사체로 출신(出新)했다.[118]

추사와 동시대 문인인 유최진은 추사체의 경지를 "원래 글씨의 묘(妙)를 참으로 깨달은 서예가란 법도를 떠나지 않으면서 또한 법도에 구속받지 않는 법"[119] 이라고 설명했다.

오랫동안 추사를 연구한 유홍준 명지대 석좌교수는 "서법에 충실하면서 그것을 뛰어넘은 글씨, 그래서 얼핏 보기에는 괴이하나 본질을 보면 내면의 울림이 있는 글씨, 그것이 추사체이다."[120]라고 말했다.

추사는 글씨뿐 아니라 난초 그림에서도 입고출신의 모범을 보여주었다. 유홍준 교수는 추사의 난초들은 구도가 파격적이고 난초와 화제가 다양한 방식으로 어울린다면서 화법으로는 논할 수 없는 그 무엇이 있다고 말했다.[121]

추사의 이런 경지는 "사란유법불가무법역불가(寫蘭有法不可無法亦不可)"라는 그의 말 속에 함축돼 있다. 난초를 그릴 때 법에 얽매여서도 안 되지만, 또한 법을 무시해서도 안 된다는 가르침이다.

유협은 연암이나 추사보다도 1,200여 년 전에 이미 법고창신이나 입고출신과 유사한 내용의 문장론을 개진했다. 유협은 역저 『문심조룡(文心雕龍)』에서 문장은 일정한 법칙에 따르면서도 변화를 구해야 오래

전해질 수 있다면서 다음과 같이 설파했다.

> 문예의 규율은 끊임없이 움직이면서 그 성과를 날로 새롭게 한다. 변화를 추구하기 때문에 오래도록 지속되고 전통을 지속함으로써 결핍을 면하게 된다. 시기를 맞이하면 반드시 과감해야 하고 기회를 탔을 때는 겁내지 않아야 한다. 당대(當代)를 바라보아 특이한 표현들을 창작해내고 이전 것을 참조하여 문예 활동의 법칙을 정한다.[122]

여러 해 전에 스페인 바르셀로나에 있는 파블로 피카소 미술관을 관람한 적이 있다. 피카소 작품 세계의 변천을 한 눈에 파악할 수 있는 공간이었다. 나는 그곳에서 피카소가 초기에는 고전적인 방법으로 정물이나 풍경, 또는 인물을 그리다가 점점 대상의 특징만을 담아내는 추상화로 옮겨갔다는 사실을 알았다.

피카소 고유의 화풍은 어느 날 갑자기 만들어진 것이 아니었다. 전통 화법을 하나씩 섭렵하면서 자신만의 세계를 만들어간 것이었다. 틀을 벗어나려면 먼저 틀을 알아야 한다.

활을 잡았으면 심장을 맞춰라

—

어느 날 낙연쌤이 말했다.

"혼자 감동의 과잉에 빠지는 걸 경계해야 합니다. 감동을 전부 빼고 드라이하게 써보세요. 청중이나 독자는 덤덤한데 나 홀로 감동에 빠지면 꼴이 얼마나 우습겠습니까."

또 어느 날 쌤이 말했다.

"심장을 맞추지 못할 바에야 활을 쏴서는 안 됩니다. 감동을 주지 못할 바엔 글을 쓰지 마세요."

쌤은 자주 "틀을 한 번 깨 보세요. 왜 자꾸 틀 속으로 들어가려고만 합니까?"라고 주문했다. 하지만 어쩌다 틀을 벗어나 보려고 하면 "기본을 갖추지 못했어요."라고 지적하고는 했다. 결국 쌤도 글쓰기엔 법이 있어도 안 되고, 법이 없어도 안 된다는 말을 한 셈이었다.

쌤이 연설을 해야 하는 자리 중에는 연례행사가 많았다. 개천절이나 6·25전쟁이나 한글날의 연설문을 준비한다고 생각해보라. 해마다 되풀이되는 행사의 연설문을 새롭게 쓴다는 게 얼마나 어렵겠는가.

제4351주년 개천절 경축사 초안을 준비하면서도 연설팀은 똑같은 고민에 직면했다. 뾰족한 수를 찾을 수 없었다. 결국 환웅과 단군이 광명개천, 재세이화, 홍익인간 이념으로 나라를 세우신 일과 이후 우리 민족이 대륙과 해양 세력의 사이에서 겪어야 했던 5000년 영욕과 국조 단군의 정신으로 우리가 앞으로 해야 할 일을 차례로 정리했다.

제4351주년 개천절 경축사
_연설팀 초안(일부 발췌)

하늘을 열고 내려온 환웅께서는 자연의 이치를 깨닫고 세상을 이롭게 하는 데 힘을 쏟으셨습니다. 환웅의 아들 단군께서는 아침의 땅 아사달에 도읍을 정하고 나라를 세우셨습니다. 두 시조께서 내거신 광명개천, 재세이화, 홍익인간 이념은 웅장한 기상을 떨치며 후대로 이어졌습니다.

고구려는 숱한 침략을 막아내며, 광활한 대륙으로 영토를 더 넓혔습니다. 백제와 신라는 대륙과 해양으로 새로운 문물을 받아들여 더욱 발전시키고, 우리의 문명을 전했습니다. 고려는 세계 최초의 금속활자본을, 조선은 가장 아름답고 과학적인 문자, 한국 등을 발명하며 인류 문명에 힘을 보탰습니다.

연설팀 초안을 일별한 쌤의 첫 마디는 "또 편년체입니까?"였다. 5000년 역사를 순서대로 늘어 놓았느냐는 지적이었다. 뻔한 역사를 뻔하지 않게 쓰는 방법을 찾아야 하는 것 아니냐고 했다.

"5000년 역사를 시시콜콜 설명을 할 필요가 있습니까? 그 5000년 역사를 물에 푹 담가놓고 가만히 기다려 보세요. 곰곰이 생각해 보세요. 우러나는 이야기들이 있을 겁니다. 그것만 퍼서 담으세요. 바닥까지 박박 긁어서 다 퍼 올릴 필요가 없습니다."

역사 이야기를 할 때에는 오늘의 시점에서 의미를 지니는 큰 흐름을 잡아내기만 하면 족하다는 소리였다. 반만 년 전 개천절을 경축하고, 오백 년 전 충무공 탄신일을 기리고, 100년 전 임시정부수립일을 기념하는 이유는 역사를 통해 오늘 우리에게 필요한 교훈을 얻기 위함이라는 것이다.

"과거 이야기는 압축하고 오늘의 이야기로 넘어가야 합니다. 어제는 오늘을 설명하는 데 필요한 만큼만 끄집어 내면 됩니다. 눈에 잡히는 오늘을 이야기하세요. 자료나 인터넷부터 뒤지지 말고 먼저 생각부터 하세요. 자료를 보더라도 한 꺼풀 벗겨서 봐야 합니다."

제4351주년 개천절 경축사
_낙연쌤 수정본(일부 발췌)

※ 단군 이후 반만년 역사를 압축적으로 정리함.

우리의 국조 단군께서는 널리 인간을 이롭게 하는 '홍익인간'의 이념으로 나라를 열어주셨습니다. 세상을 이치로 다스리는 '이화세계'를 펼치고자 꿈꾸셨습니다.

우리 겨레의 땅은 크지 않았습니다. 그러나 겨레의 얼은 하늘처럼 높았습니다. 겨레는 국조의 정신을 이어가며, 쉬지 않고 내달았습니다. 끊임없이 부대껴도, 그때마다 일어서며 반만년을 질기게 살았습니다. 그리고 마침내 위대한 나라로 발전시켰습니다.

우리는 세계에서 가장 먼저 금속활자를 만들어 지식과 정보의 보관과 전파에서 앞서갔습니다. 인류의 가장 이상적인 글자 한글을 창조해 사람의 생각과 느낌을 쉽게 나타내고 키웠습니다.

※ 반 만년 역사에서 오늘의 이야기로 눈을 돌림.

그런 저력으로 우리는 자식들을 빼어나게 가르쳤습니다. 모두의 땀과 눈물로 '한강의 기적'을 일으키며, 누구도 무시하지 못하는 경제 강국을 세웠습니다. 피어린 저항을 마다하지 않으며, 세계에 자랑할 만한 민주주의를 이루었습니다. 다른 나라 사람들이 '한류'라고 부르는 독특한 매력의 문화를 이루었습니다.

우리는 외롭고 힘겨운 사람들을 국가가 돕는 복지사회를 구현해 가고 있습니다. 우리는 오랜 세월 다른 나라의 도움을 받으며 살았지만, 이제는 다른 나라를 도우며 살게 됐습니다.

이 모든 것은 겨레의 위대한 성취입니다. 단군의 후예들은 숱한 고난과 질곡을 이겨내며 자랑스럽게 성공했습니다. 후손들에게 높은 뜻을 주신 국조 단군께 감사드립니다. 또한, 국조의 뜻을 실천해 위대한 나라를 건설해주신 선조와 국민들께 감사드립니다. 감사합니다.

※단군 정신으로 추진해야 할 미래 과제를 글의 중심으로 부각시킴.

존경하는 8천만 국내외 동포 여러분,

우리는 많은 것을 성취했습니다. 그러나 국조 단군의 꿈을 완성한 것은 아닙니다. '홍익인간'의 이념을 구현하려면, 우리는 더 노력해야 합니다. '이화세계'의 꿈을 실현하려면, 우리는 더 달라져야 합니다.

오늘 우리는 국조 단군의 정신을 다시 새깁시다. '홍익인간'과 '이화세계'를 실천해 가도록 다시 다짐합시다. 그 일에 정부가 국민과 함께 지속적으로 노력하겠습니다.

우리가 할 일은 첫째, 발전입니다. 우리는 세계적 수준의 경제 발전을 달성했지만, 여기서 멈출 수 없습니다. 경제적, 문화적, 정치적으로 더 발전해 우리 후손과 세계 인류를 더 널리 이롭게 해야 합니다.

둘째는 민주입니다. 우리는 세계가 주목하는 민주주의를 실현했지만, 도전도 만만치 않습니다. 모든 영역에서 민주와 법치를 확립하는 것이 이치로 세상을 다스리는 길입니다.

셋째는 포용입니다. 어느 누구도 사회의 보호로부터 배제되지 않는 '포용 국가'를 구현해 가야 합니다. 약자를 더 보호하고, 안전망을 더 확충해 널리 인간을 이롭게 해야 합니다.

넷째는 화합입니다. 나와 너를 가르는 벽을 허물고 서로 관용해야 합니다. 모든 영역에서 대립의 뿌리를 뽑아 갈등을 줄이고 화합을 키워야 이치가 세워집니다.

다섯째는 평화입니다. 남북한의 적대를 끝내고 평화를 확보해 가야 합니다. 국민의 마음을 모아 한반도에 평화를 정착시켜가며, 세계 평화에도 이롭게 해야 합니다.

단군께서 주신 '홍익인간'과 '이화세계'의 꿈은 결코 오랜 것이 아닙니다. 바로 오늘의 과제입니다. 그것을 실천하기로 단군께 다시 약속드립시다.

※밑줄 그은 부분 : 과거의 이야기를 오늘의 이야기로 살려냄.

며칠 후 쌤의 손을 거친 제4351주년 개천절 경축사가 나왔다. 과연 과거가 아닌 오늘의 이야기가 글의 한복판에 놓여 있었다. 반만년 우리 역사는 전체 원고의 20% 안팎으로 압축해 놓았다. 그러면서도 지난 역사를 소홀히 다뤘다는 느낌을 전혀 주지 않고 있다.

쌤의 수정본은 "그런 저력으로 우리는 자식들을 빼어나게 가르쳤습니다."라는 말과 함께 글의 중심을 반만년 역사에서 오늘날의 이야기로 빠르게 이동시키고 있다. 그리고는 산업화와 민주화와 한류 등 단군 정신의 저력으로 일으켜 세운 자랑스런 오늘을 압축적으로 정리하고 있다.

수정본은 이어 "우리는 많은 것을 성취했습니다. 그러나 국조 단군의 꿈을 완성한 것은 아닙니다."라면서 시선을 현재에서 미래로 던지고 있다. 단군 정신을 다시 새기면서 우리가 앞으로 나아가야 할 방향을 조목조목 제시하고 있는 것이다.

수정본은 과거와 오늘보다는 미래의 이야기에 방점을 찍고 있다. 이제까지 개천절 경축사들은 대개 반만년 역사를 중심에 두고 오늘의 이야기를 더하는 형식이었다. 수정본은 그러나 미래의 과제를 글의 중심으로 부각시키면서 기존의 틀을 깨고 있다. 그러면서도 반만년 역사를 소홀히 하지 않고 함축적으로 정리함으로써 글의 틀을 지키고 있다.

개천절 행사가 끝난 후 우리는 곧바로 '순국 선열의 날' 기념사를 준비해야 했다. 일제에 주권을 빼앗긴 을사늑약이 체결된 날을 기해 순

낙연쌤의 파란펜

국선열을 기억하는 행사였다. 쌤으로서는 2년 연속 참석하는 행사였다. 지난 해와는 다른 메시지를 준비해야 했다.

다행히 지난해에 서대문형무소역사관에서 열렸던 기념식이 올해는 덕수궁 중명전에서 열린다고 했다. 중명전은 1905년 총칼과 을사오적을 앞세운 일제에게 대한제국의 국권을 빼앗긴 치욕의 현장이었다.

나 홀로 중명전을 찾았다. 중명전에는 을사늑약 체결 당시의 모습이 그대로 재현돼 있었다. 참정대신 한규설이 끝까지 반대를 하다가 중명전 마루방에 갇히었고, 선비들이 잇따라 자결했고, 의병이 전국에서 봉기했다는 사실들이 잘 정리돼 있었다.

중명전에서 본 그대로 '순국선열의 날' 기념사의 도입부를 만들었다. 쌤의 가르침대로 역사 이야기는 압축했다. 일제의 총칼과 회유에 굴하지 않고 독립 투쟁을 벌이고, 만세를 부르고, 임시정부를 세우던 선열들의 역사를 속도감 있게 정리했다.

마침 문재인 정부는 3·1운동과 임시정부 수립 100주년을 맞아 독립유공자 발굴에 많은 공을 들이고 있었다. 해외 독립유공자 유해를 국내로 모셔오는 사업도 적극적으로 벌이고 있었다.

그런 정부의 노력을 구체적으로 언급하면서 '순국선열의 날' 기념사는 과거가 아닌 현재의 이야기로 만들 수 있었다. 무명 순국선열들의 애국혼이 오늘날 대한민국의 독립과 풍요와 안락을 꽃피우는 동력이 됐음을 강조하면서 글을 마무리했다.

제80회 순국선열의 날 기념사

_ 연설팀 초안(일부 발췌)

이곳 중명전에는 망국의 통한이 서려 있습니다. 114년 전 오늘 이 자리에서 일제는 총칼을 둘러 세우고 을사오적을 앞세워 대한제국의 국권을 빼앗는 을사늑약을 체결했습니다. 황제는 거부했으나 무기력했고, 대신은 반대했으나 마루방에 갇혔습니다. 선비는 자결했고, 백성은 의병을 일으켰고, 상인은 철시했습니다.

1910년 일제는 껍데기만 남아있던 나라를 강제로 합병했습니다. 겨레의 저항은 커졌습니다. 순국선열들은 만주 벌판에서 풍찬노숙하시면서 항일 무장투쟁을 벌이셨습니다. 중국 본토에서는 끼니를 거르시면서 임시정부를 꾸려가셨습니다. 1919년과 1926년, 1929년에는 전국 방방곡곡에서 태극기를 들고 뛰쳐나와 독립 만세를 외쳤습니다.

순국선열들은 일제의 총칼과 고문과 회유에 굴하지 않고, 죽음으로 나라를 되찾으려 하셨습니다. 그런 순국선열을 발굴하고, 예우하고, 후대에 전하는 일은 오늘을 사는 우리의 영광스러운 책무입니다. 문재인 정부는 그 책무를 성심으로 다해왔습니다.

올해는 3·1운동과 임시정부 수립 100주년을 맞아 역대 최대인

낙연쌤의 파란펜

647명의 순국선열을 발굴해 포상했습니다. 이 중에는 그동안 소외돼왔던 여성 독립운동가 113명이 포함돼 있습니다. 문재인 정부는 출범 이후 2년 반 동안 177명의 여성 독립운동가를 발굴해 포상했습니다. 이는 이전 역대 정부 67년간 여성포상자 295명의 60%에 해당하는 규모입니다.

중국과 카자흐스탄, 미국 등지에 안장돼 있던 독립유공자 다섯 분의 유해도 올해 고국으로 모셨습니다. 중국 충칭의 광복군 총사령부를 복원했습니다. 하얼빈역 안중근 의사 기념관을 재개관했고, 러시아 우스리스크의 최재형 전시관을 개관했습니다.

대한민국임시정부기념관 건립도 사업자 선정 작업을 하는 등 차질없이 진행되고 있습니다. 서울 서대문형무소 옆에 들어서는 기념관은 지난 100년간 선열들의 혼과 행적을 새기고, 앞으로 100년간 조국의 미래를 생각하는 공간으로 만들어질 것입니다.

올해 순국선열의 날 기념식 주제는 '들꽃처럼, 불꽃처럼'입니다. 이름 없는 들꽃처럼 이름조차 남기지 않으셨지만, 불꽃처럼 찬란한 애국혼을 남기신 무명 순국선열들을 기억하자는 취지라고 저는 이해합니다. 들꽃처럼 향기롭고, 불꽃처럼 뜨거웠던 무명 순국선열들의 애국혼이 오늘날 대한민국의 독립과 풍요와 안락을 꽃피우는 동력이 됐습니다. 정부는 무명 순국선열의 이름을 찾아 드리기 위해 최선의 노력을 다하겠습니다.

존경하는 국민 여러분, 해외동포 여러분!

나라 없는 어둠 속에서도 꿈과 희망을 놓지 않았던 순국선열을 기억하면서 선열들께서 꿈꾸셨던 조국의 빛나는 미래를 함께 만들어 가십시다.

정부청사는 일주일 내내 북적거린다. 각 부처의 공무원들이 아침 일찍부터 밤 늦게까지 분주하게 움직인다. 일요일에도 새로운 한 주를 준비하는 각종 회의들이 줄줄이 잡혀 있다. 그나마 청사가 상대적으로 조용한 날은 토요일이다. 이날만큼은 대부분 공무원들이 휴식을 취한다.

그러나 쌤은 토요일에도 청사로 출근을 했다. 조용히 책을 읽거나 글을 다듬기 위해서였다. 물론 전통시장이나 현장을 방문하는 일정들이 잡히기도 했지만, 그런 일정 전후로 청사에 들러 독서와 집필을 하고는 했다.

주말에 쌤이 출근을 하면 연설팀도 출근을 했다. 쌤이 연설문 작업을 하다가 불쑥불쑥 궁금한 점을 묻기도 하고, 자료를 청하기도 했기 때문이다. 대개는 문자나 전화로 물었지만, 집무실로 부르는 경우도 있었다. 오늘은 별일 없겠지 하고 자리를 비우기라도 하면 예외 없이

낙연쌤의 파란펜

호출을 받고는 했다. 쌤이 연설문 작업에 들어가면 연설팀은 긴장 속에서 대기상태에 돌입할 수밖에 없었다.

쌤의 연설문은 순산도 있었고 난산도 있었다. 한두 시간 만에 뚝딱 나오기도 했지만, 그날 완성을 보지 못한 채 다음날로 넘어갈 때도 있었다. 수정본이 금방 나오는 경우는 연설팀 보고본의 적중률이 비교적 높았다.

다행스럽게도 '순국선열의 날' 원고는 순산이었다. 연설팀 초안의 적중률도 비교적 높은 편이었다. 쌤의 수정본은 연설팀 초안의 흐름을 그대로 수용하고 있었다. 글의 전체적인 구성은 물론 구체적인 내용과 표현까지도 연설팀의 의견을 많이 살렸다.

제80회 순국선열의 날 기념사
_낙연쌤 수정본(일부 발췌)

'순국선열의 날'을 우리는 오늘 처음으로 이곳 중명전에서 엽니다. 중명전은 망국의 통한이 서린 곳입니다. 1905년 오늘 이 자리를 일제는 총칼로 에워싸고 을사오적을 앞세워 대한제국의 국권을 빼앗았습니다.

그 을사늑약을 황제는 거부했으나, 무기력했습니다. 대신은 반대했으나, 중명전 마루방에 갇혔습니다. 늑약 소식에 선비들은 자결했고, 백성들은 의병으로 봉기했으며, 상인들은 철시했습니다. 끝내 나라는 1910년 8월 29일 병탄을 당했습니다.

오늘 우리는 망국의 치욕과 선열들의 피어린 투쟁을 기억하며, 나라와 겨레를 다시는 위태롭게 하지 않겠다고 다짐하기 위해 이곳 중명전에서 '순국선열의 날'을 기념합니다.

올해 '순국선열의 날'의 주제는 '들꽃처럼, 불꽃처럼'입니다.

그렇습니다. 선열들은 들꽃이셨습니다. 농부와 상인, 기생과 지게꾼 등 주변에서 알아주지 않았으나 질기게 살던 들꽃 같은 백성들이 항일투쟁의 맨 앞줄에 서셨습니다.

그러나 선열들은 불꽃이셨습니다. 불꽃처럼 싸우다 스러지셨습니다. 방방곡곡에서 낫과 곡괭이라도 들고 의병으로 일어서셨습니다. 중국과 연해주에서 풍찬노숙하며 독립군으로 싸우셨습니다. 죽음의 위협에도 무릎 꿇지 않고 의사와 열사로 의거를 결행하거나 독립 만세를 외치셨습니다.

순국선열들의 피를 딛고 조국은 빛을 되찾았습니다. 그런 조국에서 지금 우리는 풍요와 안락을 누리며 삽니다. 그래도 우리는 선열들의 수난과 희생을 결코 잊지 않고 있습니다. 선조들의 애국애족을 기억하고 후대에 전하기 위해 정부도 다양하고 체계적인 노

낙연쌤의 파란펜

력을 기울여 왔습니다.

　정부는 순국선열들을 한 분이라도 더 찾아 합당하게 예우해드리려 최선을 다하고 있습니다. 3·1운동과 대한민국임시정부 수립 100주년인 올해는 역대 최대인 육백마흔일곱 분의 독립유공자를 발굴해 포상해드렸습니다. 그 가운데는 그동안 잘 모시지 못했던 여성 독립운동가 백열세 분도 포함됐습니다. 문재인 정부는 출범 이후 2년 반 동안 백일흔일곱 분의 여성 독립운동가를 찾아 포상했습니다.

　국외에 잠들어 계시던 독립유공자들의 유해를 지속적으로 국내에 모셔오고 있습니다. 항일 유적지 보존에도 공을 들여 올해는 중국 충칭의 광복군 총사령부를 복원했습니다. 하얼빈역 안중근 의사 기념관을 재개관했습니다. 러시아 우스리스크에 최재형 전시관을 열었습니다. 특히 서울 서대문형무소 옆에 대한민국임시정부 기념관을 건립할 준비를 차질 없이 진행하고 있습니다.

※기승전결 중 '전'에 해당하는 부분. 시야를 한반도 전체로 확대함.
　그러나 불행하게도 조국은 광복과 함께 남북으로 갈렸습니다. 선열들은 조국이 둘로 나뉘어 후손들이 서로에게 총부리를 겨누며 살 것이라고는 꿈에도 생각하지 않으셨을 것입니다.

　남북은 모든 어려움을 넘어 서로 화해하고 협력하며 언젠가는 이룰 통일을 향해 한 걸음씩이라도 다가가야 합니다. 다시는 전쟁하지 않을 항구적 평화를 구축해야 합니다. 그것이 온전한 독립 조국을 꿈꾸셨을 선열들에 대한 후손의 도리라고 믿습니다.

또한 우리는 밖으로 당당하고 안으로 공정한 나라를 이루어야 합니다. 누구도 소외되지 않고 번영의 과실을 조금씩이라도 나누는 포용 사회를 실현해야 합니다. 그것이 들꽃처럼 사셨으나 불꽃처럼 싸우다 스러지신 선열들에 대한 후대의 의무라고 생각합니다.

존경하는 국민 여러분, 동포 여러분!

오늘 우리는 망국의 현장 중명전에서 순국선열의 영전에 다시 맹세합니다. 114년 전과 같은 통한을 다시는 겪지 않을, 힘차고 미더운 나라를 반드시 만들어 후대에 남기겠노라고 약속합니다. 벌써 70년을 훌쩍 넘긴 분단을 지혜롭게 극복해가면서 한반도 평화 정착으로 착실히 나아가겠노라고 다짐합니다.

그러나 쌤의 수정본을 한번 더 들여다보면 연설팀 초안과의 결정적인 차이를 발견할 수 있다. 연설팀 초안은 기서결 구조를 하고 있다. 반전이 없이 밋밋하게 흐르는 글이다.

쌤의 수정본은 기승전결 구조로 바뀌면서 탄력을 살려내고 있다.

수정본은 "그러나 불행하게도 조국은 광복과 함께 남북으로 갈렸습니다."로 시작되는 지점에서 '전'으로 진입하고 있다. 연설팀은 대한민국으로 시야를 국한시키고 있는 데 비해, 총리는 한반도 전체로 시야를 넓힌 것이다. 수정본은 "선열들은 조국이 둘로 나뉘어 후손들이 서로에게 총부리를 겨누며 살 것이라고는 꿈에도 생각하지 않으셨을 것입니다."라면서 오늘날 우리 민족의 당면 과제인 남북화해와 한반도 평화정착 문제로 글의 지평을 확대하고 있는 것이다.

순국선열의 유지를 받들어 새로운 미래를 열어 가자며 다짐을 하는 대목 역시 초안과 수정본 간 큰 차이를 보이고 있다. 초안은 "선열들께서 꿈꾸셨던 조국의 빛나는 미래"라는 추상적인 표현을 사용했을 뿐이다. 반면 수정본은 "다시는 전쟁하지 않을 항구적 평화구축"과 "70년을 훌쩍 넘긴 분단을 지혜롭게 극복해가면서 한반도 평화정착" 등 구체적인 방향을 제시하고 있다.

글을 쓸 때 법에 얽매여서도 안되지만, 또한 법을 무시해서도 안 된다. 틀을 깨면서도 또한 틀을 지켜야 한다. 그러기 위해서는 먼저 법을 알아야 하고 틀을 알아야 한다. 기승전결의 '전'만 제대로 갖춰도 법과 틀을 벗어난 것 못지 않게 새롭게 보이는 글을 쓸 수 있다.

모든 초고는 허접쓰레기다

꽉꽉 눌러 넣는다고 글이 되지 않는다.

자꾸 다듬어 물 흐르듯 만들어야 한다.

고치고 또 고쳐라

—

당나라에 가도(賈島)라는 시인이 있었다. 가도가 노새를 타고 가고 있었다. 깊은 생각에 빠진 가도는 한 고관대작의 행차를 미처 피하지 못한 채 부딪히고 말았다. 가도는 고관대작 앞으로 끌려나갔다.

"정신을 어디에 팔고 다니느냐?"

"시를 한 편 썼는데 한 글자를 퇴(推)로 할까 고(敲)로 할까 고민을 하고 있었습니다."

"얼마나 대단한 시인지 읊어 보아라."

"조숙지변수 승고월하문(鳥宿池邊樹 僧敲月下門, 새들은 연못가 나무 위에 잠들고, 중은 달 아래 문을 두드리네)."

"거기엔 '퇴'보다 '고'가 낫겠구나."

고관대작은 경윤(京尹) 벼슬을 지내던 당대의 문호 한유(韓愈)였다. 가도는 한유의 조언대로 '승고월하문'으로 결정했다. 두 사람은 그 자리에서 글벗이 되었다. 후세 사람들은 이로부터 글 고치는 것을 '퇴고'라 일컫게 되었다.[123]

글을 끊임없이 퇴고해야 한다. 헤밍웨이는 "모든 초고는 허접쓰레기(The first draft of anything is shit)."라고 말했다. 헤밍웨이는 문하생이었던 아널드 새뮤얼슨에게 자신이 『무기여 잘 있거라』를 쓸 때 도입부를 적어도 50번은 고쳐 썼다고 말했다.

플라톤은 대작 『국가』를 일곱 번이나 고쳐 썼다.[124] 중국 송나라 문호 구양수는 초고를 벽에 붙여놓고 들고 날 때마다 읽어보고 고쳤다.[125] 괴테는 『파우스트』를 쓰는 데 60년 가까이 걸렸다. 문호라고 해서 일필휘지로 글을 쓰는 것은 아니다.

효율적으로 퇴고를 하려면 어떻게 해야 하나. 첫째, 글을 묵혀라. 일단 초고를 완성했으면 컴퓨터를 끄고 잊어버려라. 한두 달을 기다리는 게 어려우면 며칠이라도 지난 뒤 다시 열어보아라. 손을 댈 대목들이 한눈에 들어온다. 들뜬 마음으로 쓴 과장을 가라앉혀라. 치우친 생각을 담은 문장을 바로잡아라.

러시아어 문장을 가장 아름답게 썼다는 이반 세르게이비치 투르게네프는 어느 작품이든지 써서 곧 발표하는 것이 아니라 책상 속에 넣어두고 석 달에 한 번씩 꺼내보고 고쳤다.[126]

스티븐 킹은 글을 묵히는 것은 빵 반죽을 대충 주무른 뒤에 한동안 그대로 놓아두는 것과 비슷하다고 했다. 그는 얼마나 오래 묵히느냐 하는 문제는 순전히 스스로 판단할 일이지만 적어도 6주는 필요하다고 본다고 말했다.[127]

몇 주 혹은 몇 달 동안 글을 묵힐 수 없는 상황이라면, 하루 이틀이라도 묵혀라. 공들여 작성한 글을 다음 날 읽어보더라도 여러 곳에서 잘못과 치우침을 발견할 수 있다. 밤늦게까지 썼다가 지우기를 되풀이하면서 연애편지를 써 본 사람은 안다. 아침에 다시 읽으면서 얼굴이 화끈거렸을 것이다. 사실과 논리의 오류뿐 아니라 감정의 과잉을 걷어내기 위해서도 글을 묵힐 필요가 있다.

둘째, 다듬고 또 다듬어라. 문장을 무겁게 하는 수식어들을 떼어 버려라. 비문은 바로잡고, 복문은 가급적 단문으로 바꿔라. 불필요한 문장은 버려라. 문단과 문단 간에 이음새가 매끄러운지 살펴라.

구양수는 안휘성 저주(滁州) 태수 시절에 명작 「취옹정기(醉翁亭記)」를 지었다. 「취옹정기」의 첫머리는 저주의 풍광을 설명하는 것으로 시작한다. 그는 처음에는 첩첩이 둘린 산을 이리저리 묘사해 보았다. 고치고 고치어 나중엔 "저주 둘레는 온통 산이다(環滁皆山也)."란 한 줄로 줄인 뒤에야 만족했다.[128]

한 편의 글을 다듬는 과정은 숲을 가꾸는 과정을 닮았다. 처음엔 나무 한 그루 한 그루씩 가지치기를 하고 벌레를 잡는다. 나중엔 숲 전체를 보면서 간벌을 하고 관리 도로를 낸다. 글을 수정할 때도 처음엔 문장 하나씩을 살피면서 오·탈자와 비문을 잡아낸다. 다음엔 글 전체의 구성을 보면서 문단을 정리하고 문단 사이의 이음새를 살핀다.

셋째, 가까운 지인의 평을 구하라. 가족이나 친구나 동료에게 글을 보여 준 뒤 솔직한 비평을 얻어라. 귀를 열고 단 소리와 쓴 소리를 모두 들어라. 자신의 눈으로는 보이지 않는 글의 허점을 메울 수 있다. 요리를 할 때 옆의 사람에게 맛을 봐 달라고 하는 것과 마찬가지 이치다.

연암 박지원은 지인의 평을 통해 글의 완성도를 점검했다. 연암의 아들 박종채는 "아버지는 한 편의 글이 완성될 때마다 반드시 지계공(芝溪公)[129]에게 보이며 '나를 위해 비평을 좀 해 주게'라고 하셨다."[130]고 밝혔다.

소설가 조정래는 "제 아내 김초혜는 제가 쓴 소설의 최초 독자였고, 최고의 열독자였고, 지적자였고, 수정자였고, 감독자였고, 충고자였고, 격려자였고, 결재자였고, 지지자였고, 축하자였다." 고 말했다. 아내는 남편 소설을 꼼꼼히 읽고는 이상하다거나 마땅찮거나 석연찮거나 흡족치 않은 부분을 꼼꼼히 백지에 메모를 해놓았다. 조정래는 아내의 지적을 "순한 양처럼 다 고쳐나갔다."고 말했다.[131]

열 명에게 물어 아홉 사람은 옳고 한 사람만 그르다고 지적하는 대목이 있을 수 있다. 그런 경우라도 고쳐야 한다. 천 명이 읽으면 백 명이 그르다고 받아들일 수 있고, 만 명이 읽으면 천 명이 오해를 할 수 있기 때문이다. 설혹 만 명 중 단 한 명이 곡해를 할 가능성이 있다면 마땅히 고쳐야 한다. 다른 표현을 사용하거나 새로운 사례를 들어 설명하도록 해야 한다.

낙연쌤의 파란펜

한밤중 혹은 새벽이라도

—

낙연쌤은 평소 막걸리를 즐긴다. 총리 공관의 오찬이나 만찬 자리에 올려지는 술은 어김없이 막걸리였다. 초대 손님의 출신지 막걸리를 가져다가 식탁에 올리기도 했다. 그가 총리 재임 기간 중 공관에서 소비한 막걸리는 99종, 총 6,791병이나 된다.

그는 막걸리를 마시면 배가 불러 안주를 많이 먹을 수 없으니 건강에 좋고, 어지간해서는 막걸리로 '원샷'을 외치는 사람이 없으니 도란도란 담소하면서 정을 나누기에 좋고, 배가 불러 웬만해서는 2차를 가지 않으니 주머니 사정에도 좋다고 말하고는 했다.

낙연쌤의 막걸리 철학은 글쓰기에도 적용됐다. 그는 글이란 막걸리처럼 발효 과정을 거쳐야 한다고 말했다. 막걸리는 맛있는 쌀과 깨끗한 물과 좋은 누룩을 섞어 며칠을 묵히면서 발효를 시켜야 만들어진다. 막걸리 제조에는 쌀과 물과 누룩뿐 아니라 시간을 필요로 하는 것이다.

낙연쌤은 글을 쓸 때 막걸리처럼 며칠을 묵힌다. 며칠 동안 시간이

날 때마다 들여다보면서 만지고 또 만진다. 막걸리를 발효시키는 것이 누룩과 시간이라면 그의 글을 발효시키는 것은 손때와 시간인 셈이다.

"노무현 대통령님 추도사 준비는 어떻게 돼 갑니까?"

어느 날 낙연쌤이 물었다. 노 대통령 10주기를 한 달 정도 남겨둔 시점이었다. 한해 주요 일정을 머릿속에 꿰고 있는 그는 큰 행사의 연설문 준비 상황을 미리 묻고는 했다. 더군다나 노 대통령과의 인연이 각별했던 그였다.

쌤은 16대 대선에서 노무현 후보 선대위 대변인과 당선인 대변인을 지냈다. 그의 손에서 노무현 대통령 취임사가 최종적으로 다듬어졌다. 당시 대통령직 인수위원회 공보팀 일원으로 취임사 준비과정을 가까이서 지켜봤던 강원국 전 노무현 대통령 연설비서관의 회상이다.

> 최종 집필은 이낙연 대변인 몫이었다. 간결하고 힘찬 연설문이 만들어졌다. 마침내 2월 18일 당선자에게 전달됐다. 당선자는 단 한 자도 손을 대지 않았다.[132]

그는 노 대통령이 창당한 열린우리당을 따라가지 않고 민주당에 남았지만, 노 대통령 탄핵소추안에 반대표를 던졌다. 당시 반대표를 던졌던 단 두 명의 야권 의원들 중 한 명이었다. 노 대통령 10주기를 한 달이나 앞두고 추도사 걱정을 할 만도 했다.

낙연쌤의 파란펜

노 대통령 10주기 추도사에 무엇을 담을 것인가? 지금 우리에게 노무현은 무엇인가? 그 답을 찾아야 했다. 정운현 비서실장과 연설팀이 함께 봉하마을을 찾았다. 노 대통령 묘소에 헌화한 뒤 생가와 봉화산 등을 둘러보고 올라왔다.

비서실장까지 합류해 작업을 한 초안을 쎔에게 보고했다. 노 대통령이 추구했던 '사람 사는 세상'을 통해 보았던 희망과 '바보 노무현'을 잃고 난 뒤 겪어야 했던 고통과 민주주의를 지키는 일이 얼마나 어려운 것인가에 대한 각성을 담으려 노력했다. 연설팀 1차 보고안의 일부를 옮겨보면 다음과 같다.

대통령께서 부재(不在)하신 지난 10년 세월 동안 저희는 한시도 대통령님을 잊은 적이 없습니다. 서거 이튿날 봉하마을에 쏟아진 장대비를 맞으며 분향소 앞에서 울부짖던 수많은 조문 인파, 덕수궁 돌담길을 노랑 물결로 감싸던 추모 리본들, 퇴임 후 어린 손녀를 자전거에 태워 들녘을 다니며 즐거워 하시던 모습들을 마치 어제의 풍경처럼 또렷이 기억하고 있습니다.

세상이 온통 초록으로 물든 봄의 끄트머리에서 평소 대통령님을 따르고 흠모했던 사람들이 여기 한 자리에 모여 그리운 이름을 다시 불러 봅니다.

대통령님! 노무현 대통령님!

1차 보고안에 대한 쌤의 평가는 냉정했다. 마치 노 대통령이 어제 돌아가신 것처럼 흥분을 한 글이라는 것이었다.

"연설문을 쓰는 사람이 청중보다 더 흥분하면 안 됩니다. 이 원고를 보면 마치 노무현 대통령이 어제 돌아가신 것처럼 흥분을 하고 있어요. 차분하게 말한다고 감정이 죽는 것은 아닙니다. 10주기를 맞는 우리에게 중요한 것은 현재의 시점에서 노무현 정신을 해석하는 일입니다. 오늘날 우리에게 노무현은 무엇인가, 노무현 대통령이 하시고자 하던 일은 무엇이고, 지금 문재인 정부에서 어떤 정책으로 남아 있나 이런 걸 짚어주어야 합니다. 같이 한바탕 울고 끝내는 자리가 돼서는 안 됩니다."

연설팀은 며칠 동안 다시 머리를 맞대고 의논을 한 끝에 2차 보고본을 다시 만들었다. 1차 보고본에서 큰 비중을 차지했던 정치적 고난의 역사를 대폭 줄이는 대신 대통령 재임기간 동안의 업적을 보강했다. 노 대통령의 탈권위 행보 및 권력기관 개편, 남북정상회담 등 한반도 평화정착 노력, 제주4·3사건 공식 사과 등 정의로운 역사 정립 행보 등을 담았다. 2차 보고본의 일부를 들여다보자.

대통령님은 무엇보다도 평화로운 한반도를 꿈꾸셨고 또 기반을 다지셨습니다. 2000년 김대중 대통령님께서 남북의 '하늘길'을 여신 데 이어 영부인과 함께 38선을 넘어 '땅길'을 여셨습니다. 2007년의 '10.4 남북 공동선언'은 남북이 평화를 다지고 번영으로 가는 디딤돌이 되었습니

낙연쌤의 파란펜

다. 11년 뒤 문재인 정부는 한 걸음 더 나아갔습니다. 세 차례의 정상 회담을 통해 남북은 평화의 훈기를 체감하고 있습니다.

대통령님은 시대의 새벽을 외롭게 걸으셨습니다. 불의에 대한 분노는 용광로처럼 뜨거웠고, 세상을 바꾸려는 확고한 신념을 갖고 계셨습니다. 고난의 길을 결단하여 '바보 노무현'의 길을 걸으셨습니다. '사람 사는 세상', 상식과 원칙이 통하는 세상을 만들고자 기득권, 몰상식, 반(反)역사의식 등과 맞서 싸우셨습니다.

그러나 2차 보고본을 읽고 난 쌤은 이번에도 고개를 저었다. 노 대통령 재임 5년간의 이야기만 있을 뿐 그 이후 10년 세월에서 '노무현은 무엇이었나'가 빠졌다는 것이었다.

"10주기를 맞는 감회가 하나도 없습니다. 노무현 정신이 지금 우리에게 무엇인지를 해석하는 대목이 없어요. 노무현 대통령이 하시고자 했던 일이 무엇이었나를 짚어보면서, 지금 우리는 노무현 정신을 어떻게 계승하고 있는지를 차분하게 정리해야 합니다. 노 대통령 사후 10년을 돌아보면서 청중의 마음을 당겨야 합니다."

쌤은 그러면서 노 대통령께서 평생을 두고 도전했던 것이 무엇이었으며, 우리가 그를 통해 보고 겪었던 희망과 고통과 각성을 전략적으로 담아내야 한다고 말했다. 대통령은 떠나셨지만 님의 꿈은 우리들 속에 여전히 살아 움직이고 있다는 걸 보여줄 수 있어야 한다는 것이었다.

2차 보고본마저 퇴짜를 맞고 나니 맥이 풀렸다. 마음을 다시 가다듬었다. 마침 〈노무현과 바보들〉이라는 영화가 상영 중이었다. 노무현 전 대통령 서거 10주기에 맞춰 개봉한 영화였다.

나는 혼자서 영화관을 찾았다. '바보 노무현'과 그런 바보를 사랑한 사람들의 이야기를 다룬 다큐멘터리였다. 봉하마을 들판에 외롭게 우뚝 솟아있는 봉화산 같았던 노 대통령의 일생을 오롯하게 담아낸 영화였다. 스스로를 "봉화산 같은 존재"라고 독백하는 노 대통령의 생전 모습이 유난히 아프게 와 닿았다.

영화관을 나오면서 노 대통령은 더 이상 외로운 봉화산이 아니라는 생각이 들었다. 노무현 정신은 이미 우리 사회를 변화시키는 큰 동력으로 변해 있었다. 문재인 정부는 노 대통령이 생전에 하고자 했던 일을 계승하여 추진하고 있었다. 그런 생각을 정리해서 3차 보고본을 작성했다.

故 노무현 전 대통령 서거 10주기 추도사
_연설팀 3차 보고본

노무현 대통령님,

벌써 대통령님 10주기입니다. 오늘 봉화산 자락에 대통령님을 그리워하는 이들이 모였습니다. 아픈 세월을 꿋꿋하게 견뎌 오신

낙연쌤의 파란펜

권양숙 여사님과 아드님 노건호 씨 내외를 비롯해 대통령님을 그리는 사람들이 함께 하고 있습니다.

대통령님의 평생 동지이자 가장 가까운 친구이셨던 문재인 대통령님을 대신해 김정숙 여사님께서 오셨습니다.

조지 W. 부시 전 미국 대통령님께서도 먼 길을 와 주셨습니다. 부시 대통령님께서는 든든한 한미동맹과 한반도 평화를 위해 대통령님과 긴밀한 호흡을 나누셨던 분입니다. 부시 대통령님께 각별한 감사의 말씀을 드립니다.

10년이면 잊힐 법도 한 세월인데도 대통령님은 여전히 저희들 가슴속에 또렷하게 살아계십니다. 대통령님은 젊은 시절 민주화 운동가를 변호하는 인권 변호사로 시작해 부패한 권력과 재벌과 맞서는 패기 있는 의원으로, 국민을 나라의 주인으로 떠받드는 참여정부의 지도자로 저희와 함께 하셨습니다.

대통령님께서는 5년 재임 기간 동안 낮은 사람으로, 겸손한 권력으로, 강한 나라를 만들고 싶어 하셨습니다. 강고한 지역주의를 허물려 하셨습니다. 지방도 함께 성장하는 국토균형 발전을 모색하셨습니다. 빈부격차의 고질을 고치려 하셨습니다. 남북정상회담을 비롯해 한반도 평화체제 구축을 위한 노력을 하셨습니다. 퇴임 후 봉하마을을 가꾸는 낙으로 사시면서 "야, 기분좋다!"를 외치시던 대통령님의 모습이 어제의 일만 같습니다.

　사랑하는 대통령님,

　대통령님이 떠나신 후 민주주의는 도전을 받았습니다. 남북대회가 닫히면서 한반도 긴장이 고조됐습니다. 국정농단이 벌어졌습니다. 국민의 안전은 위협을 받았습니다.

　저희에게 지난 10년은 '바보 노무현'으로 인한 희망과 고통과 각성의 세월이었습니다.

　대통령님께서는 정의가 승리할 수 있다는 희망을 저희에게 주셨습니다. 대통령님은 학연과 지연과 정치적 연, 어느 것으로도 주류에 속하지 않으셨습니다. 그러나 반칙과 특권이 없는 사회, 상식과 원칙이 통하는 나라를 세워야 한다는 의로움과 우직함으로 2002년 대선에서 이기셨습니다. 대통령님은 국민의 힘으로 나라다운 나라를 만들 수 있다는 희망을 주셨습니다.

　대통령님은 저희에게 지워지지 않는 고통을 안겨 주셨습니다. 퇴임 후 대통령님은 불의한 권력의 표적이 되셨고, 언론의 왜곡에 시달리셨습니다. 저희는 대통령님을 지켜드리지 못했습니다. 대통령님께서는 이곳에 작은 비석 하나만 남겨 두신 채로 홀연히 저희 곁을 떠나셨습니다.

　그제야 저희는 각성을 했습니다. 민주주의는 힘써 지키지 않으

　　　　　　　　　　　　　낙연쌤의 파란펜

면 퇴보하고, 남북화해는 공을 들이지 않으면 금방 깨지고, 국민을 받들지 않으면 안전은 무너진다는 깨달음을 얻었습니다.

마침내 "이게 나라냐."라는 한탄이 국민들 입에서 터져 나왔습니다. 깨어난 국민들이 촛불을 들었습니다. 2016년 겨울부터 이듬해 봄까지 이어진 촛불혁명은 대통령님이 꿈꾸셨던 정의로운 나라를 다시 열망했습니다.

문재인 정부는 그런 촛불시민의 열망으로 탄생했습니다. 문재인 대통령님은 취임사에서 "특권과 반칙이 없는 세상을 만들겠습니다."라고 선언하셨습니다. "낮은 사람, 겸손한 권력이 돼 가장 강력한 나라를 만들겠습니다."라고 약속하셨습니다. 문재인 정부는 대통령님의 유지를 계승하겠다는 의지를 세상에 천명했습니다.

대통령님의 참여정부는 '사람 사는 세상'을 추구하셨습니다. 문재인 정부는 '사람이 먼저다'로 그 뜻을 이어받고 있습니다. 문재인 정부의 다 함께 잘 사는 포용 국가는 참여정부의 더불어 사는 균형 발전 정책을 담고 있습니다. 10·4 남북공동선언을 비롯한 참여정부의 남북화해 노력은 지난해 세 차례 남북정상회담과 두 차례 북미정상회담 등 문재인 정부의 한반도 평화 구축 노력으로 이어졌습니다.

노무현 대통령님,

대통령님이 꿈꾸시던 세상까지는 아직 갈 길이 멉니다. 저희들이 대통령님의 정신을 실천하고, 기억하고, 전하면서 그 길을 가겠습니다. 훗날 대통령님께서 내려다보시면서 "야, 기분 좋다!"라고 외칠 수 있는 정의로운 나라를 저희들이 만들겠습니다.

대통령님은 생전에 스스로를 "봉화산 같은 존재"라고 말씀하셨습니다. 연결돼 있는 산맥이 없이 홀로 서 있는 외로운 산이라고 하셨습니다. 이제 우리 한 사람 한 사람이 깨어 있는 크고 작은 노무현들이 되어 우뚝한 '노무현 산맥'을 만들어 나가겠습니다. 대통령님의 뜻을 이어가는 저희들의 모습을 지켜봐 주시고 응원해 주십시오. 노무현 대통령님, 이제 편히 잠드십시오.

"봉화산 이야기는 말이 되네."

연설팀 3차 보고본을 검토하고 난 낙연쌤의 입에서 모처럼 칭찬이 나왔다. 표현을 아주 절제하는 쌤으로서는 이례적인 칭찬이었다. 노 대통령으로 비유된 봉화산을 현재 시점에서 해석하면 유의미할 것이라고 했다. 물론 그렇게 좋은 이야기만 하고 끝낼 쌤이 아니었다.

"순대 속 채워 넣듯이 꽉꽉 눌러 넣기만 한다고 글이 되는 것이 아닙니다. '노무현' 하면 금방 떠오르는 것들이 있어요. 사람 사는 세상, 바보 노무현, 지못미, 깨어있는 시민…. 도전으로 점철된 대통령님의 이런 생애를 물 흐르듯 펼쳐내야 합니다."

추가로 글을 손 봐야 하는 숙제를 안았지만 쌤의 집무실을 나오는 발걸음이 모처럼 가벼웠다. 칭찬은 코끼리도 춤추게 하고, 연설팀도 춤추게 한다. 쌤과 가장 오랫동안 일을 해온 이제이 팀장이 싱긋 웃으며 말했다.

"오늘 총리님의 봉화산 관련 언급은 극찬입니다. 원래 칭찬을 저렇게 하세요."

노 대통령 서거 10주기 추도사는 연설팀이 세 번의 재작업을 거친 끝에야 비로소 쌤의 손에 넘겨졌다. 쌤은 이제 추도사를 다듬고 또 다듬을 것이었다. 노 대통령의 그 파란만장한 삶과 그 숱한 사연들을 어떻게 녹여낼지 궁금해지기 시작했다.

故 노무현 전 대통령 서거 10주기 추도사
_낙연쌤 수정본

※봉화산 이야기를 맨 앞으로 끌어냄.

노무현 대통령님,

대통령께서 떠나신지 10년이 됐습니다. 며칠 전부터 국내외 곳곳에 사람들이 모여 대통령님을 기억하며 그리워하고 있습니다.

대통령께서 나고 자라고 잠드신 이곳 봉화산 자락에도 사람들이 이렇게 많이 모였습니다.

대통령께서는 생전에 스스로를 "봉화산 같은 존재"라고 표현하셨습니다. 연결된 산맥이 없이 홀로 서 있는 외로운 산이라고 말씀하셨습니다.

그러나 보십시오. 대통령님은 결코 외로운 산이 아니십니다. 대통령님 뒤에는 산맥이 이어졌습니다. 이미 봉화산은 하나가 아닙니다. 국내외에 수많은 봉화산이 솟았습니다.

대통령님의 생애는 도전으로 점철됐습니다. 그 도전은 국민과 국가에 대한 지극한 사랑이었습니다. 그 사랑에서 대통령님은 불의와 불공정을 타파하고 정의를 세우려 끊임없이 도전하셨습니다. 지역주의를 비롯한 강고한 기성 질서에 우직하고 장렬하게 도전해 '바보 노무현'으로 불리실 정도였습니다. 대통령으로 일하시면서도 도전을 멈추지 않으셨습니다.

기성 질서는 대통령님의 도전을, 아니 대통령님 자체를 수용하지 않으려 했습니다. 그들은 대통령님을 모멸하고 조롱했습니다. 대통령님의 빛나는 업적도 그들은 외면했습니다.

대통령님은 저희가 엄두내지 못했던 목표에 도전하셨고, 저희가 겪어보지 못했던 좌절을 감당하셨습니다. 그런 대통령님의 도전과 성취와 고난이 저희들에게 기쁨과 자랑, 회한과 아픔으로 남았습니다. 그것이 저희를 봉화산의 산맥으로 만들었습니다.

그런 모든 과정을 통해 대통령님은 저희에게 많은 것을 남기셨습니다. 희망과 고통을, 그리고 소중한 각성을 남기셨습니다.

대통령님은 존재만으로도 평범한 사람들의 희망이었습니다. 대통령님의 도전은 보통 사람들의 꿈이었습니다. '사람 사는 세상'을 구현하려는 대통령님의 정책은 약한 사람들의 숙원을 반영했습니다. 사람들은 처음으로 대통령을 마치 연인이나 친구처럼 사랑했습니다.

사랑에는 고통도 따랐습니다. 대통령님의 좌절은 사랑하는 사람들에게 깊은 아픔을 주었습니다. 가장 큰 고통은 세상의 모멸과 왜곡으로부터 대통령님을 지켜 드리지 못했다는 자책이었습니다.

고통은 각성을 주었습니다. 대통령님 퇴임 이후의 전개는 그 각성을 더 깊게 했습니다. 늘 경계하지 않으면, 민주주의도 정의도 위태로워진다는 것을 사람들은 알게 됐습니다. 최선으로 공들이지 않으면, 평화도 안전도 허망하게 무너진다는 것을 깨달았습니다. 사람들은 대통령님 말씀대로 '깨어 있는 시민'이어야 한다는 것을 각성했습니다.

※관념어보다 사건과 사실 위주로 기술함.

각성은 현실을 바꾸기 시작했습니다. 지역주의가 완화돼 선거에 변화를 가져왔습니다. 전남과 경남은 남해안 발전에 협력하고 있습니다. 대구와 광주는 '달빛동맹'으로 공조합니다. 사회는 다양성을 더 포용하게 됐습니다. 약자와 소수자를 보는 사회의 시선도 조금씩 관대해졌습니다.

사람들의 각성은 촛불혁명의 동력 가운데 하나로 작용했습니다. 촛불혁명으로 탄생한 문재인 정부는 노무현 대통령님이 못다 이루신 꿈을 이루려 노력하고 있습니다.

대통령께서 꿈꾸시던 세상을 이루기까지는 갈 길이 멉니다. 그래도 저희들은 그 길을 가겠습니다. 대통령님을 방해하던 잘못된 기성 질서도 남아 있습니다. 그래도 저희들은 멈추거나 되돌아가지 않겠습니다.

10년이면 강산도 변한다 했습니다. 그러나 저희 마음속의 대통령님은 하나도 변하지 않으셨습니다.

대통령님은 지금도 저희들에게 희망과 고통과 각성을 일깨우십니다. 그것을 통해 대통령님은 저희들을 '깨어 있는 시민'으로 만들고 계십니다. 대통령님은 앞으로도 그렇게 하실 것입니다. 저희들도 늘 깨어 있겠습니다.

대통령님, 감사합니다.

쌤의 수정본과 연설팀 3차 보고본 사이의 가장 큰 차이는 봉화산 이야기의 위치다. 연설팀은 봉화산을 글을 마무리하는 소재로 썼다. 쌤은 봉화산을 앞으로 끌어내면서 글을 여는 이야기로 만들었다.

각론으로 들어가면 크고 작은 차이를 여럿 발견할 수 있다. 쌤은 특히 각성이 현실을 어떻게 바꾸는지에 대해 매우 구체적으로 기술하고 있다. 전남과 경남이 남해안 발전에 협력하고, 대구와 광주가 '달빛동맹'으로 공조하고 있다는 사실을 밝히고 있다. 관념어보다는 사건과 사실을 중심으로 글을 꾸미는 '낙연체'의 특징을 보여주고 있다.

쌤은 매주 4~5건의 연설문 작업을 했다. 대개 주말이나 일과를 마친 후 시간을 이용했다. 총리 공관 직원의 말에 따르면 그는 막걸리를 곁들인 만찬 후에도 원고를 만졌다. 쌤이 완성한 원고는 내부망 메일로 연설팀에게 전달됐다. 메일 도착시간을 보면 그가 한밤중 혹은 새벽에도 글을 썼다는 사실을 확인할 수 있었다.

쌤은 차를 타고 가면서도 연설문 수정을 했고, 행사 현장에서 연단에 오르기 직전까지도 글을 손봤다. 차 안이나 현장에서 연설문 위에 육필로 수정한 글은 스마트폰으로 촬영을 해 연설팀에게 전달했다. 당나라 시인 가도가 노새를 타고 가면서 퇴고를 했다면, 쌤은 '현대판 노새'인 차를 타고 가면서 퇴고를 한 셈이다.

많이 읽고, 많이 쓰고,
많이 생각하라

어설픈 인용은 자칫 자신의 유식을 자랑하는 것
이상도 이하도 아니다.

즐겁게 책을 읽다 보면

"많이 읽고, 많이 쓰고, 많이 생각하라."

당송8대가로 꼽히는 구양수는 글을 잘 쓰는 비결로 다독(多讀), 다작(多作), 다상량(多商量)을 꼽았다. 구양수의 삼다법(三多法)은 요즘 글쓰기 교재에도 약방의 감초처럼 들어있다.

다독과 다작, 다상량은 운동선수로 치자면 기초체력을 다지는 일이다. 운동선수에게 기술보다 우선되는 것이 기초체력이다. 거스 히딩크 감독이 한국 월드컵 대표팀을 맡으면서 가장 중점을 둔 일은 체력 훈련이었다. 연장전까지 지치지 않고 뛸 수 있는 체력을 다진 한국 대표팀은 2002 월드컵에서 4강 신화를 쓸 수 있었다.

조정래는 구양수의 삼다법을 구태의연한 처방이라고 하면서도 자신의 경험상 이보다 더 좋은 방법은 없다고 했다. 조정래는 다만 그 순서를 다독, 다상량, 다작으로 바꾸고 그 노력의 시간을 다독4, 다상량4, 다작2의 비율로 하라고 권했다. 그는 "많이 읽고, 많이 생각하고, 많이 쓰는 이 방법보다 더 좋은 방법은 없습니다. 이것은 글을 잘 쓸 수 있는 가장 확실한 방법이면서, 유일한 방법이고, 또한 첩경입니다."라고 말했다.[133]

조정래는 이미 좋다고 정평이 나 있는 작품을 많이 읽고, 그 다음에 읽은 시간만큼 그 작품에 대해서 이모저모 되작되작 생각해보고, 그리고 마지막에 글쓰기를 시작하라고 조언했다. 어떤 작품을 읽을 것인가에 대해서는 세계문학전집과 한국문학전집, 단편소설집을 권했다. 특히 세계문학전집은 "풍요로운 인류사의 파노라마이며, 다채로운 인간사의 드라마"라면서 독서 목록의 맨 앞에 놓았다.

그 위대한 천재들의 작품을 정신 집중해 차근차근 또박또박 읽어 나가십시오. 그러면 당신은 무수한 봉우리를 넘고 골짜기를 건너며 온갖 보석을 줍게 될 것입니다. 작가마다 다른 다채로운 문체, 형형색색의 소재, 각양각색의 주제, 온갖 기발한 구상, 기기묘묘한 표현 기법, 무궁무진한 상상력, 세련된 대사 처리의 효과, 과감한 생략의 역효과, 뜻밖의 상징의 감동, 살아 생동하는 무수한 인물 군상…….
그건 세계적인 천재들이 맘껏 펼치는 문학의 대향연이며, 언어의 대축제입니다. 그 잔치에서 맘껏 마시고, 취하고, 즐기십시오. 아무도 간섭

낙연쌤의 파란펜

하는 사람이 없습니다. 그러면 당신은 당신이 그토록 알고 싶어하는 소설 실기, 소설 잘 쓰는 방법 등 모든 것을 한꺼번에 얻게 될 것입니다.[134]

가끔 나에게도 글쓰기를 어디서 어떻게 배웠느냐고 묻는 이들이 더러 있다. 나는 기자 초년병 시절 선배들이 기사 쓰는 법을 어깨너머로 보고 배운 것을 빼고는 딱히 체계적으로 글쓰기를 익힌 적은 없다.

다만 내가 기자직을 업으로 택할 정도로 글쓰기를 익히게 된 연유를 짐작해 보자면, 학창 시절에 제법 밀도 높은 독서를 했던 덕일 것이다. 초등학교 때 아버지가 50권짜리 '세계소년소녀문학전집'을 사주셨다. 『보물섬』과 『로빈슨크루소』, 『톰 소여의 모험』 등을 밤새워 읽던 기억이 지금도 선하다. 국내외 위인전을 탐독했던 시기도 초등학교 때였다.

중고등학교 시절에는 한국 단편소설집과 문학전집, 세계문학전집을 읽었다. 심훈과 김유정, 김동인, 현진건 등 국내 작가들은 물론 셰익스피어와 도스토옙스키, 괴테, 스타인벡 등 세계 문호들의 작품에 빠져들었다. 대학에 들어가서는 전공보다는 역사와 철학, 경제학 서적을 더 가까이했다.

스티븐 킹은 책을 가리지 말고 두루 읽으라고 조언했다. 그는 좋은 책은 문체와 우아한 서술과 짜임새 있는 플롯을 가르쳐주며, 형편없는 책을 통해서는 우리는 그렇게 쓰지 말아야겠다는 것을 배울 수 있다고

말했다. [135]

    킹은 훌륭한 작품과 위대한 작품을 경험함으로써 과연 이런 작품도 가능하구나 하는 깨달음을 얻을 수 있고, 한심한 작품을 통해서는 나중에 자신의 작품을 쓸 때 단점들을 얼른 알아보고 피해갈 수 있다고 말했다. [136] 킹은 작가가 되고 싶다면 많이 읽고 많이 쓰는 길 이외에 다른 지름길은 없다고 말했다.

> 독서가 중요한 까닭은 우리가 독서를 통하여 창작의 과정에 친숙해지고 또한 그 과정이 편안해지기 때문이다. 책을 읽는 사람은 작가의 나라에 입국하는 각종 서류와 증명서를 갖추는 셈이다. 꾸준히 책을 읽으면 언젠가는 자의식을 느끼지 않으면서 열심히 글을 쓸 수 있는 어떤 지점에(혹은 마음가짐에) 이르게 된다. [137]

    쇼펜하우어는 다독의 해악을 경계했다. 그는 음식을 지나치게 많이 먹으면 위장에 병이 생기듯 정신적인 음식을 너무 많이 섭취하게 되면 영양 과잉에 의해 질식할 수 있다고 말했다. 틈만 있으면 책을 손에 드는 생활을 반복하게 되면 스스로 생각하는 힘을 잃게 되고, 결국 고유한 사색은 폐기처분 된다는 것이었다. 그는 "용수철에 어떤 물체를 올려놓고 계속 압력을 가하면 마침내 탄력을 잃듯이 정신도 타인의 사상에 의해 억눌리다 보면 결국 탄력을 잃고 만다."고 말했다. [138]

    쇼펜하우어는 독서보다는 사색의 중요성을 강조했다. 독서란 사색

낙연쌤의 파란펜

을 유도하기 위한 마중물 정도에 그쳐야 한다고 말했다. 독서는 사상의 분출이 잠시 두절되었을 때 이를 만회하기 위한 휴식으로 사용돼야 한다는 것이었다.

> 스스로 사색하는 자의 정신은 영원히 기억될, 아름답고 생생한 회화에 비유할 수 있다. 빛과 그림자의 완벽한 배합, 온화한 색조, 현실적으로 배치된 색채의 어우러짐이 훌륭한 회화를 완성하는 데 비해, 서적 철학자의 작품은 비록 풍부한 색채를 자랑하지만, 조화가 결여된 싸구려 모조품 같은 느낌을 준다.[139]

헤르만 헤세도 다독을 경계했다. 그는 사람들이 책을 너무 많이 읽는다고 걱정했다. 책이 의존적인 사람을 더 의존적으로 만들 수 있고, 생활력이 없는 사람에게 값싸고 기만적이고 대체적인 삶을 제공할 수 있다고 우려했다.[140]

헤세는 독서의 양보다는 질을 강조했다. 저승에 갔을 때 몇 권의 책을 읽었는지 묻지도 않으므로, 무가치한 독서로 짧은 인생을 보내는 것은 어리석고 해로운 일이라고 말했다. 헤세는 "내가 이때 염두에 두는 것은 나쁜 책이 아니라 무엇보다도 독서의 질 자체이다."라고 말했다. 그는 독서를 할 때는 책 속으로 들어가 그 세상을 함께 체험하겠다는 의지로 정신을 집중해야 한다고 말했다.

생각 없는 산만한 독서는 눈에 붕대를 감고 아름다운 풍경 속을 산책하는 것과 같다. 우리는 자신과 우리의 일상생활을 잊기 위해서가 아니라 반대로 우리 자신의 삶을 보다 의식적이고 성숙하게 다시 단단히 손에 쥐기 위해 독서해야 한다. 우리는 냉담한 선생님에게 다가가는 소심한 학생이나 술병에 다가가는 건달처럼 할 것이 아니라, 알프스에 오르는 등산객처럼, 무기고로 들어가는 전사처럼 책에 다가가야 한다. 또한 피난민이나 삶에 불만을 품은 사람처럼 할 것이 아니라 호의를 품고 친구나 조력자에게 다가가는 사람처럼 책에 다가가야 한다.[141]

독서에 대한 대가들의 조언은 저마다 다르다. 누구의 조언에 따를 것인지는 각자의 몫이다. 다만 가장 효율적인 독서는 즐겁게 하는 것이다. 즐겁게 책을 읽다 보면 저절로 글쓰기도 잘하고, 교양도 높이고, 지식도 얻을 수 있게 된다.

서머싯 몸은 "책의 첫 장을 읽을 때면 내 혈관 속에서 피가 빠르게 도는 것을 느낀다."고 말했다. 그는 "독서는 언제나 모험이었고, 나는 청년이 그의 크리켓 팀을 위해 타석에 들어서듯이, 혹은 젊은 처녀가 무도회에 가듯이 흥분된 마음으로 유명한 저서를 읽기 시작했다."며 다음과 같이 말했다.

다른 사람들이 대화나 카드놀이를 휴식으로 여긴다면 나는 독서가 휴식이다. 아니 그 이상으로 하나의 필수품이다. 잠시라도 책을 빼앗긴

다면 나는 마약중독자가 마약을 빼앗긴 꼴이 되리라.[142]

미셸 몽테뉴는 평화로운 시절이든 전쟁 중이든, 절대 책 없이 여행을 떠나지 않았다고 밝혔다. 자신이 책을 읽지 않은 채로 몇 날 혹은 몇 달을 지낼 수는 있지만 잠시 후든 내일이든, 언제라도 책을 읽을 수 있도록 하기 위해서였다고 그는 설명했다. 그는 "책이 내 곁에 있어 내가 원할 때 즐거움을 줄 것이라는 상상만으로도 내가 얼마나 평온해지는지 또 얼마나 큰 위안을 받는지 말로 표현할 길이 없을 정도"라고 말했다.[143]

체 게바라는 생사가 오락가락하는 게릴라 전투 중에도 책을 읽는 독서광이었다. 그는 동료들이 피곤에 지쳐 잠에 곯아떨어진 시간에도 기름불을 켜놓고 책을 읽었다.[144] 쿠바 혁명 성공 후 꾸민 그의 서재에는 2천여 권의 장서들이 꽂혀 있었다. 마르크스와 레닌, 스탈린, 트로츠키, 마오쩌둥의 저작은 물론 역사와 철학, 문학, 물리학, 수학 등 다양한 분야의 책들이 망라돼 있었다. 그의 집무실에 늘 놓여 있는 마테차 곁에는 호세 에르난데스의 『마르틴 피에로』와 두툼한 네루다 시선집이 놓여 있었다.[145]

안중근 의사는 뤼순감옥에서 '일일부독서 구중생형극(一日不讀書 口中生荊棘: 하루라도 책을 읽지 않으면 입안에 가시가 돋힘)'이라는 유묵을 남겼다. 안의사는 죽음을 눈앞에 두고도 책을 손에서 놓지 않았던 것이다.

몽테뉴와 체 게바라와 안중근 의사가 여행과 전쟁과 투옥 중에도 책을 읽었던 이유는 독서가 즐거움이고, 모험이고, 휴식이고, 마약이었기 때문이었을 것이다. 그러니 책을 읽는 즐거움을 먼저 터득해야 할 일이다. 독서가 즐거우니 다독을 하게 되고 이는 다작과 다상량으로 이어진다는 게 문호들의 가르침이다. 글쓰기의 첫걸음은 독서다.

우려내고, 익히고, 소화하고

—

낙연쌤은 연중무휴다. 휴일이나 휴가에도 전통시장이나 현장을 찾는다. 하루 일정을 분 단위로 쪼개어 잡는다. 한시도 긴장을 늦출 수 없는 일들이 이어진다. 스트레스가 쌓일 수밖에 없다.

쌤은 어떻게 스트레스를 풀까. 공무원들을 대상으로 한 정신건강교육 프로그램에 그도 참석을 한 적이 있었다. 당시 강사와 주고받은 짧은 문답.

"스트레스를 어떻게 푸세요?"

"마십니다. 잡니다. 읽습니다."[146]

정부세종청사로 내려가는 쌤의 손에는 어김없이 책이 한두 권 들려 있었다. 그는 주말을 세종에서 보내면서 책을 읽었다. 그리고는 짤막한 감상평을 페이스북 '주말 독서' 코너에 올리고는 했다.

〈2018년 6월 4일〉

주말 독서. 노엄 촘스키 '불평등의 이유'. 원제 '아메리칸 드림을 위한 진혼곡'. 미국에서 보는, 민주주의와 자본주의의 허위와 위선. 마지막 문장 "중요한 것은 이름없는 사람들이 행한 무수히 많은 작은 행동…"

〈2018년 10월 20일〉

주말독서. '조선의 딸, 총을 들다' 이제껏 덜 알려진 여성 독립운동가들의 이야기. 역사학자, 작가, 언론인 정운현의 힘차고 빠른 문장이 읽는 재미를 더해줍니다.

〈2019년 1월 6일〉

주말 독서. 김연철 '협상의 전략'. 부제 '세계를 바꾼 협상의 힘'. 20세기 이후 세계 20가지 협상의 역사. 읽기 쉽지만 두껍고 주말도 끝나가므로 여러 차례 나눠 읽기로 했습니다.

〈2019년 11월 23일〉

주말독서. '윈스턴 S. 처칠'. 강성학 지음. 저도 간간이 처칠에 대해 아는 척했습니다. 그러나 아는 것이라곤 한 줌도 되지 않았습니다. 그것을 깨우쳐 주는 책입니다.

쌤이 2년 8개월 재임 기간 동안 SNS에 올린 토막 감상평은 33건이다. SNS에 올린 감상평만을 기준으로 하더라도 최소한 한 달에 한 권 이상의 책을 읽은 셈이다. 그는 주로 미래와 역사와 경제 분야의 책을

낙연쌤의 파란펜

읽었다. 특히 불평등과 양극화, 일자리, 미중 패권다툼 등에 관심을 보였다.

연설팀은 쌤이 읽는 책을 모니터했다. 안갯속 움직이는 과녁이 어디쯤 있는지 파악할 수 있는 방법 중 하나는 그가 읽고 있는 책을 읽는 것이었다. 다행히 비서실 의전팀의 우영실 주무관이 책의 목록을 수시로 귀띔해 주었다.

연설팀은 이따금 연설문 초안에 책의 내용을 인용하고는 했다. 쌤은 그러나 책은 물론 속담이나 격언, 명언을 인용하는 것에 대해 매우 엄격한 잣대를 적용했다. 글의 맥락과 딱 떨어지는 상황이 아니라면 섣불리 인용을 해서는 안 된다고 말했다. 어설픈 인용은 자칫 자신의 유식을 자랑하는 것 이상도 이하도 아닐 수 있다는 지적이었다.

그는 글을 쓸 때 관련 책이나 자료에 휘둘려서는 안 된다고 했다. 책이나 자료를 읽었으면 그것들을 한쪽으로 밀어 놓고 글을 쓰라고 했다. 책의 내용을 날것 그대로 인용할 것이 아니라 자신이 이해하고 소화한 내용을 글 속에 녹여 넣어야 한다는 것이었다.

쌤의 조언은 구양수의 다상량과 쇼펜하우어의 사색을 떠올리게 한다. 뭔가 우러나기를 기다리는 과정은 다상량이고 사색이다. 책이나 자료 속의 내용을 내 것으로 소화하는 과정이다. 낙연쌤의 사이다 발언도 다독이나 다작보다는 다상량의 결실이 아닐까?

SNS 소통은 선택이 아닌 필수

무한하고 누구에게나 열려 있는 SNS를 통해
나의 말과 글의 영토를 넓힌다.

세상에 말을 걸다

—

인간은 본디 오장육부를 지니고 태어나지만, 현대인은 오장칠부를 지니게 됐다고들 말한다. 사람들이 스마트폰을 몸의 일부처럼 끼고 살기 때문이다. 사람들은 스마트폰으로 통화를 하고, 문자를 주고받고, 사진을 찍고, SNS에 글을 올린다.

스마트폰의 보급과 함께 사람들은 글쓰기를 생활화하기 시작했다. 전화를 하는 대신 문자로 소식을 전한다. 페이스북과 트위터, 인스타그램, 블로그 등 SNS에 글을 올린다. 소소한 일상의 이야기에서부터 사회·정치적 주장에 이르기까지 다양한 글들을 올린다. 디지털 시대를 사는 사람들에게 SNS 글쓰기는 선택이 아닌 필수로 자리를 잡고 있다.

미국의 저명 소셜미디어 전문가인 앤 핸들리는 "글쓰기를 통해 홀류한 의사소통을 할 줄 아는 능력은, 있으면 좋은 능력이 아니라 없어서는 안 될 꼭 필요한 능력" [147] 이라고 했다.

그렇다면 SNS 글쓰기는 어떻게 해야 할까. SNS 글쓰기에서 중요한 것은 무엇일까. 첫째는 공감이다. 독자의 가려운 곳을 시원하게 긁어주는 글을 써야 한다. 핸들러는 독자의 공감을 이끌어내려면 그들의 문제를 해결해 주고, 짐을 덜어주고, 고통을 해소해 주고, 삶의 질을 높여 줄 콘텐츠를 만들라고 조언한다. 글을 쓸 때 독자의 관점에서 자신의 글을 냉정하고 집요하게 비판해 보라고 권한다.

이 글은 독자에게 어떤 경험을 제공하는가?
그들은 이 글을 읽고 어떤 의문을 가질까?
그들은 내가 하려는 말을 쉽게 이해할 수 있을까? [148]

메신저 위챗에 백만 팔로워를 거느린 스펜서 역시 SNS 글쓰기의 핵심 요인으로 독자와의 공감을 꼽았다. 당신이 쓴 글을 아무도 읽지 않았다고? 스펜서는 그런 사람들에게 "당신은 사람들 마음속 깊은 곳의 염원을 건드렸는가? 대중의 마음을 읽는 혜안을 가졌는가? 꼭꼭 숨겨둔 통점을 찾아냈는가?"를 자문하라고 말한다. [149]

둘째는 타이밍이다. 사회적 관심사로 떠오르는 따끈따끈한 소재를 다뤄야 한다. SNS 공간에 홍수처럼 쏟아지는 글 속에서 진부한 소재로는 관심을 끌기 어렵다. 스펜서는 "기존의 글쓰기는 느린 템포의, 복선이 깔린 예술영화라면 뉴미디어 글쓰기는 2~3분마다 나오는 자극 포인트에 시선을 빼앗겨 몰입하게 만드는 상업영화"[150]라고 말했다.

핸들리는 화제가 되는 뉴스를 잡아 자신의 이야기를 끼워 넣는 '뉴스재킹(Newsjacking)'을 타이밍 있는 글쓰기의 좋은 방안으로 권했다. 그는 "콘텐츠의 순간은 어디에나 있으며 언제든 찾아올 수 있다. 그 순간이 찾아오면 즉시 덮칠 수 있도록 준비하고 있어야 한다."[151]라고 말했다.

스펜서는 인기 글을 쓰고 싶다면 돌발적인 이슈를 뜨거울 때 다뤄야 한다고 말했다. 그는 "돌발적인 이슈는 순간적이다. 이런 이슈를 찾기 위해서는 예리한 눈으로 주변을 살펴야 한다. 시효성이 있고 빠를수록 경쟁력은 올라간다."[152]라고 말했다.

셋째는 쌍방향이다. 실시간 소통은 뉴미디어가 지닌 최고의 강점이다. 포스팅을 하는 순간 독자들은 '좋아요', '공감해요', '화나요' 등을 누르면서 당신의 글에 대한 평가를 시작한다. 댓글을 통해 의견을 다는 이들도 있다.

스펜서는 댓글 관리에 공을 들이라고 조언한다. 그는 댓글에 대한 답글은 뉴미디어 창작의 일부라고 말한다. 독자들의 평가를 통해 다른 시선으로 글을 볼 수 있는 동기를 부여받는다고 말한다.

진정한 고수는 대중 속에 있고, 대중의 눈빛은 빛난다. 어떤 사람은 글의 부족함을 발견하는 데 능하고, 어떤 사람은 자신의 스토리를 공유하기를 좋아한다. 또 어떤 사람은 공감하면서 당신의 관점을 보완하기도 한다. 이런 평가들을 읽고 또 댓글을 주고 받는 일은 큰 활력소이자 즐거움이다.[153]

넷째는 사실 확인이다. 글을 올릴 때마다 꼼꼼하게 사실을 확인해야 한다. SNS는 가짜 정보의 온상이기도 하다. 뉴미디어의 확장성은 순식간에 가짜 정보를 세상에 퍼트린다. 기성 매체에 실린 글이라고 하더라도 신빙성에 의심이 간다면 함부로 퍼 날라서는 안 된다. 핸들리는 기존에 출판된 정보를 큐레이션 할 때도 사실 확인은 필수라고 말했다.

당신은 '우리는 뉴스 사이트가 아닌데'라고 항변할지도 모른다. 사실을 정확하게 전달하는 것은 뉴스 사이트만의 의무가 아니다. 글의 주제와 관계없이 오류가 독자의 눈에 띄면 브랜드에 대한 신뢰도는 추락하게 된다.[154]

스펜서는 전문가의 의견이라고 무조건 맹신해서는 안 된다고 말했다. 그는 "전문가의 의견을 들을 때는 최소한 세 명 이상의 조언을 구하고, 쟁점이 될 만한 견해는 염두에 둬야 한다."[155] 고 말했다. 세상에 공개하는 글을 쓸 때는 돌다리도 두들겨 보라는 옛말을 새겨들을 만하다.

SNS 글쓰기는 세상에 말을 거는 행위다. SNS에 글을 올리기 위해서는 주의 깊게 세상을 관찰하고, 깊이 있는 생각을 하고, 세밀하게 분석을 해야 한다. SNS 글감을 찾느라 두리번거리게 되고, 글감에 맞는 이야기를 꾸미느라 궁리를 하게 되고, 글의 전개가 합리적인지 아닌지 이리저리 따지게 된다. SNS 글쓰기는 나를 확장하는 일이고, 새로운 세상의 문을 열고 들어가는 일이다.

아마도 당신은 이미 SNS 계정 하나쯤은 가지고 있을 것이다. 거기에 가끔이라도 글을 올리고 있다면 당신은 이미 작가다. 당신도 인기 있는 글을 쓰고 싶다고? 스펜서가 그 비결을 공개한다.

결론적으로 인기를 끌 만한 요소를 찾는 것은 부단한 훈련이 필요하다. 예리한 관찰력을 길러 일상의 사소함도 허투루 놓쳐선 안 된다. 많은 소재와 영감은 당신의 일상 속에 존재하며, 그것을 발굴해서 활용하기 위해서는 충분한 인풋이 있어야 한다. 그래야 아웃풋이 있다. 인기 글을 쓰고 싶다면 우선 다른 사람의 인기 글을 꼼꼼히 분석하며 읽어보자. 읽을 수 있어야 쓸 수 있다.[156]

부지런하고 진실하게

—

낙연쌤은 '엄지족'이다. 엄지 두 개를 이용해 능숙하게 문자를 날린다. 잠깐 휴식시간이나 이동 중 차 안에서 트위터나 페이스북, 인스타그램 등 SNS에 뚝딱 글 한두 편을 올리기도 한다. 지긋한 그의 나이를 생각한다면 신공에 가까운 솜씨다. 총리실 의전실에 근무했던 우영실 주무관은 이렇게 증언했다.

"총리님은 회의나 행사 현장에 다녀오시면 곧바로 SNS에 관련 글을 올리시고는 했어요. 스마트폰을 양손으로 들고 엄청 빠른 속도로 문자를 치셨습니다. 주요 회의나 행사의 의미를 SNS를 통해 국민들에게 직접 알리시려는 것 같았어요."

쌤은 언제부터 엄지족이 됐을까. 그는 한 언론과의 인터뷰에서 자신이 50대 초반 무렵 엄지족이 될 수밖에 없었던 사연을 털어 놓았다.

제가 2004년에 박준영 도지사가 첫 출마했을 때 선거기간 내내 선거대책위원장 중의 한 사람으로 찬조연설을 하고, 선거가 끝나자마자 목수술을 했다. 성대 결절 수술을 했는데 이 수술을 하면 한 달 동안 목을 써서는 안 된다. 그래서 목을 안 쓰고 문자로 전화에 대한 응답을 했다. 그러다보니까 선수가 됐다. 고통의 시간이 오히려 저에게 좋은 자산을 남겨준 거지요. 그런 인연이 있다. [157]

쌤은 날마다 적게는 한두 건에서 많게는 대여섯 건의 글을 SNS에 올린다. 총리직을 수행하면서도, 당 대표 자리에 오르고 난 이후에도, 그는 하루도 빠트리지 않고 SNS에 글을 올렸다.

그의 언어에는 '사이다 총리'나 '촌철살인' 등의 수식어가 붙어 있다. 그러나 그의 SNS에 올라온 글들은 의외로 담백하다. 큰 논란이나 갈등이나 반발을 불러올 만한 내용은 찾아보기 힘들다. 대체로 민심의 흐름과 함께하는 글이다. 평소 공감의 글쓰기를 강조해 온 그의 소신 때문일 것이다. 쌤은 연설팀에게 "청중의 공감을 이끌어 낼 수 있는 글을 써야 합니다."라고 말하고는 했다.

코로나19로 소상공인과 자영업자와 서민들의 고통이 극심하던 2021년 3월, 쌤이 SNS에 올린 홍대앞 치킨집 이야기는 공감의 글쓰기가 어떤 것인지를 보여주는 사례다. 담담한 언어로 소개한 치킨집 청년 사장님의 선행은 촉촉한 공감을 불러 일으켰다.

#한끼포장
오늘은 특별한 곳에 다녀왔습니다. 언론에 보도돼 국민들께 따뜻함을 선물한 홍대 근처 치킨집.

코로나19로 매출이 줄어 고민하던 치킨집 청년 사장님. 우연히 가게 앞의 형제가 눈에 들어왔습니다. 치킨이 먹고 싶어 떼를 쓰는 동생, 돈이 모자라 난감해 하는 형.

사장님은 형제를 가게로 불러 치킨을 대접했습니다. "또 배고프면 언제든지 찾아와라. 닭은 원하는 만큼 줄 수 있으니까."

그러나 형제는 찾아 오지 않았습니다. 그리고 1년 후 형이 치킨집 사장님에게 감사의 편지를 보냈습니다.

그 편지가 언론을 통해 알려졌습니다. 전국에서 치킨집을 돕겠다는 응원이 들어왔습니다. 짧게 휴업했던 가게는 다시 문을 열었습니다.

오늘 저는 박재휘 사장님께 "감사합니다."라고만 말씀드렸습니다. 박 사장님은 씩 웃으시기만 했습니다. 짧지만 푸근한 시간.

삶은 때로 가혹합니다. 인간으로서 필요한 최소한의 것도 해결할 수 없을 때, 가족에게 아무것도 해 줄 수 없을 때… 삶은 참 잔인합니다. 심하게 굶어 본 저에게 형제의 배고픔은 더 아픕니다. 치킨집 사장님의 마음이 눈물겹습니다. 큰 책임도 느낍니다. 세계 10위권 경제를 자랑하는 대한민국에 배고픈 아이들이 있다는 것. 마음이 찢어집니다. 경제발전의 그늘, 복지의 빈틈을 하루 빨리 개선하겠습니다.[158]

─

쌤의 홍대 앞 치킨집 이야기는 코로나19로 어려움을 겪고 있는 대중의 감성을 건드리고 있다. 배고픔과 가난을 겪어본 사람들의 눈시울을 적시게 할 만한 사연이다. 쌤은 "심하게 굶어 본" 자신의 아픈 기억까지 소환하면서 글의 진정성을 더하고 있다. 공감의 글쓰기를 강조한 스펜서의 표현을 빌리자면 "꼭꼭 숨겨둔 통점"을 찾아낸 것이다.

신문기자와 정당 대변인 생활을 오래한 그에게 글쓰기의 타이밍은 기본이다. 미얀마 시민들의 민주화투쟁인 '22222항쟁'이 시작된 2021년 2월 22일, 쌤은 미얀마 시민들을 지지하는 글을 페이스북에 올렸다. 미얀마 군경이 잠시 권력을 장악할 수 있어도 결국 민주주의가 승리할 것이라는 내용이었다. 미얀마 유혈사태라는 돌발 사건을 놓치지 않고 '뉴스재킹'을 한 것이다.

쌤의 부지런한 SNS 글쓰기는 꼼꼼한 일기나 업무일지를 보는 듯하다. 『이낙연의 언어』라는 책을 낸 유종민은 쌤의 SNS를 이순신 장군의 『난중일기』에 비유했다. 유종민은 두 글의 공통점으로 ▲집요한 일상의 기록, ▲건조하고 간결한 문체, ▲꼼꼼한 사실의 기술, ▲가치 중립적인 글쓰기 등을 꼽았다.

이순신은 거의 매일 하루도 빼먹지 않고 난중일기를 남겼다. 그런 근면함은 이 전 총리의 SNS에서 확인할 수 있다. 그는 매일 하루의 업무 중 국민들이 알아야 할 내용을 10줄 내외로 요약하여 SNS에 올렸다.[159]

이순신 장군은 그날 무슨 일을 했는지, 누구를 만났는지, 어떤 훈련을 했는지, 심지어는 화살을 몇 발 쏘았는지 등을 낱낱이 기록했다. 『난중일기』를 번역한 사학자 이은상은 "그 문장이 범상한 문인으로서는 도저히 미칠 수 없는 간결하고도 진실한 것이어서, 피눈물 밴 충과 효와 신과 의의 곡진한 기사들은 감격없이 읽을 수 없는 인간 충무공의 고백인 것"[160]이라고 평했다. 이순신 장군의 문장은 간결체의 표본이다. 사실과 상황의 기록은 아주 구체적이다.

> 초이틀(신해). 맑음. 아침에 도망가는 군인들을 실어 내던 사람들의 죄를 다스렸다. 사도 첨사(김완)가 와서 전하기를, 낙안(신호)이 파면되었다고 했다. 늦게 사정에 올라갔다. 동궁에게 올린 장달(狀達)의 회답이 내려왔다. 각 관포(官浦)의 서류들을 처결하여 보냈다. 활 열 순을 쏘았다. 바람 형세가 조용하지 않았다. 사도 첨사를 기한에 대지 못한 죄로 처벌하였다.[161]

쌤도 매일의 일상을 집요하게 기록한다. 쌤의 SNS 글만 읽어도 그의 하루 동선을 훤하게 파악할 수 있을 정도다. 쌤의 글은 원래 건조하고 간결하지만, SNS 글은 더 건조하고 더 간결하다. 그의 글은 대개 짤막한 단문이다. 형용사와 부사는 가물에 콩 나듯 눈에 띌 뿐이다. 4·7 보궐선거 때 더불어민주당 서울시장후보 경선대회를 즈음해 올린 쌤의 글은 '이낙연 문장'의 특징을 잘 나타내고 있다.

> 역사는 뒤로 갈 수 없습니다. 앞으로 가야 합니다.

낙연쌤의 파란펜

서울도 뒤로 갈 수 없습니다. 앞으로 가야 합니다.

그러자면 민주당이 승리해야 합니다.

저는 역사의 진전을 믿습니다. 서울의 발전을 믿습니다. 서울시민을 믿습니다. 당원동지를 믿습니다. 민주당의 승리를 믿습니다.

서울시장후보 경선대회. 서울시민과 당원들께서 박영선, 우상호 예비후보의 비전을 듣고 문답을 나누는 비대면 '시민청문회'로 열었습니다.[162]

하나같이 짤막한 단문들이다. '뒤로'와 '앞으로'의 대조법이 문장의 리듬감을 살리고 있다. '믿습니다'를 반복하는 수사법은 호소력을 높이고 있다. 대조법과 반복법은 짧은 시간에 네티즌들의 시선을 잡아야 하는 SNS 글쓰기에 어울리는 수사법이다.

반복법은 윈스턴 처칠이 애용하던 수사법이었다. 프랑스가 함락되었을 때 처칠은 "우리는 해안에서 싸울 것이며, 우리는 육지에서 싸울 것이며, 우리는 거리에서 싸울 것이며, 우리는 언덕에서 싸울 것이며, 우리는 결코 항복하지 않을 것입니다."[163]라고 말했다. 쌤은 처칠을 좋아했다.

쌤의 포스팅에는 수백~수천 개의 '좋아요'와 수십~수백 개의 댓글이 달린다. 댓글에 일일이 답장은 못하지만, 모니터는 꼼꼼하게 한다. 우영실 주무관은 "총리님은 SNS 계정에 올라오는 댓글들을 세세히 살폈습니다. 민원 댓글이라도 올라오면 담당자를 불러 필요한 조처를 취하도록 하셨지요."라고 기억했다.

쌤은 SNS를 이용해 자신의 말과 글의 영토를 넓히고 있다. SNS가 얼마나 유용한 소통 공간인지를 잘 알고 있는 것이다. SNS를 열면 자신의 말에 귀를 기울이고, 자신의 글에 눈을 여는 사람들이 언제라도 기다리고 있음을 잘 알고 있는 것이다. SNS 영토는 무한하고 누구에게나 열려 있다.

글을 마치며

마침내 출판사에 원고를 넘겼다. 홀로 막걸리를 한 잔 하면서 자축을 했다. 그런데 뭔가 빠트린 것 같은 걸쩍지근한 이 느낌은 뭐지? 막걸리가 자꾸 목에 걸린다. 아, 낙연쌤의 촌철살인과 사이다 어법에 대한 이야기를 제대로 정리하지 못했구나!

막말과 고성이 판치는 우리 정치계에서 쌤의 언어는 논리와 품격을 잃지 않으면서도 시원한 카타르시스를 안겨 주었다. 그의 언어는 단도처럼 날카로우면서도 능수버들처럼 유연하고, 북풍한설처럼 매서웠다가 봄바람처럼 따뜻해진다. 팽팽하게 줄을 당겨 잔뜩 긴장하게 만드는가 하면 어느 순간 툭 줄을 놓아 김을 빼 버리기도 한다. 잠깐 쌤의 촌철살인과 사이다 어법의 비결을 찾아보자.

촌철살인과 사이다 언어를 논하면서 어찌 그의 타고난 재주와 감각을 인정하지 않을 수 있으랴. 21년간 기자와 21년간 정치인 경력을 쌓으면서 갈고 닦은 내공은 또 얼마나 깊을까.

그러나 나는 그의 재주와 감각과 내공보다도 그의 진심과 노력과 집념을 주목한다. 윤동주의 시어를 차용하자면, 이낙연은 "죽는 날까지 하늘을 우러러 한 문장 부끄럼 없기를" 바라는 사람처럼 글에 진심을 담으려 애를 썼고, 딱 맞는 단어 하나를 찾으려 밤새 괴로워한 글쟁이였다.

실제로 그는 동아일보 시절 글을 쓰다가 새벽까지 마땅한 표현을 찾지 못해 엉엉 울다가 출근을 한 적도 있다고 고백했다. 볍씨 속의 쭉정이 골라내듯 자리만 차지하는 문장, 죽어있는 단어는 반드시 잡아내고야 마는 그의 집요함이 촌철살인과 사이다의 언어를 빚어내는 비결이었다고 나는 믿는다.

김근태 새천년민주당 최고위원은 "10시간짜리 회의를 한 줄로 요약할 줄 아는 유일한 사람, 우울한 분위기를 밝게 만드는 사람"[164]이라고 말했다. 17대 대선 한나라당 후보 경선 과정에서 이명박 후보 캠프 대변인이었던 진수희 의원은 "이낙연식으로 대변인 문화가 만들어지면 정치문화가 바뀌는 데도 도움이 될 것 같다는 생각이 들었다."[165]면서 경쟁자를 칭찬하기도 했다. 당 대변인 시절 쌤이 남긴 어록을 소개한다.

"지름길을 모르거든 큰길로 가라. 큰길도 모르겠거든 직진하라. 그것도 어렵거든 멈춰 서서 생각해 보라."(2002년 10월 24일)

"42.195킬로미터를 세계에서 가장 빨리 달린 사나이가 이제 저희에게 한 걸음도 오시지 못합니다. 1936년 베를린 올림픽 우승자 손기정 선생이 오늘 새벽 저희 곁을 떠나셨습니다."(2002년 11월 15일)

낙연쌤의 파란펜

여의도에서 국회는 갑이고, 정부는 을이다. 국회의원들은 대정부질의 때마다 정부 관계자들을 국회로 불러 놓고 이것저것 따진다. 문재인 정부 초대 총리이자 최장수 총리였던 쌤은 야당의원들의 집중 포화를 마주해야 했다. 쌤은 그러나 정연한 논리와 차분한 말투로 야당 의원들의 파상적 질문 공세를 무력화 시켰다. 2017년 9월 대정부질문 당시 화제를 모았던 그의 사이다 발언들을 살펴보자.

- 김성태 한국당 의원: "이미 한미 동맹관계가 금이 갈대로 갔습니다. 오죽하면 트럼프 대통령이 아베 총리와 통화하면서 한국이 대화 구걸하는 거지 같다는 그런 기사가 나왔겠습니까?"
- 낙연쌤: "김성태 의원님이 한국 대통령보다 일본 총리를 더 신뢰하고 있다고는 생각하지 않습니다."

- 황주홍 국민의당 의원: "한국은 삼권분립 국가가 아닙니다. 한국은 의심의 여지가 없는 제왕적 대통령 일인제 국가입니다."
- 낙연쌤: "조금 전에 우리는 삼권분립을 체험하지 않았습니까? 대통령이 지명한 헌재소장 후보자가 인준받지 못한 사태가 바로 있었잖습니까. 삼권분립은 살아있습니다."[166]

논리와 품격의 언어로 비논리와 막말을 제압한다. 사실로 반박하고, 명분으로 누르고, 솔직함으로 김을 뺀다. 빼도 박도 못하는 논리로 상대방을 외통수로 몰아넣는다. 본인 스스로도 "연일 촌철살인을 했더니, 연쇄살인이 되었다."[167]고 농을 한다.

쌤은 2011년 '국회를 빛낸 바른 언어상'의 대상 격인 '으뜸 언어상'을 받았고, 2021년에는 가장 신사적 언행과 리더십과 모범적 의정활동을 편 국회의원에게 주는 '백봉신사상' 베스트 10을 받았다. 촌철살인과 사이다와 신사라는 수식어가 붙는 그의 언어에 주는 상이었다고 할 수 있다.

그러나 나는 촌철살인보다는 담백에서 낙연쌤 언어의 미덕을 찾는다. 그의 언어는 일부러 멋을 부리거나 억지로 맛을 내려 하지 않는다. 그의 글은 느끼한 관념이나 요란한 수식어를 배제한 채 건조한 서사로 채워진다. 하얀 뼈만 남은 그의 언어 중 일부가 촌철살인으로 사람들의 눈과 귀를 붙드는 것일 뿐이다.

나는 사이다보다는 진솔에서 낙연쌤 언어의 미덕을 찾는다. 연설비서관으로 일하던 시절 나는 진심과 사실만을 글에 담으려는 그의 무서운 집념을 보았다. 그는 '다른 사람은 몰라도 이낙연 말은 믿어도 된다'라는 평판을 얻는 것이 소원이라고 말하고는 했다. 그런 만큼 거짓은 물론 과장도 용납하지 않았다. 진솔하고 투명한 그의 언어들이 더러는 사이다처럼 청량한 맛을 냈을 것이다.

나는 신사의 외면보다는 통찰의 내면에서 낙연쌤 언어의 미덕을 찾는다. 그의 언어는 논리적이고, 직선적이고, 함축적이다. 논리와 직선과 함축의 글은 곧 통찰이다. 진정한 신사의 품격은 내면의 성숙에서 나오는 것처럼 낙연쌤 언어의 품격 역시 이런 통찰에서 비롯되는 것일 터이다.

연설비서관 시절은 쌤으로부터 글쓰기 개인 교습을 받는 시간이었다면, 이 책을 쓰는 동안은 그의 가르침을 복습하는 시간이었다. 그와 오랜 대화와 토론을 한 기분마저 든다.

쌤은 글의 논리에 무리가 있거나 엉성하면 "억지스럽다."고 말하고는 했다. 혹시 그가 이 책을 읽는다면 "억지스럽다."는 평가를 내릴지도 모르겠다. 하지만 그가 좋아하는 찰스 스콧 가디언 편집국장의 명언, "논평은 자유지만, 사실은 신성하다."는 앞뒤를 뒤집어도 유효하다. 사실은 신성하지만, 논평은 자유다. 이제 진짜 마음 편하게 막걸리를 한 잔 해야겠다.

2021년 5월

김포 장기동 서재에서

박상주

| 참고문헌 |

가브리엘 돌란·야미니 나이두 지음, 박미연 옮김, 『팩트보다 강력한 스토리텔링의 힘』 트로이목마, 2017

강성학 지음, 『윈스턴 S. 처칠』 박영사, 2019

강원국 지음, 『대통령의 글쓰기』 메디치미디어, 2014

김영랑 지음, 「오매 단풍 들것네」『시문학』 창간호, 1930년

다나카 히로노부 지음, 박정임 옮김, 『글 잘 쓰는 법, 그딴 건 없지만』 인플루엔셜, 2020

레프 니콜라예비치 톨스토이 지음, 이철 옮김, 『예술이란 무엇인가』 종합출판범우, 2019

롤랑 바르트 지음, 김웅권 옮김, 『글쓰기의 영도』 동문선, 2007

롤랑 바르트 지음, 김희영 옮김, 『텍스트의 즐거움』 동문선, 1997

몽테뉴 지음, 정영훈 편역, 안해린 옮김, 『몽테뉴의 수상록』 메이트북스, 2019

박상주 지음, 『세상 끝에서 삶을 춤추다』 북스코프, 2009

박수밀 지음, 『연암 박지원의 글 짓는 법』 돌베개, 2013

박종채 지음, 박희병 옮김, 『나의 아버지 박지원』 돌베개, 1998

박지원 지음, 김혈조 옮김, 『열하일기』 돌베개, 2017

박지원 지음, 신호열·김명호 옮김, 『연암집-상』 돌베개, 2007

박지원 지음, 신호열·김명호 옮김, 『연암집-중』 돌베개, 2007

낙연쌤의 파란펜

밥 돌 지음, 김병찬 옮김, 『위대한 대통령의 위트』, 아테네, 2018

서머싯 몸 지음, 이종인 옮김, 『서밍 업』, 위즈덤하우스, 2018

신경숙 지음, 『외딴방』, 문학동네, 2008

스티븐 킹 지음, 김진준 옮김, 『유혹하는 글쓰기』, 김영사, 2017

스펜서 지음, 임보미 옮김, 『인플루언서의 글쓰기』, 그린페이퍼, 2021

아르투르 쇼펜하우어 지음, 김욱 옮김, 『쇼펜하우어 문장론』, 지훈, 2005

아리스토텔레스 지음, 박문재 옮김, 『아리스토텔레스 수사학』, 현대지성, 2020

어니스트 헤밍웨이 지음, 래리 W. 필립스 편역, 이혜경 옮김, 『헤밍웨이의 글쓰기』, 스마트비즈
니스, 2009

앤 핸들리 지음, 김효정 옮김, 『마음을 빼앗는 글쓰기 전략』, KOREA.COM, 2015

우치다 다쓰루 지음, 김경원 옮김, 『어떤 글이 살아남는가』, 원더박스, 2018

유종민 지음, 『이낙연의 언어』, 도서출판 타래, 2020

유협 지음, 김민나 편역, 『문심조룡』, 살림출판사, 2005

유홍준 지음, 『추사 김정희』, 창비, 2018

윈스턴 S. 처칠 지음, 임종원 옮김, 『윈스턴 처칠, 나의 청춘』, 행복, 2020

윌리엄 스트렁크 Jr. 지음, 장영준 옮김, 『글쓰기의 요소』, 월북, 2016

이낙연 지음, 『이낙연의 낮은 목소리』, 도서출판 도인, 2003

이낙연 외 지음, 『어머니의 추억』, 아린미디어, 2014

이덕무 지음, 한정주 편역, 『문장의 온도』, 다산초당, 2018

이순신 지음, 이은상 옮김, 『난중일기』, 지식공작소, 2014

이오덕 지음, 『우리 문장 쓰기』, 한길사, 1992

이제이 지음, 『어록으로 본 이낙연』, 삼인, 2020

이태준 지음, 임형택 해제, 『문장강화』, 창비, 2005

장 코르미에 지음, 김미선 옮김, 『체 게바라 평전』, 실천문학사, 2005

장 폴 사르트르 지음, 김붕구 옮김, 『문학이란 무엇인가』, 문예출판사, 2017

제임스 C. 흄스 지음, 이채진 옮김, 『링컨처럼 서서 처칠처럼 말하라』, 시아출판사, 2003

조정래 지음, 『황홀한 글감옥』, 시사IN북, 2009

조지 오웰 지음, 이한중 옮김, 『나는 왜 쓰는가』, 한겨레출판, 2010

『청와대 브리핑』, '국정의 윤활유, 대통령의 유머', 2005년 11월 22일자

최경환 지음, 『김대중 리더십』, 아침이슬, 2010

프란츠 카프카 지음, 세계명작읽기모임 편역, 『카프카의 생각』, 힙찬북, 2017

프리드리히 니체 지음, 정강석 옮김, 『짜라투스트라는 이렇게 말했다』 삼성출판사, 1982

한혜원 지음, 『디지털 시대의 신인류 호모 나랜스』 살림출판사, 2010

황산 지음, 『철학자들과 함께 떠나는 글쓰기의 모험』 북바이북, 2020

헤르만 헤세 지음, 홍성광 편역, 『헤세의 문장론』 연암서가, 2014

"나와 동아일보" 기고문, 동아일보, 2017년 12월 12일

"주진우 라이브", KBS1라디오, 2020년 7월 8일

'엄지족' 이낙연지사의 다짐 "한중FTA를 한국농업 기회로", 뉴스핌, 2015년 11월 23일

오마이뉴스 기사, 2019년 12월 19일

낙연쌤의 파란펜

| 주석 |

1 유협 지음, 김민나 편역, 『문심조룡』, 살림출판사, 209쪽

2 장 폴 사르트르 지음, 김봉구 옮김, 『문학이란 무엇인가』, 문예출판사, 52쪽

3 앞의 책 54쪽

4 앞의 책 30쪽

5 조지 오웰 지음, 이한중 옮김, 『나는 왜 쓰는가』, 한겨레출판, 291~292쪽

6 앞의 책 293~294쪽

7 앞의 책 300쪽

8 "나와 동아일보" 기고문, 동아일보, 2017년 12월 12일

9 이낙연 지음, 『이낙연의 낮은 목소리』, 도서출판 도인, 22쪽

10 앞의 책 13쪽

11 앞의 책 16쪽

12 제37대 전라남도지사 취임사

13 제45대 국무총리 취임사

14 서머싯 몸 지음, 이종인 옮김, 『서밍 업』, 위즈덤하우스, 124~125쪽

15 어니스트 헤밍웨이 지음, 래리 W. 필립스 편역, 이혜경 옮김, 『헤밍웨이의 글쓰기』, 스마트비즈니스, 47쪽

16   최경환 지음, 『김대중 리더십』, 아침이슬, 107쪽

17   다나카 히로노부 지음, 박정임 옮김, 『글 잘 쓰는 법, 그딴 건 없지만』, 인플루엔셜, 134쪽

18   기원전 8세기경의 그리스 서사시인.

19   아르투르 쇼펜하우어 지음, 김욱 옮김, 『쇼펜하우어 문장론』, 지훈, 120~121쪽

20   한국신문협회 창립 60주년 기념 축하연, 2017년 6월 2일

21   이낙연 페이스북, 2014년 2월 10일

22   이제이 지음, 『어록으로 본 이낙연』, 삼인, 231쪽

23   이덕무 지음, 한정주 편역, 『문장의 온도』, 다산초당, 200쪽

24   앞의 책 198쪽

25   박지원 지음, 김혈조 옮김, 『열하일기』, 돌베개, 130~131쪽

26   이오덕 지음, 『우리 문장 쓰기』, 한길사, 74쪽

27   앞의 책 76쪽

28   앞의 책 17쪽

29   앞의 책 17~18쪽

30   김영랑 지음, 「오매 단풍 들것네」, 『시문학』 창간호, 1930년

31   유협 지음, 김민나 편역, 『문심조룡』, 살림출판사, 208쪽

32   앞의 책 233쪽

33   박지원 지음, 신호열·김명호 옮김, 『연암집-중』, 돌베개, 15쪽

34   유협 지음, 김민나 편역, 『문심조룡』, 살림출판사, 232쪽

35   앞의 책 367~368쪽

36   이오덕 지음, 『우리 문장 쓰기』, 한길사, 176쪽

37   다나카 히로노부 지음, 박정임 옮김, 『글 잘 쓰는 법, 그딴 건 없지만』, 인플루엔셜, 163~164쪽

38   박수밀 지음, 『연암 박지원의 글 짓는 법』, 돌베개, 145쪽

39   이태준 지음, 임형택 해제, 『문장강화』, 창비, 243쪽

40   유협 지음, 김민나 편역, 『문심조룡』, 살림출판사, 260쪽

41   아리스토텔레스 지음, 박문재 옮김, 『아리스토텔레스 수사학』, 현대지성, 17쪽

42   앞의 책 17~18쪽

43   앞의 책 121쪽

44   앞의 책 18쪽

45 앞의 책 299쪽

46 프란츠 카프카 지음, 세계명작읽기모임 편역, 『카프카의 생각』, 힘찬북, 237쪽

47 아리스토텔레스 지음, 박문재 옮김, 『아리스토텔레스 수사학』, 현대지성, 15쪽

48 앞의 책 17쪽

49 스티븐 킹 지음, 김진준 옮김, 『유혹하는 글쓰기』, 김영사, 164쪽

50 윌리엄 스트렁크 Jr. 장영준 옮김, 『글쓰기의 요소』, 월북, 47쪽

51 앞의 책 48쪽

52 강성학 지음, 『윈스턴 S. 처칠』, 박영사, 389쪽

53 윈스턴 S. 처칠 지음, 임종원 옮김, 『윈스턴 처칠, 나의 청춘』, 행북, 256쪽

54 앞의 책 256쪽

55 앞의 책 256쪽

56 앞의 책 256~257쪽

57 앞의 책 257쪽

58 스티븐 킹 지음, 김진준 옮김, 『유혹하는 글쓰기』, 김영사, 199쪽

59 앞의 책 166쪽

60 우치다 다쓰루 지음, 김경원 옮김, 『어떤 글이 살아남는가』, 원더박스, 47~48쪽

61 앞의 책 48쪽

62 신경숙 지음, 『외딴방』, 문학동네, 41쪽

63 코헬렛서 1장 9~10절

64 아르투르 쇼펜하우어 지음, 김욱 옮김, 『쇼펜하우어 문장론』, 지훈, 28쪽

65 롤랑 바르트 지음, 김웅권 옮김, 『글쓰기의 영도』, 동문선, 21쪽

66 앞의 책 33쪽

67 황산 지음, 『철학자들과 함께 떠나는 글쓰기의 모험』, 북바이북, 181쪽

68 아르투르 쇼펜하우어 지음, 김욱 옮김, 『쇼펜하우어 문장론』, 지훈, 26쪽

69 앞의 책 17쪽

70 앞의 책 18쪽

71 롤랑 바르트 지음, 김웅권 옮김, 『글쓰기의 영도』, 동문선, 70쪽

72 다나카 히로노부 지음, 박정임 옮김, 『글 잘 쓰는 법, 그딴 건 없지만』, 인플루엔셜, 131쪽

73 "나와 동아일보" 기고문, 동아일보, 2017년 12월 12일

74 스티븐 킹 지음, 김진준 옮김, 『유혹하는 글쓰기』, 김영사, 151쪽

75   서머싯 몸 지음, 이종인 옮김, 『서밍 업』 위즈덤하우스, 44~45쪽

76   아르투르 쇼펜하우어 지음, 김욱 옮김, 『쇼펜하우어 문장론』 지훈, 105쪽

77   레프 니콜라예비치 톨스토이 지음, 이철 옮김, 『예술이란 무엇인가』 종합출판범우,
      187쪽

78   앞의 책 196쪽

79   앞의 책 239쪽

80   조정래 지음, 『황홀한 글감옥』 시사IN북, 252쪽

81   스티븐 킹 지음, 김진준 옮김, 『유혹하는 글쓰기』 김영사, 198~199쪽

82   앞의 책 201쪽

83   앞의 책 213쪽

84   앞의 책 229쪽

85   박상주 지음, 『세상 끝에서 삶을 춤추다』 북스코프, 159~160쪽

86   한혜원 지음, 『디지털 시대의 신인류 호모 나랜스』 살림출판사, 11~12쪽

87   가브리엘 돌란·야미니 나이두 지음, 박미연 옮김, 『팩트보다 강력한 스토리텔링의
      힘』 트로이목마, 10쪽

88   제임스 C. 흄스 지음, 이채진 옮김, 『링컨처럼 서서 처칠처럼 말하라』 시아출판사,
      136쪽

89   이낙연 외 지음, 『어머니의 추억』 아린미디어, 47쪽

90   아리스토텔레스 지음, 박문재 옮김, 『아리스토텔레스 수사학』 현대지성, 305~306쪽

91   앞의 책 32쪽

92   밥 돌 지음, 김병찬 옮김, 『위대한 대통령의 위트』 아테네, 33쪽

93   앞의 책 37쪽

94   앞의 책 92쪽

95   최경환 지음, 『김대중 리더십』 아침이슬, 198쪽

96   『청와대 브리핑』 '국정의 윤활유, 대통령의 유머', 2005년 11월 22일자

97   이제이 지음, 『어록으로 본 이낙연』 삼인, 210쪽

98   앞의 책 206쪽

99   이덕무 지음, 한정주 편역, 『문장의 온도』 다산초당, 35쪽

100   이오덕 지음, 『우리 문장 쓰기』 한길사, 66쪽

101   앞의 책 58쪽

102   앞의 책 67쪽

103 어니스트 헤밍웨이 지음, 래리 W. 필립스 편역, 이혜경 옮김, 『헤밍웨이의 글쓰기』, 스마트비즈니스, 21쪽

104 앞의 책 24쪽

105 앞의 책 25쪽

106 프리드리히 니체 지음, 정강석 옮김, 『짜라투스트라는 이렇게 말했다』, 삼성출판사, 62쪽

107 프란츠 카프카 지음, 세계명작읽기모임 편역, 『카프카의 생각』, 힘찬북, 246쪽

108 앞의 책 237쪽

109 앞의 책 255쪽

110 이제이 지음, 『어록으로 본 이낙연』, 삼인, 93쪽

111 이낙연 외 지음, 『어머니의 추억』, 아린미디어, 64쪽

112 "주진우 라이브", KBS1라디오, 2020년 7월 8일

113 이낙연 외 지음, 『어머니의 추억』, 아린미디어, 62~63쪽

114 박지원 지음, 신호열·김명호 옮김, 『연암집-상』, 돌베개, 25쪽

115 앞의 책 23~24쪽

116 조선 정조(正祖) 때에 유행한 개성적인 한문문체를 순정고문(醇正古文)으로 환원시키려고 한 일련의 사건 및 그 정책.

117 박지원 지음, 신호열·김명호 옮김, 『연암집』, 돌베개, 27~28쪽

118 유홍준 지음, 『추사 김정희』, 창비, 15쪽

119 앞의 책 10쪽

120 앞의 책 412쪽

121 앞의 책 220~221쪽

122 유협 지음, 김민나 편역, 『문심조룡』, 살림출판사, 217쪽

123 이태준 지음, 임형택 해제, 『문장강화』, 창비, 223~224쪽

124 아르투르 쇼펜하우어 지음, 김욱 옮김, 『쇼펜하우어 문장론』, 지훈, 163쪽

125 이태준 지음, 임형택 해제, 『문장강화』, 창비, 224쪽

126 앞의 책 225쪽

127 스티븐 킹 지음, 김진준 옮김, 『유혹하는 글쓰기』, 김영사, 260쪽

128 이태준 지음, 임형택 해제, 『문장강화』, 창비, 224~225쪽

129 연암의 처남인 이재성

130 박종채 지음, 박희병 옮김, 『나의 아버지 박지원』, 돌베개, 189쪽

131 조정래 지음, 『황홀한 글감옥』, 시사IN북, 155쪽

132 강원국 지음, 『대통령의 글쓰기』, 메디치미디어, 303쪽

133 조정래 지음, 『황홀한 글감옥』, 시사IN북, 47~48쪽

134 앞의 책 69~70쪽

135 스티븐 킹 지음, 김진준 옮김, 『유혹하는 글쓰기』, 김영사, 176~177쪽

136 앞의 책 178쪽

137 앞의 책 183쪽

138 아르투르 쇼펜하우어 지음, 김욱 옮김, 『쇼펜하우어 문장론』, 지훈, 192~193쪽

139 앞의 책 19쪽

140 헤르만 헤세 지음, 홍성광 편역, 『헤세의 문장론』, 연암서가, 118쪽

141 앞의 책 120~121쪽

142 서머싯 몸 지음, 이종인 옮김, 『서밍 업』, 위즈덤하우스, 117쪽

143 몽테뉴 지음, 정영훈 편역, 안해린 옮김, 『몽테뉴의 수상록』, 메이트북스, 194쪽

144 장 코르미에 지음, 김미선 옮김, 『체 게바라 평전』, 실천문학사, 384쪽

145 앞의 책 493~494쪽

146 이제이 지음, 『어록으로 본 이낙연』, 삼인, 288~289쪽

147 앤 핸들리 지음, 김효정 옮김, 『마음을 빼앗는 글쓰기 전략』, KOREA.COM, 16쪽

148 앞의 책 67쪽

149 스펜서 지음, 임보미 옮김, 『인플루언서의 글쓰기』, 그린페이퍼, 108쪽

150 앞의 책 92쪽

151 앤 핸들리 지음, 김효정 옮김, 『마음을 빼앗는 글쓰기 전략』, KOREA.COM, 174쪽

152 스펜서 지음, 임보미 옮김, 『인플루언서의 글쓰기』, 그린페이퍼, 271쪽

153 앞의 책 255~256쪽

154 앤 핸들리 지음, 김효정 옮김, 『마음을 빼앗는 글쓰기 전략』, KOREA.COM, 186쪽

155 스펜서 지음, 임보미 옮김, 『인플루언서의 글쓰기』, 그린페이퍼, 186쪽

156 앞의 책 282쪽

157 '엄지족' 이낙연지사의 다짐 "한중FTA를 한국농업 기회로", 뉴스핌, 2015년 11월 23일

158 이낙연 페이스북, 2021년 3월 11일

159 유종민 지음, 『이낙연의 언어』, 도서출판 타래, 18쪽

160 이순신 지음, 이은상 옮김, 『난중일기』, 지식공작소, 218쪽

161 앞의 책 486쪽

낙연쌤의 파란펜

162   이낙연 페이스북, 2021년 2월 21일

163   제임스 C. 흄스 지음, 이채진 옮김, 『링컨처럼 서서 처칠처럼 말하라』, 시아출판사, 195쪽

164   이제이 지음, 『어록으로 본 이낙연』, 삼인, 119~120쪽

165   앞의 책 123쪽

166   오마이뉴스, 2019년 12월 19일

167   이낙연 블로그, 2020년 4월 4일

세계 문호들의 문장론 & 이낙연의 글쓰기

낙연쌤의 파란펜

초판 1쇄 발행 2021년 6월 30일

지은이   박상주
발행처   예미
발행인   박진희, 황부현
편집   박보영
디자인   김민정

출판등록 2018년 5월 10일(제2018-000084호)

주소 경기도 고양시 일산서구 중앙로 1568 하성프라자 601호
전화 031)917-7279   **팩스** 031)918-3088
전자우편 yemmibooks@naver.com

ⓒ박상주, 2021

ISBN 979-11-89877-52-1   03800